...ET HAD BEEN STOLEN

秘密

被偷走的

鬼马星

作品

世纪文睿
Century Literature

CONTENT

被偷走的秘密

楔子

夏漠打开了门。

"你有什么事？"

他朝夏漠的背后看了一眼，她不在。

"你找我妹妹？"夏漠笑。

窗口有个窈窕的身影飘过，很快就消失了。

过去，只要听到他的声音，她都会主动出来开门。

"记得吗？你跟我妹妹的婚约已经解除了。"夏漠好声好气地提醒他。

确实如此。

"那么，还有其他事吗？"这个外表孱弱清秀、酷似她的年轻男人，饶有兴致地注视着他问道。

他摸到口袋里的照片，这是他之前就想好的借口，虽然这么做不太妥当，但他想不出还有什么别的方法可以接近她。

他把照片递给夏漠，"你认识这女人吗？"

夏漠低头看了一眼照片，摇了摇头。

"不认识。"

他又拿出另两张照片来，仍然是之前那女人，只不过这两张照片呈现的是她的惨状，"她最近得了怪病，脸上发满了红疹，奇痒无比……"他刻意停顿了下，努力不去注意窗外再次掠过的身影，"三天前，她去世了……"

夏漠看着他轻声道："……你走了，我妹妹才会出来。"

他只不过想看看她。但他不想让夏漠看出他来这趟只是为了见她。

"别打岔……你说你弟弟在失踪前曾和喜鹊绸缎庄的老板娘说过话。——照片上的女人就是你说的老板娘，你居然说不认识她？"

"那不是我说的，是我妹妹。如果没其他问题，就请回吧。"

夏漠作势关门。

"等等，"他用手臂抵住了门，"你是医生，而最近那几个得怪病的人，都曾经跟你弟弟的案子有点牵连，我……"

"请问这些人有没有被割了舌头或者被挖了眼珠子？"夏漠打断他。

"没有。"

"他们的头还在脖子上吗？"

他不明白夏漠想说什么。

"好吧，那就不会是我或者我妹妹干的。我们不会让他们这么容易去死。"

这时有人在里屋说话了。

"哥，风好大，快关上门。"那是她的声音。

"不好意思。"夏漠朝他歉意一笑。

他只能退到门外。

门被关上了。

"他来干什么？"隔着木门，他听见她在问她哥哥。

"他怀疑我们杀了人。"

1. 一个恶作剧

早上九点左右，梅琳在镜子前擦胭脂。

"哥，你觉得我的新衣服怎么样？"她在他面前转了个圈。

阿泰侧卧在床上，手撑着脑袋，看着镜子前的妹妹。说实话，体重超过六十公斤的妹妹穿什么都不会太好看。不过，他不想伤她的自尊。

"还不错。"他言不由衷地说。

梅琳眼神迷离地望着镜子中的自己。

"我觉得我穿红色最好看。"

阿泰觉得她看起来就像只红色的大粽子。可是，他觉得没必要说出自己的真实想法。如果梅琳要求他陪着去买衣服怎么办？反正她这种身材穿什么都差不多，何必给自己添麻烦？

他又重新打量了她一番，"看上去喜气洋洋的，很大方。"

"哈哈，我就是要听这一句。"梅琳开心地在镜子前转了个圈。

"大小姐——"汪妈在走廊上喊。

今天是梅琳上家政课的日子。

"大小姐——"汪妈提高了嗓门。

梅琳皱起了眉头，小声嘀咕："我真不明白，如果娘姨可以替我做家政，为什么还要我学？"

"所有订过婚的千金小姐都在那里上课，所以你也不能免俗。"

如果换作平时，阿泰可能会替妹妹出主意，让她装病躲在家里，但今天他另有打算。

"这次要学的是绣花！我每次都扎到手！"

"砰砰砰"，汪妈在敲门。

梅琳拉开了门。

"大小姐，你还没换好衣服吗……"汪妈耐着性子道，她忽然看见躺在床上懒洋洋的他，顿时嚷了起来，"我说大小姐为什么这么磨蹭呢，原来是少爷你在这里……"

阿泰笑着朝汪妈招招手。汪妈过去也伺候过他，后来因为梅琳的女佣嫁人，一时没找到合适的人，汪妈就转而过来服侍梅琳了。

汪妈嗔怪地白了阿泰一眼。

"少爷，大小姐就要出门了，你可少出馊主意！上次就是你，让大小姐吃什么馊牛奶，结果课没上成不说，她还在床上躺了两天！"汪妈又转头催促梅琳："大小姐，车已经在下面等着了。快点吧，要是到晚了，又得挨先生骂了，你也不能趟趟都迟到吧……"

提起家政老师，梅琳就生气，"那个王神经，她明明知道我讨厌做针线活，为什么还对我要求那么高？怪不得嫁不出去！老姑婆！"

"对你要求高才是好老师呢。如果每个都像张小姐……"汪妈说到一半，见梅琳在瞪她，连忙打住。

"张小姐哪点不好了？"梅琳提高了嗓门，"她人漂亮，钢琴弹得好，对人又和气。她从来没逼我学过什么，她说兴趣是最好的老师。"

"所以大小姐你学钢琴一年了，连一支曲子都弹不好。"

"不用你管！"

汪妈讪笑："哎哟，你还真把她当个人物呢，可人家还不是说走就走了。"

梅琳瞪了她一眼，"难道人家就一辈子当家庭教师？"

汪妈看看桌上的钟，连着啧啧两声："大小姐，没工夫闲扯了，快点吧！"

梅琳开始穿鞋。

阿泰也终于懒洋洋地起身。

他们三人一起走出了梅琳的房间。

阿泰站在楼梯上，看着梅琳和汪妈下楼。

现在是早上九点一刻。这个时候，通常所有佣人都在厨房用餐，这是惯例。

他快步下楼，走进厨房，大胖子厨娘刘妈一看见他，马上笑眯眯地走了上来。

"少爷，今天怎么会来这里？"

阿泰的目光扫向厨房角落的大方桌，那里有几个佣人正在吃早餐。他们一见他，一时都停了下来。

他忙道："你们吃，我是来看看今天中午有没有我爱吃的菜。"

刘妈笑道："正想过去问你呢。今天中午就你跟大小姐两个人吃饭。你想吃些什么？"

"你是说，今天中午他们都不回来了？"这让阿泰颇为意外。他父母在一个多小时前出了门，不过他本以为他们中午会回来。

"都不回来吃呢，"刘妈道，"太太特意下楼来关照我们的。"

"我爸妈去哪里了？"

"少爷，你不知道？"刘妈好像很惊讶。

"我只听说他们去走亲戚了，也不知道是谁……"阿泰盯着刘妈的脸，终于，八卦心迫使对方放下手里搅动着的面碗，把他拉到一边。

"老爷他们是去接你姑婆一家了。"

"姑婆？"

"就是夏老爷……你爸的姑姑，刚从南京来的。听说她昨天来过，我是没看见。我整天在这厨房待着，什么都不知道……"刘妈皱皱鼻子，"听大家说，姑婆和她哥哥是中午来的，那时候正好你大姑周太太在门口指挥工人搬东西，见姑婆穿得寒酸，连门也没让进，就把他们赶走了。"

阿泰父亲的姐姐夏春荣嫁了个周姓商人，却长期寄住夏家，不过听说她最近在愚园路头了套弄堂房子，这几天正收拾东西，准备陆续搬离。

"这么说，我爸妈是去接南京老姑婆了？"

"可不是？"刘妈又降低了音量，"听说老爷昨晚知道这件事后，气得要命，本来老爷早跟姑婆说好了，请她过来住的，谁知让你大姑给赶走了。我听秀梅说，她听见老爷在周太太房里骂人呢。"刘妈捂住嘴笑，"那只雌老虎，平时凶得要命，可老爷真的发了火，她心里也怕的！"

多年前，夏春荣因为跟婆婆不合，一气之下带着女儿回了娘家。自那之后，她就再也没回去过，后来她丈夫也搬来同住，这一住就是十年。同在屋檐下生活那么久，阿泰深知大姑的为人，一个典型的势利小人。他能想象她看那两个穷亲戚时是什么眼光。

刘妈撇撇嘴，露出鄙夷的神情，"说老实话，要不是老爷太太人好，她怎么能在这里白吃白住那么多年？"刘妈在夏家干了快三十年了，她最看不惯的就是他大姑。

"现在好了，她总算是买了房子要搬出去了。"阿泰笑道。

"她又没把东西搬空，那两间屋子还不是白占着？芳姑说，她起码得在这里再耗上半年……"

"所以说，大姑是搬而不离，我爸还嫌我们家人不够多吗？"阿泰从盘子里拈了块小点心，放在嘴里咬了一口，"干嘛又弄两个人进来？"

"那是老爷太太心善，以后一定有好报的！"刘妈打开另一个罐子递到阿泰面前，那是一罐腌制好的蜜枣。他马上拿了一颗丢入嘴里。刘妈接着说："我还是一样烧饭，老人家又吃不了多少米。辛苦的是太太，伺候大姑了一家子就够她受的了，现在又多了两个老的。"

他笑笑："我妈也习惯了。对了，芳姑呢？"芳姑是母亲的贴身女佣兼管家。

"听说她陪二太太去医院了。"

"那她们也不回来吃饭？"

刘妈又笑："二太太说检查后，想回次娘家。她娘家那边已经准备饭了。"

"怪不得你说今天中午就我跟梅琳两人吃饭。"

"嗯，少爷要吃什么？——给你做茄汁炸鱼怎么样？"

阿泰摇头。

"别麻烦了。我现在要出门，一会儿顺便去接梅琳，带她去吃西餐——"他走到厨房门口，回头道，"给你也带些黄油面包回来，怎样？"

刘妈笑得眼睛都找不到了："哎呀，洋鬼子的东西我可吃不惯。"

离开厨房后，阿泰直接前往车库取车。

门卫老李正在大门口扫地，他摇下车窗朝老头友好地挥了挥手。

阿泰的那辆车是他二十岁时的生日礼物。当年它被陈列在车行的橱窗里时，算是上海滩最新潮的东西之一。但时隔四年，现在的它已经是部不折不扣的破车了。他很想换辆新车，可他知道，父亲是不会为他慷慨解囊的，母亲也不会。虽然母亲总是笑眯眯地告诉他，她有多喜欢他这个儿子，但想让她打开钱包，那简直比登天还难。

"钱是用来花的。"阿泰总是这么对母亲说。

母亲并不是个守财奴，看看她为自己定购的那些昂贵衣服和首饰就知道了。但她却对儿子的话不以为然。

"等你学会赚钱后，再来跟我谈怎么花钱吧。"这几乎成了她的口头禅。

好吧，要不是他们都那么吝啬，他也不至于出此下策。

出了大门后，阿泰沿着围墙一路朝前开，一分钟后，他在西北角的那堵颓墙边停了下来。这墙是他一个月前发现的。因为年久失修，外加墙边那棵大树的树根侵入了墙底，所以这堵墙已经有部分倒塌，虽然仍算是高墙，但阿泰早就目测过了，只要踩在汽车顶上，他就能不费吹灰之力爬墙而过。

如他所料，爬墙非常顺利。

墙那边大约十米开外就是主楼。阿泰直接从围墙上跳进了最近的草丛，然后沿着草丛一直跑到父亲的书房窗外。

父亲的烟土都藏在书房的柜子里。阿泰早就偷偷配好了柜子的钥匙，只等着哪一天能溜进书房，把那些烟土洗劫一空。可直到今天，他才有机会实施他的计划，因为他很难等到像今天这样家中无人的日子。

阿泰拉开铁栅栏钻了进去。两个星期前，他就开始逐步撬去铁栅栏上的钉子。他每次只撬两颗，然后用黑色布条将铁栅栏跟树杈绑住，这样，只要不仔细看、不用手去推它，就什么都发现不了。

阿泰拿出准备好的铁片，塞到窗子底下，使劲一捅，又向上一提，窗户立刻弹出一条缝隙，他朝两边望了望，确信别人无法透过他身后的天然屏障——那两棵大树——看见他后，才轻轻撬开窗子，跳了进去。阿泰已经事先在鞋上套了两只大袜子。这是他从地摊上买来的最便宜的大号粗布袜子，这个家里恐怕只有园

丁才会穿这种袜子了，它足够大又足够结实，能帮他掩盖鞋印。

等阿泰在书房里站定，忽然意识到自己忘记戴手套了，连忙从口袋里翻出那副花哨的绣花手套，这也是他在走街小贩那里买的。他同时购买的还有一支廉价口红、一条绣着荷花的手绢和一个米袋。这些都是为这次行动而预备的。他很清楚，一旦父亲发现烟土被盗，必然会报巡捕房，而他见识过那些臭警察是怎么办案的，他们会像狗一样蹲在地上东嗅西嗅，无论是鞋印、手印、血迹，还是掉在地上的任何小东西都会成为他们的破案线索。没人知道廉价口红或绣花手绢会把他们指向哪里，不过至少不该让他们想起他。他是夏家的大少爷，就算找女人，也不会买这种便宜货送给对方。当然，警察肯定也不会想到，他这位大少爷会这么缺钱。

阿泰收起心神，快步走到柜子前，把钥匙插进了锁孔。在转动钥匙的一瞬间，他的心跳得飞快，他担心锁被换了，又担心柜子里的烟土已经被父亲移走。不过，看起来他的运气还不错。那些好东西仍然像一个月前那样，安安静静地躺在里面。阿泰抓起一包放在鼻子底下闻了闻，是这个味道。虽然他不抽鸦片，不过，他的祖母过去是个大烟枪，他熟悉这股味道。

那年，年幼的阿泰走进祖母烟雾缭绕的卧房，发现她正闭着双眼，无限享受地抽着烟，便开口问道："奶奶，这是什么好东西，让我也试试？"说着就伸手去抓烟枪，祖母却忽然睁开眼睛。坐了起来。"滚！"她朝他怒喝，还抄起身边的小笤帚要打他，她从未对他这么凶过，"抽了大烟你就完了！滚！"奶奶大声道。说完这句，她又软绵绵地倒在了绣榻上："……快出去……"她的声音就像隔壁街上的胡琴声，遥远而哀伤，他至今都能听见那最后三个字的余音。

从那以后，阿泰再也没敢碰过烟土。但后来他知道，吸烟土这玩意儿的大有人在，而且极好赚钱。这批烟土是父亲的老朋友从外地辗转带来的礼物。家里没人有这嗜好，他知道它们最终无非是成为人情往来的礼品。既然如此，何不先下手为强。

他拿出米袋。这种最普通的米袋也最为结实，装烟土正好。十包烟土把袋子塞得满满的。他扎好米袋正想走，忽然听见走廊里响起脚步声。而且，让他胆颤心惊的是，这脚步声似乎是朝着书房而来的。是佣人吗？

他屏住呼吸，悄悄走到门口，锁上了书房的保险，这样至少对方没法闯进来。书房里没有他的藏身之处，现在，无论是谁闯进来，他都没法解释自己为什么会在这里。来者是女佣的可能性居多，她们的共同特点就是大惊小怪和嘴快，即便她收了你的钱，也难保不会说出去。

脚步声越来越近。阿泰的心狂跳不止，他知道他应该保持镇定，但这是第一次当贼，他无法抑制紧张和慌乱，有那么一瞬间，阿泰想不顾一切地跳出窗外，但他明白，如果这么做，不仅不能把他害怕的事甩在脑后，反而更可能惹祸上身。女佣会尖叫，没过多久，园丁和男仆就会拿着扫把和榔头冲向书房外面的树丛，而一旦被佣人们撞见他手里鼓鼓囊囊的米袋，他将百口莫辩。他们一看就知道他在偷东西。

阿泰决定一动不动站在原地，看看对方的反应。

那人的脚步声到门口停了。等待了漫长的几秒钟，门缝下面塞进来一封信。

忽然之间，阿泰想开门看看外面是谁。但他的手伸向门把手，又缩了回来。

等到那个人匆匆离开，再也听不见脚步声，阿泰才弯下身，将地上的信捡起来。打开一看，居然是一封勒索信。

"夏秋宜，周子安在我手上，11月8日速交10万到指定地点，逾时撕票勿怪！"

还有这种事?!送信给老爹的人是谁?

肯定是家里人,这毫无疑问。他真后悔没打开门看看。

他刻意安静了几分钟,回忆一下刚刚那人的脚步声。但可惜,他根本听不出来是谁。

阿泰决定按原计划进行。先把正事干完再说。他把那封勒索信丢在了桌上——真想看看老爹收到这封信时会是什么表情。

他打开窗户将米袋丢了出去。

园子里一个人也没有。

阿泰沿着墙角原路返回。因为是白天,主楼里常有佣人走动,他知道就算再小心谨慎,也难免会被人看见,因此特意事先准备了一条黑色的大斗篷。他之前做过实验,只要披着斗篷来去,不管他从哪个角度看到他,都无法辨别他是男是女,如果动作快一些的话,他们肯定连他身高也很难判断,更别说不少蠢人还会把一晃而过的"黑衣人"当成"鬼影"。正好园子的一角有个家族墓园,如果说真的有"鬼"造访,似乎也说得通。

阿泰批上斗篷,用黑布蒙上脸,随后钻出树丛奔向颓墙。在跳过一处树丛时,他隐约听见二楼有开窗的声音,不觉心头一紧。是谁?是刚刚送勒索信的人吗?

阿泰真想回头去看看,但此时脚已经跨到了颓墙边。而且草坪上似乎有人正朝他这方向移近。阿泰知道他必须得走了。逃命的时候如果分心的话会死得很惨。他翻墙而过。

他的车就停在墙外。

上车的时候,他确定四周一个人也没有。

"姑姑，昨天因为大姐在搬家忙得七荤八素的，所以怠慢你了，你可千万别往心里去。"夏秋宜说道。

被一个可以做自己父亲年龄的男人恭恭敬敬地称为姑姑，夏英奇觉得很是别扭。

本来，前一天在夏宅门口受到夏春荣的奚落之后，她就断了去夏家暂住的念头。

"南京？谁叫你们来的？要饭也不挑挑日子？！没看见我正忙着吗？走开走开！别挡道，如果弄坏了东西你们赔得起吗？你知道这些东西值多少钱吗？你们这些乡下人，恐怕连看都没看到过！"昨天在夏宅门口，夏春荣高亢的声音直到现在还刺激着她的耳膜。

当时正是中午时分，夏英奇和哥哥夏漠赶了一上午的火车，早饭还没吃，头也昏沉沉的，听了这番话更是脑袋发懵。她是收到侄子夏秋宜的回信后，才下决心来上海的。夏秋宜在信里写得很真诚，所以她原本以为自己的到来会受到热情的接待，可没想到，迎接她的竟是鄙视和叫骂。她看着夏春荣指挥那些工人一个一个往外搬箱子，真想回敬过去："几个破木箱而已！如果真是有钱人，就该用紫檀木箱子或者楠木箱子！！"

"姑姑，大姐那天真的很忙，人一忙，什么话都说得出来。我不骗你，她昨天晚上忙到夜里九点多才回来。"夏秋宜道。

"什么九点多，是十一点多。你们知道搬个家有多少事要做吗？"夏春荣是个姿色平平已有发福的中年女人，她比夏秋宜年长，却并不似弟弟处世稳重。

"你自己不要我们帮忙的。"夏太太微微皱眉道。

"那当然，万一你们弄坏我挑的家具怎么办？"

夏太太笑，"那你就一个人去忙吧。明天是不是又要去干娘那里了？"

"当然要去，我每年都去的。"夏春荣看也不看呆立一边的"南京姑婆"，"秋宜给我准备好车子。我一大早就要走了！"她命令她弟弟。

"早就安排好了。"夏秋宜转向夏英奇，"姑姑我们不知道你昨天来，昨天我跟太太正好去了无锡。要不然，肯定派人去车站接你们。"

"因为没有你的电话，写信告诉你怕是来不及了……"

"那是我疏忽了，我应该给你留个电话号码。"夏秋宜笑着说，"好了！那我们就说定了，你们今天就搬过来。从今以后，我家就是你家。"

"那就麻烦你了。"夏英奇不好意思称对方侄子，"我们就暂时住一阵子。"她瞥见夏春荣正用眼角瞟她，马上接着道，"我会找些事做，等境况好一些，我们就搬出去……"

如果她能找到一份像样的工作，如果她有能力自己做生意，如果不是她手头太紧……她想，她是应该一口回绝对方的。

"那你就见外了。"夏秋宜高声道，"住我这里，还说什么找事不找事的，论辈分，你是我长辈，我该孝敬你，你当然该住我那里；论年龄，你跟我儿子差不多大，顺便问一句，姑姑你芳龄多少？"

"虚岁二十一。"

"看！比我儿子还小几岁。让你这么个小姑娘出去抛头露面找事做，我怎么对得起你父亲，我二爷爷？"夏秋宜笑眯眯地上下地打量她，"呵呵，十年前，我去南京的时候，你还只是个小丫头呢。没想到如今出落成这么个标致的大姑娘了，真是越看越像我二奶奶……"坐在他身边的夏太太用胳膊肘顶了他一下。他意识到自己说话有失分寸，忙收住笑，正色道："就这么定了，你们就在我家安心长住，吃用开销都我来。"

夏英奇刚想起身道谢，夏秋宜忙道：

/ 11 /

"快坐快坐。"

夏春荣坐在她对面，"笃"地一声，重重放下咖啡杯，皱眉道："这是什么破咖啡！难喝死了！南市这种地方，以后打死我也不会来，连家像样的咖啡馆都没有！"

夏英奇上次见到她时，原以为她是夏秋宜的妻子，现在她知道，这位无论是身材还是脸形都长得像马的中年妇女，是她的侄女，夏秋宜的大姐夏春荣。大概因为夏春荣从未去过南京，所以她们素未谋面。

"早就让你别来了……"夏秋宜低声道。

"我要是不来，谁知道人家背后怎么说我！"夏春荣语调尖刻，又瞄了一眼在不远处独自低头看书的夏漠，"我们说了半天话了，他怎么也不过来？该不会是为了上次的事，在跟我怄气吧？"

怄气！夏英奇心想，如果我哥哥真的生你气，你还能好好坐在这里吗？

"上次看到他，他就一句话都没说，他是不是哑巴？"夏春荣又道。

"大姐……"夏太太沈玉清轻轻皱眉。

"我是实话实说，"夏春荣对夏英奇道："我这个人说话不会拐弯抹角，有什么说什么的，你可别见怪。"

"我哥有点不合群。"夏英奇冷淡地解释道。

他们像看怪胎一般，一起朝夏漠望去。

"他今年几岁了？"夏秋宜问。

"二十八。"

夏秋宜好像突然想起了什么，"我记得是你父亲的……"

她点了点头。"哥哥的母亲难产而死，在那之后，父亲才娶了我的母亲。"

"二十八岁也该成家立业了。"夏秋宜盯着夏漠看了一会儿，"想起来了，十年

前，我去南京就是为参加你哥哥的婚礼。那现在他的妻儿在哪里……？"

她早料到夏秋宜会问起这件事。

"他妻子前些年去世了，没有子嗣。"

"你好像还有一个弟弟，是不是？"夏秋宜道。

弟弟。她禁不住深吸了一口气。

"四年前，他溺水身亡。"她轻声道，她很想再补充一句，这只是那些警察的说法，实际情况根本不是这样。

"溺水身亡？他几岁啊？"

"当时他十岁。"

"真可怜哪……"夏太太唏嘘道。

哥哥在朝他们这个方向望。

"我记得，二爷爷是五年前去世的。"夏秋宜道。

"是。"

"那二爷爷去世后，一直是你哥哥在经营当铺吗……"

"不，不是他。"夏英奇觉得有点难以启齿，她该怎么告诉别人，她哥哥这辈子从未正式工作过？她该怎么告诉别人，她哥哥从小到大就只是个书呆子，在外人看来，甚至是个寄生虫？父亲在世时，他靠父亲，现在他靠她。"他是学医的。"她道。

"是医生？"夏秋宜有些不相信。

"是学过医，但他没开过诊所，也没去过医院，他只是在家里看书，有熟人得病，他就帮忙治一下。"

"他会给人看病吗？"夏秋宜又问。

夏英奇点了点头。

"他学过中医，也学过西医……"

"他这么能干，那为什么你们的父亲这么早就病故了？"夏春荣假装糊涂地仰头道，"他去世的时候应该是……"

"七十五。如果他不吃我哥哥的药，大概早五年就不在了。"夏英奇道。

"那他妻子呢？"

"她是难产死的。我哥哥想给她剖腹，但丈人不同意，硬是请来一个说是有经验的接生婆，结果……"夏英奇轻轻摇头。

她记得嫂子落葬后，哥哥半夜挖坟，把尸体偷出来，之后的两年，他每天都跟尸体睡在一起。虽然他给尸体涂抹了他所说的"南国香油"，但还是有一股奇怪的气味在家里飘散。她记得那天，她趁哥哥不在，偷偷摸进他房间。当她来到床边，拉开被子，看见那具黑褐色的干尸时，顿时脚一软，栽倒在床边。当时父亲还在，这事自然瞒不过去，在父亲的干预下，哥哥最终很不情愿地把尸体运回了坟地，但自那以后，父亲就对他另眼相看。"怪胎"、"鬼附身"、"不正常"、"离经叛道"，父亲提起哥哥时，言语中总少不了类似的字眼。她明白，对于这个长子，除了希望他快点传宗接代外，父亲早就没了别的奢望。可现在，连这也不可能了。

"我认识一些在医药局工作的人，也许可以替他找份工作。"夏秋宜道。

夏英奇心想，除非工作的地方只有哥哥一个医生。否则，干不了三天他就得被赶回家。这种事过去已经发生过无数次了。

"过几天，我可以先带他去拜访我在医药局的两个朋友。"夏秋宜道。

她正想说几句客套话谢谢他，却见哥哥夏漠突然站起身，径直朝他们走来。

"哥……？"她用眼神问他是怎么回事，夏英奇知道哥哥能看明白她的意思。

夏漠没理她，蹲下身子，从地上捡起一个信封。

"这是什么？"夏太太问。

"从她包里掉出来的。"夏漠的眼神扫过夏春荣。

"从我包里?"夏春荣一脸怀疑,随即一把抢过那封信。

扯去封口,拿出信只看了一眼,夏春荣就随手将信纸丢在了桌上,"什么玩意儿!"

夏英奇低头一看,不由得地吃了一惊。那居然是一封恐吓信。

"你丈夫周子安骗我钱财,害我破产,今日落在我手里,是他活该。三天内交齐 10 万元来赎人。若不然,你跟你丈夫永诀吧!"

署名是"一个可怜人"。

恐吓信用钢笔写成,字歪歪扭扭的。

夏秋宜脸色凝重,抬头问夏漠:"你说这封信是从她包里掉出来的?"

"对。就在你们坐下的时候。"

"那已经有半小时了。"夏太太讶异地看着夏漠。

夏漠耸耸肩。"我以为你们自己会发现。"他又转头问他妹妹,"我们真的要搬过去住吗?那好像是一个很可能会发生绑架事件的地方……"

她瞪了哥哥一眼。心道:如果我们有钱,我们当然不用寄人篱下!

"好吧,随便你。"哥哥看懂了她的眼神,马上让步了。

"我还是先打个电话给子安吧。马上回来。"

夏秋宜站起来抱歉地笑笑,起身离去。

"希望是一场虚惊。"夏太太道。

夏春荣冷哼一声:"我才不怕!不瞒你说,子安这工作,三天两头有人上门来找麻烦。这些穷鬼!赚了钱也不见他们说一个好字,亏了一点点就好像天塌下来似的，做生意哪有永远赚钱的？……哼！"她发现夏漠在朝她笑，便冲着夏英奇嚷道，"你最好让他别笑了，要不然我可不客气了！"

夏英奇不想跟这蛮横的侄女发生正面冲突，连忙将哥哥拉到一边。

"得罪她没好处！"她小声道。

等哥哥坐回原来的座位，重新拿起之前看了一半的书，夏英奇才折返回来。

"对不起，他脾气有点怪。"她道。

夏太太回头看看夏漠，又看看她："你哥哥平时都是你在照顾？"

"是啊。"

"那你父亲去世后，是谁在经营当铺？是你母亲？"

"我妈也照看过一阵了，大部分时候是我在管着。"

夏太太怜惜地看着她，"你真不容易，小小年纪，既要管家里的生意，又要照顾哥哥。"

"呵呵，辛苦是辛苦，管是没管好，要不然也不用跑到上海来投奔亲戚了。"夏春荣拿出一把小扇子来轻轻扇着，"不是我说，当初要是你爹肯听我们了安的话，把钱拿去投资了安的项目，绝不会沦落到今天这个地步。哼，可是你爹啊……哼！"夏春荣阴毒的目光在夏英奇脸上扫来扫去，"听说你妈过去是金陵第一美人，男人想跟你妈喝杯酒，得花大把的银子，我看你也不太像她……"

"大姐！"夏太太道。

"我就是这脾气，想说就说。"

母亲过去是南京名妓，当年父亲为了迎娶比自己小四十岁的母亲，花了一半家产为她赎身。这件事曾遭整个夏氏宗亲的反对，但父亲却坚持这么做。这大概也是夏家的亲戚后来大多不与父亲往来的原因。

夏太太轻声道："姑姑，大姐脾气直，你别往心里去。以后大家都是一家人，

被偷走的秘密

你慢慢就会习惯了。"

夏英奇瞥了一眼夏春荣，后者正得意洋洋朝着她笑。她父亲从小就教过她，在口舌上占上风是最没意思的事。"做人就是做生意，看见你讨厌的人，不妨想想怎么从他身上赚钱。"

谁知道这位势利的大侄女会给她带来什么"利益"？至少现在看来，这女人是个空架子，虽然乍一看穿金戴银，珠光宝气，但有一半首饰都是假货。相比之下，衣着素雅的夏太太完全不同，光她手腕上那个通透的翠玉镯子就价值不菲，那两个翡翠耳坠，虽然有些年头了，也绝对是真货。

"你在南京念什么学校？南京也有女校吧？"夏太太岔开了话题。

"有是有，不过我没去过。"

说起这件事，夏英奇心里很不是滋味。她一直很渴望自己能像别人家女孩一样去上学。唱赞美诗、学英语、跳舞、打网球、弹钢琴，她听说过的所有关于女校的传闻都充满了梦幻色彩，她羡慕那种生活。可是，她从小就只进过私塾，后来父亲虽然也请了一打先生教她各种技能，但她觉得跟那些上学的女学生比，自己还是矮了一截，就是个土包子。

"我女儿叫梅琳，虚岁十九了，现在在圣玛丽亚女校念书，今年夏天就要毕业了。"谈起自己的女儿，夏太太来了精神。这时，夏春荣却在旁边咳嗽起来。夏太太微微皱眉继续道："我外甥女，也就是大姐的女儿，她比梅琳大二岁，跟你同岁，已经毕业了……"夏太太不想多谈外甥女，话锋一转，又说起了自己的女儿，"梅琳已经订婚了，婚礼在明年五月举行。接下去的几个月，家里会非常忙，有很多事要做……"

"如果有什么需要我做的，请尽管说。"夏英奇立刻接过了话茬，她也不愿意白吃白住，如果有机会做些事来补偿，她非常愿意。

夏太太微笑地拍拍她的手。"有你这句话就行了。"

说话间，夏秋宜快步走了回来。看他脸色，夏英奇就知道是虚惊一场。

"子安不在公司，但朱小姐说，他们刚刚通过电话。子安说晚点会去公司。"

夏太太松了口气。

夏春荣则冷笑："我早就说了，肯定是哪个穷鬼在虚张声势！"

竺芳坐在医院走廊的长椅上，从包里掏出菜单，她打算趁二太太去作身体检查的时候，再温习一遍晚上的菜单。今天是大小姐夏梅琳订婚后，她未婚夫第一次上门的日子，太太关照她，一定要把晚餐安排得像样些。

菜单是太太和她一起定下来的，一共十二道冷菜，二十道热菜，外加一个汤和三道点心。幸亏今晚请了三个帮佣，要不然厨房的刘妈和喜燕就算有三头六臂也忙不过来。

熏鲳鱼、红枣莲心、酱鸭、白切鸡、四喜烤麸、凉拌海蜇……

竺芳一边梳理菜单，一边回想着大小姐的这桩婚事。

半年前，那位章少爷第一次来家里玩，梅琳小姐见过他后，就变得神经兮兮的。后来还病倒了。一开始，没人知道她是怎么回事。后来有一天，章少爷再次光临，大小姐不顾自己发着烧，马上梳妆打扮下来见客，还穿上了她最喜欢的红旗袍。这下子，谁都明白了。

长着一张娃娃脸的章少爷，一看就知道不是那种能为自己终身大事拿主意的人。况且，他好像更注意表小姐希云。说实话，无论是身材、气质、学识还是为人处世的方式，希云小姐都远远胜过梅琳小姐。站在端庄秀丽，温柔大方，又会说一口流利英语的周希云旁边，夏家大小姐无论怎么打扮都像个傻大姐。

可那天章少爷根本没注意到梅琳的精心打扮。这让她非常失望。章少爷回家

后，她开始乱发脾气，摔摔打打，还把自己反锁在房间里，拒绝出门，无论谁路过她的房门口，都能听见她在里面低声哭泣。谁都知道，她在为什么事烦恼。最后，还是太太敲开了女儿的房门。母女俩在屋里谈了一个多小时，后来老爷和大少爷也加入进去。他们一家四口在梅琳的房间商量了一上午。

第二天，少爷带着一封信去了章家。三天后，章家老爷携儿子登门拜访。两个当家人在书房密谈了两个多小时。当天晚上，老爷在饭桌上向所有人宣布了梅琳跟章少爷定亲的喜讯。这桩婚事就这么定了下来。

蟹粉狮子头、火腿鱼翅羹、蜜制火方、野鸭炖芋芳扁尖……

蓦然，竺芳发现菜单的背后好像有字。她把菜单翻了过来，迅速扫了一眼，立即从座位上跳了起来。

　　"若要人不知，除非己莫为。我知道你的秘密。明早 10 点新新戏院门口详谈。"

她的心狂蓦然跳起来。

我的秘密？我的秘密？这是指什么？难道是那件事？

除了他，还有谁知道这件事？

二太太王银娣正从内室出来。

"哎哟，芳姑，你是怎么啦？一个人傻站在这里。"银娣讶异地看着她。

她这时才发现，自己不知不觉站在了医院的走廊上。

"孩子怎么样……"她缓过一口气来，低声问。

"没事！医生说宝宝一切都好。"

这是谁写的？他要干什么？我一个下人，他能从我这儿得到什么好处？

"你怎么啦？芳姑？"银娣关切地看着她。

她只觉得头晕目眩，眼冒金星。她过去曾是身材强壮的粗使女佣，可现在，她只要稍有些事，就会觉得心慌气短，浑身乏力。

"没什么，年纪大了……"她掏出手绢擦拭着额头的冷汗，同时摸索着回到她之前坐过的长椅上重新坐下。

这是恶作剧吗？到底是谁？还有谁知道这些事？她心惊胆颤地问自己。

中午十二点，红磨坊西餐厅，阿泰正焦急地等着他的妹妹。

梅琳虽然常常迟到，但关于吃的邀请，她从来没有爽过约。两个小时前，他打电话到家政老师家，请那里的娘姨转告梅琳，他中午会在红磨坊西餐厅等她。他相信他已经说得够清楚了。而且，他也不是第一次请这个苏州娘姨带话，过去，她每次都能把他的话带到，这次应该也会不例外。但现在，他已经在这里等了快半小时了，梅琳却仍未现身。

他又等了五分钟，西餐厅的门突然开了，两个女孩一前一后走了进来。他一看，是梅琳和希云。进门之后，梅琳径直朝他冲了过来。

"饿死我了！"她一屁股在他对面坐了下来，又回头向表姐招手，"快点，希云！"

周希云提着蓝布包，不情不愿地走了过来。希云是大姑夏春荣的女儿，说实话，母女两人无论在哪方面都没有丝毫相像之处。大姑长了一张长长的马脸，听说她二十岁就长皱纹了，不知道是真是假。不过，她眼角、额头的皱纹的确深得像刀刻上去一般，她又总在脸上扑满白粉，试图遮掩。外加她的个子比父亲还高，肩宽膀阔，从背后看，有时候会让人误会她是个男人，所以佣人们在背后给她取了个绰号——"粉墙"。

而女儿希云呢？典型的美人。气质优雅、温柔大方，据说还是圣玛丽亚女校的校花。无论希云到哪里，都会引起一阵小小的骚动。就像现在，西餐馆的男人们都忍不住回头看她。他相信，如果她再刻意打扮一下，容貌风姿绝不会输给任何一个女明星。

"你们怎么会一起来？"他问道。

"先来杯咖啡吧，哥哥。"梅琳嚷道。

"我已经点好了，只不过没想到希云也会来。"他招手叫来了侍应，"再来一份罗宋大餐。"

"不，我只要咖啡和面包就行了。"希云道，"一会儿我还得回去。"

"回去？你不跟我们一起回家吗？"梅琳问道。

"我，我还有事……"希云回答得吞吞吐吐。

"啊，看来有男朋友了。"他打趣道。

希云胀红了脸。

"你胡说什么呀。我只是答应张嬷嬷要把事情做完！"

"你们还没回答我，你们怎么会一起来的？"他又引出了之前的话题。

"你问她吧。"希云朝梅琳努努嘴。

梅琳从包里取出一张纸递给哥哥。

"我上完课，在包里发现了这个。所以，我马上让他们开车送我去修道院，我好像听希云说，她今天会去那里。——对了，你今天去那儿干吗？"她问希云。

"有个病人，我每天要念书给她听。她已经八十岁了。"

希云是虔诚的基督徒。上学之余，她的大部分时间都花在了修道院的救济会里。有时候跟她说话，你会不由自主地自惭形秽，你会觉得自己就像个罪人。阿泰想，如果她知道我今天偷了父亲的烟土，不知道会有什么反应。

“八十岁！你可真有耐心！”梅琳大声道，又催促道，“哥，快点看那个！”

阿泰展开那张纸，禁不住噗嗤一下笑了出来。今天是什么日子？纸上居然写着：

    “周子安你作恶多端，今天就拿你的女儿开刀！”

“我看到它之后，什么都没想，马上就赶到了修道院，结果你知道怎么着，她好好的在那里，正在给人擦屁股呢！”梅琳道。

“我以为你去给人家念书了呢！”

希云意识到他们在揶揄她，脸上飞起两朵红云。

“是，是张修女，她七十八岁了……”她结结巴巴地为自己辩解，“她去年摔了一跤，骨头断了，一直没好，她是上帝最忠实的仆人，她教了我很多东西……”她看看表哥，又看看表妹，发现她面前两个人正在朝她笑，便马上转变了话题，“你们觉得这需要报巡捕房吗？”

“你现在不是好好的在这里吗？”梅琳道。

“可这毕竟是威胁……”

“我看这可能是个玩笑——安娜。”安娜是希云的英文名，但他每次念出这个名字时，都觉得很好笑，“上面说拿你开刀，其他的什么都没说。我看写这张字条的人，就是为了吓唬你或者她。”他指指梅琳。

“为什么要吓唬我们？”梅琳道。

“我怎么会知道？”他朝希云看，“如果你想报巡捕房的话，也可以，不过，如果他们看见你好好地站在他们面前，恐怕不会把这当一回事。”

“你说的对。”希云有些泄气。

"你可以告诉你父亲和我父亲。"

"可是，就像你说的，如果看见我好好的，我父亲和舅舅也不会当真。"

他笑笑，表示赞同。

"要不找个人来偷偷调查怎么样？"梅琳道。

"偷偷调查？找谁？"

梅琳拍拍她的大胸脯："Me."

"你？"

"你就装着什么事都没有，什么都不知道。然后呢，我会暗中观察。倒要看看谁会对你下毒手。"梅琳摩拳擦掌，很是兴奋。

希云明显不太相信她的表姐能完成这个任务。

"但是你不可能时时刻刻在我身边，怎么观察啊？"

"这肯定是家里人干的，当然能观察到！"

希云茫然地看着她。

"家里的人？谁会做这种事？"

"当然。你别忘了，我跟你住在一栋楼里。这东西是放在我包里的，而昨天这个时候，我记得清清楚楚，那里面还没有这东西呢。昨天是周末，不上学，所以说，一定是家里的某个人放了这张条子在里面……"

阿泰马上声明，"这事跟我没关系。"

"那会是谁？"

"一定是有机会把纸条放进我书包的人。我回头好好查一查。"梅琳说。

2. 不速之客

阿泰发现章焱一直在偷看希云。这也难怪，今天的希云穿着白色西洋裙，看起来端庄又时髦，相比之下，梅琳的红旗袍就显得土气了。不过，幸运的是，今晚当选最土气奖的不是她，而是从南京来的姑婆。

阿泰看见姑婆时，不由地大吃一惊。他绝没有想到，父亲的姑姑竟然是个二十岁左右的年轻女郎。而且还非常漂亮，跟希云那种清纯无邪的女学生气质不同，姑婆自有一种令人遐想的风韵，就好像是那种小小年纪就嫁作人妇的女孩，虽然也年轻，虽然也有一双黑白分明的眼睛，但她经历过的事还是在她的脸上和身上留下了痕迹。

不过，这姑婆的穿着真是不敢恭维。一对绣花布鞋上居然有两只鸳鸯，而那件大袖子短襟旗袍上，竟然还绣了两只松鹤。阿泰记得他祖母过去也有这么一件类似的短襟旗袍，那是祖母七十大寿时专门请人定做的，她说以后要穿着它进棺材，后来，那件衣服真的跟她一起入了土。可现在，年轻姑婆的身上居然穿着一件几乎一模一样的"寿衣"，真叫人啼笑皆非。她是不懂打扮还是没别的衣服穿？

姑婆发现他在打量她，朝他礼貌地笑了笑。不知道她是否看出来，他正在评判她的穿着，不过看她如此泰然自若，他忽然想到，她会不会是在故意扮老？

"您在南京开当铺？"梅琳开始跟姑婆搭讪。今天，她对姑婆的好奇远远盖过了她对未婚夫章焱的关注。

"当铺是我父亲开的，现在转手了。"姑婆答道。她的态度不卑不亢，不过看得出来，她很高兴有人跟她说话。

"姑姑，你说话好像没有南京口音。"父亲的小老婆，他的二妈王银娣开腔了。她跟梅琳一样，自从看见姑婆后，就把什么都忘了，眼睛一刻都没离开过这位年轻的长辈。

"那是因为她父亲一直在跟她说上海话。她母亲也是上海人。——对不对，姑姑？"父亲问道。

姑婆笑着点头，"我母亲十三岁才去的南京。"

"都是上海人，为什么会去南京开当铺？"梅琳又接过了之前的话茬。

姑婆好像一时不知该怎么回答。父亲笑道："梅琳，要说清楚这些，恐怕三天三夜也说不完。你别问那么多了，让姑婆好好吃饭——子安怎么还没回来？"

最后那句父亲问的是他大姑。

大姑夏春荣抬眼瞄了一眼餐厅角落的落地大钟。现在是晚上七点过一点。

"你给他打过电话吗？"父亲又问。

大姑有些烦躁，她站起身："谁知道啊！可能是公司事情多吧。我再去打个电话问一下，有什么破事！磨蹭到现在！真是的！"

大姑骂骂咧咧地离开了饭厅。

"我们别管她，来……"父亲举起了酒杯。

饭桌上的其他人都举起了酒杯。

"来，祝大家身体健康！诸事顺利！"父亲高声道。

所有人都大声回应："身体健康！诸事顺利！"

二妈王银娣放下酒杯后，再问姑婆："姑姑，你今年几岁？我看你好像跟梅琳希云她们差不多大。"

"虚岁二十一。"

"好年轻。让我们叫你姑姑，我觉得好别扭！"二妈笑道，"可以叫你名字吗？"

"银娣！"母亲喝道。

二妈吐吐舌头。

"姐姐，你叫她姑姑不觉得别扭？"

母亲白了二妈一眼："没规矩！"

"姑姑，那你有没有定过亲？"二妈笑着地问。

姑婆露出尴尬的神情，摇摇头。

"哎哟，老爷，"二妈嚷开了，"看来除了梅琳和希云，你又有一个人要操心了！"

有时候，他觉得二妈的智商还不如梅琳。这也难怪，王家原来是开烟纸店的，她没上过学。当初母亲偶然路过那家店，替父亲买了包烟。银娣一身小短袄，笑咪咪地坐在柜台里面，母亲一眼就看上了她。随即就跟父亲商量讨她回来做妾。有个年轻貌美又丰满的小妾谁会不喜欢？父亲当然求之不得。一个月后，王银娣就进了门。那时候，她十八岁，唯一会写的字就是自己的名字。阿泰至今不明白，为什么母亲要亲自把一个小妾迎进门。都说女人爱吃醋，可这一点在母亲身上，他半点也没看见。为此，大姑不知当面讥讽过母亲几次。

"还是银娣细心，"父亲笑道，"如果姑姑不介意，我也帮姑姑留意一下？"每次银娣说了什么傻话，父亲不是听之任之，就是推波助澜。

姑婆只是微笑，"我想还是先等安定下来再说。"

"听说你还有个哥哥？"二妈又问。

姑婆哥哥的房间被安排在楼上。听芳姑说，这位大少爷进屋没多久，就出门溜达去了。眼下也不知道他逛到哪儿去了。

"叔公为什么没来吃饭？"二妈问道。

"他每到一个陌生的地方，都喜欢四处转转，否则他会觉得不舒服。"

"我听说他神经不太正常？"二妈又问。

母亲在旁边咳嗽提醒这没脑筋的二妈。

"是大姐说的。"二妈道。

姑婆倒也不生气。她一定经常听人这么评说她哥哥。

"他只是喜欢一个人待着，如果人多，他会犯头疼病。"姑婆心平气和地说。

"这种病我知道！"二妈瞪圆眼睛嚷道，"我二舅母就是这样的！她老说她头疼干不了活，后来家里找了个大仙来一看，原来有只鸡停在她脑袋上。你应该也找个大仙给他看看！"

姑婆笑起来。

"我哥哥不信这些。他小时候受的是西洋教育，我爹还专门请了个洋人教他。"

"那他会说洋文？"梅琳道。

姑婆点点头。"他留过洋，小时候教他的洋老师是西班牙人。后来，这个老师把他带到英国去了三年。所以他会说西班牙语和英语。"

梅琳露出崇拜的神情。

"原来叔公这么有本事！我真想见见他！爸，叫他来吃饭吧——"梅琳哀求父亲。

"等会儿你就能见着他了！见了叔公别忘了叫人！"

"当然。"

这时，父亲注意到了坐在那里一声不吭的章焱，"令堂大人的身体最近好些了吗？"他问道。

"好些了。上次您介绍的西医去给她看过后，吃了点药片，现在好多了。已经不咳嗽了，吃饭也比过去多了。"章焱中规中矩地回答。

父亲欣慰地点头。

"那就好，那就好。"

客厅外面传来一阵喧哗，听起来像大姑在跟谁大声说话，父亲皱皱眉。

"阿泰，你出去看看。"

今天，他看见父亲有些心虚。父亲回家后直接去了书房，不知道有没有发现那些烟土已经不翼而飞了。

他走出饭厅来到走廊上。发现大姑正在大门口跟一个陌生男子说话。

"我告诉你，我们家正在请客吃饭，你要是捣乱，我就报巡捕房了！"大姑威胁道。

对方并不买账："这位太太，我已经告诉你了，我就是巡捕房的。我来是有公干，你能不能把你家管事的人找来？"这个男人说话四平八稳的，不过谁都听得出来，他完全没把凶悍的大姑放在眼里。

"管事的？！我就是管事的！你有什么事？"大姑怒道。

阿泰走了过去。

"出什么事了？"他问道。

"阿泰，你来得正好。他……"大姑的话还没说完，那名男子便递了张证件到他面前。

"唐震云。"他念道，"你是南京玄武湖巡捕房的？"这个身份不免让他有些吃惊。

"南京，你是从南京来的？"大姑重新打量起他来。

"对，南京。"

"你有什么事？"大姑对他的敌意已经转换成了好奇。

南京警察显然是不想跟大姑这种中年妇人啰嗦。他的目光跳过她，直接落到阿泰脸上。

"你们家在南京是不是有个亲戚叫夏漠？"

他记得至今未露面的叔公好像就叫这个名字。但他没有直接回答。

"你等一下。"他道。

他返回饭厅。

"什么事？"父亲问他。

"有个南京来的警察找叔公。"

姑婆一怔，当她发现席间的人都在看她时，她放下筷子站了起来，"不知道是什么事，我去看看吧。"她故作轻松地说。

父亲也站起了身。"我跟你一起去。"

他们离开饭厅后没多久，大姑就嘴里嘟嘟囔囔地走了进来。

"……又不知道有什么事，还得把我支开！"

想必是父亲叫她回饭厅的。

阿泰心里放不下，便找了个借口来到走廊上。

走廊上已经没人了。他听见客厅里有说话声，便悄悄走了过去。果然，父亲、姑婆和那个警察都在那里，他佯装不经意地站在了帘子旁边。

"……那天半夜，有人看见赌坊老板被一辆独轮车推来，丢在赌坊的门口。而我们查了一下，那几条街，只有你家才有独轮车……"警察说话声音不大，但他还是听得很清楚。

"我不知道你想说什么。"姑婆一脸困惑，"那辆独轮车，我父亲扔在后院已经有好几年了，谁都能用它。"

警察盯着她的脸，"他死了。"

"他死了？"父亲也被吓了一跳。

警察没回答父亲，只是看着姑婆。

"夏漠呢？"他忽然问道。

"出去了。你找他干什么？"姑婆的口吻非常不客气。

"死者跟你弟弟的事有牵连，而且夏漠是医生，他懂得怎么下毒……"

姑婆的脸色变得很难看，

"是医生就会下毒了？你真是信口雌黄！"

警察避开了她的目光。

"我要把夏漠带回南京。"

"你凭什么带走他？"

父亲走到警察的跟前，"长官，你这么大老远地跑到上海来找他，还想把他带回去，是不是有什么确实的证据？"

警察被问住了。

"他们家是那带附近唯一有独轮车的……"

"这个你说过了。"父亲道。

"赌坊老板死后不到三天，夏漠兄妹就匆匆忙忙弃家而走。"

"也许只是巧合。"

"我们找到一个目击者，他说他看见凶手跳进夏家的后院。"

"那是个破院子，谁都能跳进去。"姑婆道。

父亲忽然朝前方望去。

一个男人从客厅外走了进来。这就是他们所说的夏漠吗？这个男人中等个子，眉目清秀，脸色微微有些泛白。他穿着一件皱巴巴的褐色旧西装，手里拿着一份报纸。

"啊！真没想到你会来！"夏漠看到唐震云后的第一反应跟姑婆正好相反，他就像是遇到了老朋友。

"他认为你毒死了赌坊老板。"他妹妹对他说。

夏漠扬了扬眉毛。

"你弄错了吧。"他笑。

"上周三晚上十点到凌晨三点，你在哪里？"

"睡觉。"

"唐警官，这种时间多数人都在睡觉。"姑婆在一旁补充，"我跟你说过了，独轮车在后院，那里的墙又坏了，谁都能溜进来偷偷把它推出去。"

警察好像没把两兄妹的说辞当一回事。

"总之，你得跟我回去，你是嫌疑人。"警察对夏漠说。

夏漠笑起来。"我也想回去，但她不让。"他指指他妹妹，他的神情不太像三十岁的男人，倒像个十三岁的男孩。

"这由不得她。"

"可是今天已经很晚了。"父亲走到警察面前，"而且，你大老远地从南京来上海抓人，怎么也得跟这里的巡捕房打个招呼吧？"

这句话把警察震住了。

"我今天来得太急，还没有知会他们。"

"你现在去找他们，他们恐怕也没功夫理你。现在都已经过了晚上七点了……"父亲驻足环顾四周，"我看这样好不好，你今天先去旅馆住，等明天你知会这里的巡捕房之后，你再过来……"

警察笑起来。"那我怎么知道，他会不会趁机逃走？"

"他不是凶手，他干吗要逃走？！"姑婆怒道。

父亲想了想道："要不这样，今晚你就留在这里。你可以跟他睡一个房间，我一会儿就找人安排。"

警察被说动了，他向父亲微微欠身表示谢意。

"麻烦你了，夏先生。"

父亲也朝他点了点头，"你叫唐……"

"唐震云。"

"我得去确认一下你的身份。"

"请便。"

父亲走到客厅的另一头拿起了电话。这一边，夏漠正朝警察笑。

"没想到，有一天，我们会住一个房间。"

警察朝他假笑。

姑婆走到警察面前，尽管她已经尽量在掩饰，但还是能看出来她现在相当生气。

"难道你没有别的嫌疑人了吗？"她咬牙切齿地问道，"为什么你要盯住我哥不放？那个赌坊老板跟我哥哥有什么关系！他只去过赌坊一次。"

"是，但他去的那次赢了那家赌坊有史以来最大的一票。他出老千！"

"可他没把钱带回来！"

"在赌坊，出老千就是死罪。"

"那是一年前的事了，如果他们之间有仇，你觉得那个赌坊老板等得了一年吗？我哥还不是早被他砍死了！可他现在平安无事地站在这儿。那只有一个解释，那天他没有出老千，他跟赌坊老板之间也没任何瓜葛！"

警察刚想反驳她，希云"噔噔噔"跑到了客厅。她发现阿泰躲在帘子后面，很是惊讶。

"你在干什么？"她轻声问。

还没等他回答，她又径直走进了客厅。父亲正巧挂上电话。

"舅舅，舅妈问你，是不是可以上点心了。"

他明白母亲的意思，那其实是在催促父亲尽快返回饭桌。

"可以上了，我们马上就过去。来，唐警官，认识一下，这是我外甥女周希云……"父亲热情地替他们作介绍。

唐震云有些不知所措，但他还是马上礼貌地跟希云打了个招呼。

"唐警官会跟我们一起吃晚餐，你让他们增加一个位子。"唐震云想要婉拒，父亲又接着说了下去，"我把你安排在夏漠旁边，你们好好交流交流。当然，"他笑着转向夏漠，"首先你得上饭桌，我女儿很想见叔公，听说你会说两种外语。"

夏漠微笑点头。

"快去吧。"父亲催促希云。

希云点头退下，在离开客厅门口时，她朝阿泰作了个鄙夷的表情。

他懒得理会希云，不过眼看着父亲和姑婆他们从客厅里出来，他赶紧退回到走廊上，并飞快地奔回餐厅。

阿泰回到饭厅时，大姑正在绘声绘色地说着什么。

"……我说呢，肯定是他们在南京干了什么！如果真的什么都没干，那个警察怎么会大老远地从南京追到上海来？……"见他进来，大姑忙问，"阿泰，你听见什么了？"

"可惜我什么都没听见。"他故意掏掏耳朵，一脸无奈。

大姑白了他一眼。

汪妈和希云两人匆匆走了进来，希云落座，汪妈忙不迭地安排位子。

“谁要来？”大姑问。

“是叔公和一位警官。”

“警察？就是刚刚那个警察？”大姑非常吃惊。

其余人也非常好奇。

“就是你说的那个从南京来的警察？”母亲问道。

“我怎么知道？秋宜做事向来就是这么莫名其妙……”

她们正说着话，父亲等一行四人走了进来。

“来来来，小唐，快请坐，”父亲热情地招呼着。真奇怪，父亲为什么对一个外来的警察如此热情？

“打扰了。”唐震云有些拘谨地坐了下来。

“夏漠你也坐。梅琳，这就是你叔公。”父亲笑着对梅琳说。

梅琳好奇地打量着夏漠，又朝唐震云瞥了一眼。

“叔公，警察来找你，是什么事啊？”她问道。

夏漠显然不怎么习惯跟女性打交道。

“没什么。”他看也没看她一眼。

“这位唐警官是南京巡捕房的新任探长，”父亲笑着介绍，“他找夏漠，自然是有公务在身，我们外人就不要多问了。今天时间不早了，我邀请他在我们家吃顿便饭。小唐，别客气。”

唐震云点了点头。

“子安呢？你打过电话没有？”父亲问大姑。

“刚刚打过，那边没人接，可能已经往回赶了吧。”大姑心不在焉地回答，她现在更关注席上的警察，“是什么大案了惊动探长大人从南京赶来上海？该不会是有人犯了什么事吧？”

被偷走的秘密

"大姐……"夏太太想阻止她。

"这可得问问清楚。"大姑来了劲，"我可不希望家里来一个什么犯人，这个家的女眷又特别多。你说是吧，银娣？"

别人都知道这种时候，不该附和大姑，只有银娣完全看不懂饭桌上的局面。

"是啊，到底是什么事啊！唐警官，你能不能说出来，让我们也好放心，我还怀着孩子呢！"银娣下意识地摸摸她的大肚子。

所有人的目光都集中到了唐震云的身上。他注意到，被推向风口浪尖的夏漠一脸无所谓，他的妹妹却神情紧张。

唐震云笑了笑，"南京那边发生了几起投毒案，需要夏医生的协助。夏医生在这方面颇有研究，帮过我们不少忙。我恐怕明天要请夏医生跟我去南京，这实在是不情之请，我也知道，他刚到上海。夏医生，谢谢你。"

"不客气。"夏漠道。

两人一来一往配合得很默契。

"趁热吃，那个火方是我们上海的特色菜。我够不到，希云你帮我招呼小唐。"父亲显然对唐震云十分满意。毕竟席上还有未来的女婿章焱，他可不愿意有什么丑闻传到亲家那里。

希云略带羞涩地为唐震云夹了一小块火方。

"您请。"她低声道。

"谢谢。"

/ 35 /

3. 出事了

夏英奇回到自己房间的时候，已经精疲力竭。

她万万没想到，唐震云会一路追到上海。当初弟弟出事时，可没见他那么卖力！他到底想干什么？他要把哥哥带回南京？他真的要与她为敌吗？

她躺上床，眼睛瞪着天花板，几年来发生的事又一幕幕出现在她眼前。

当初父亲临终时，曾经握着她的手，一再叮嘱她要好好抚养弟弟长大。

"……你大哥已经是个废人了，阿晨是我们家的希望，你得保住他，让他以后光宗耀祖……"父亲说完这些，就把家里库房的钥匙交到了她手里。那意思很明白，将来，她得把这两把钥匙交到弟弟手里。可父亲去世才一年，弟弟就出了事。

事情还得从她哥哥的遭遇说起。一天下午，她正在当铺算账，小伙计春生慌里慌张地从外面奔进来对她说，"大少爷被人带走了"。

那天哥哥没回来，她在家里焦急地等了一夜。第二天她接到口信，让她去唐家一趟。她去了之后，唐震云的大伯唐仁义告诉她，夏漠把他的小女儿骗到旅馆强暴了。按照他的说法，这女孩即将成亲，出了这种事，只能把对方的彩礼通通退回去，因此唐家损失了一大笔钱。唐仁义挑明了，除非她用两家当铺来作赔偿，否则就送她哥哥去坐牢。

对唐家的说辞，她一个字都不信。哥哥生性腼腆，不擅交际，平时几乎从不跟陌生人说话，更别说异性了。连主动搭讪都不可能，还说什么勾引和强奸？她

为这件事找过唐震云，因为他们两人实际早有婚约。亲事是两家的父亲定下来的。原本在三年前，她就该嫁过去，可谁知，父亲才刚去世不久，唐震云的父亲也撒手人寰。而哥哥之所以会认识唐仁义的女儿，也是因为她让哥哥去唐家送奠仪。

但那段时间，唐震云不在南京，被上司派到外地去集训了。她给他写信，也是有去无回。唐仁义在南京有钱有势，她知道自己斗不过他，哥哥又在他们手里，时间耽搁不起。无奈，她明知自己被坑了，还是忍痛答应了下来。

当铺的事交割清楚后，哥哥才被送回来。哥哥被抬进家门时，脸肿了一倍，遍体鳞伤。请了西医来看，医生说他这辈子都不能当男人了，令她心痛不已。但事到如今，也毫无办法，她一个弱女子，根本没能力对付唐家。她只能庆幸哥哥总算捡回了一条命。她本以为这件事就这么过去了。但没想到，一个星期后，她十岁的弟弟夏晨突然失踪，三天后，他的尸体才被人从河里捞上来。警察认为他是溺水身亡，但哥哥和她都明白，这事绝非意外。

她开始发疯般地调查唐家的那个小女儿，结果发现，这个名叫唐珂的女子，并不像唐家所宣称的那么贞洁。事实上，她早就有了男友，并且还不止一个。这时她才想到之前哥哥说过的话，"是她主动跟我说话"、"她让我去陪她"、"我们还没脱衣服，她家里人就闯了进来"。后来她还查到一条重要线索，那天小旅馆的房费是唐珂付的（因为哥哥从来不带钱）。如果这女人是被骗到旅馆的，她怎么会主动付房费？整件事，怎么看都像个圈套。

而她最不明白的是，如果他们要的仅仅是那两家当铺，她已经给他们了，为什么他们还要打残她哥哥，杀她弟弟？为什么？

后来她才知道，整件事的渊源得追溯到二十多年前。原来当年唐家还未发迹时，唐仁义曾是母亲的恋人。这些事如果不是母亲亲口承认，她绝对不会相信。

那天，她看见母亲在房里急着收拾行李，她问母亲去哪里，母亲这才告诉她，她要嫁人了。而她万万没想到的是，母亲要嫁的居然就是唐仁义！

"你知不知道！他们夺走了我们家的当铺！他们杀死了你儿子！"她大声质问母亲。那时候弟弟才去世不到三个月。要不是亲眼看见，她真不敢相信母亲居然要嫁给仇人。

"阿晨明明就是坠河死的！"母亲坚信这一点，"我跟义哥早在二十年前就该成亲了，当年要不是你父亲，我不用在这破当铺苦捱那么多年！"

母亲只顾收拾行李，急着要走，车已经等在门外了。

她忽然想到，也许夺走当铺，打残哥哥的事，母亲也有份。她被这想法惊得头皮发麻，浑身打颤。母亲才刚跨出房门，她就冲过去拦在了前面。她需要一个答案！只需要一个答案！

"骗哥哥的事，你事先知道吗？"她问道。

"你让开，让开！"母亲高声叫着，眼神却左右躲闪。

她心里已经明白了七八分，但还是不敢相信。她就是要听母亲亲口说出来。

"如果你不说，你今天就休想跑出去！我死也要拉住你！你给我说清楚！"她从来没对母亲如此大声说话，但是她想，如果她当时手里有把刀，也许会直接朝母亲的身上扎过去！

也许是急于离开这个家，也许是慑于她的怒火，母亲最后终于吐出了一串话："那小子又不是我儿子，你那么护着他干嘛？义哥答应到时候当铺都是我的！你这么拼死拼活，到时候你嫁人了，还不是什么都捞不到！现在当铺给了我，将来总有你一份。我早就想好了，如果阿晨活着，你们将来一人一家铺子，可惜阿晨命薄……"

她不知道那天母亲是怎么走的。

等她醒来时，发现自己昏倒在走廊上。后来，女佣告诉她，是太太用花瓶砸

了她的头。她居然毫无知觉，她脑子塞满了母亲父亲和唐家的恩怨。

多年前，父亲以高价把母亲买回来后，唐仁义一定怀恨在心。这十几年，他一定处心积虑，图谋报复。现在终于得偿所愿。他不仅抢回了他的女人，夺走了夏家的财产，还杀了她弟弟，打残了她哥哥，让他们夏家断子绝孙！真够狠的！

她花了一天的时间，才把整件事的来龙去脉拼成了故事，告诉了哥哥。

"我们该怎么办？"她问哥哥。

他只是茫然地看着她。他确实不知道该如何是好。之后的三天，他把自己关在房间里，她猜想他需要时间好好问自己一个问题，在将来的岁月里，他究竟是要做好人还是坏人。

等她再次见到他时，他已经变成了另一个人。

哥哥陆续从阁楼上翻出十几本积满灰尘的洋文书，随后，他就躲在自己的房间里，夜以继日地捣鼓各种草药。那时候她就知道，他是在研制各种慢性毒药。

通常被下毒之后，人会很快死亡，但如果药性减缓，别人很难把这人身上的各种病状跟下毒联系在一起。当然，哥哥这么做不仅仅是为了掩人耳目，他还想看着那些人受折磨。

她知道哥哥心里有一张长长的名单，几年来，他正在逐步划去名单上的名字。他们中有的已经死了，有的还活着，但生不如死。这些人彼此未必认识，但他们都有一个共同点，那就是他们都或多或少帮着唐家害过他们。唐震云提到的那个赌坊老板就曾对警察说，他看见她弟弟在被害前一个人在河边走。

"那小子在河边转来转去，我那时候就担心他掉进河里，没想到后来真出事了。"

她这辈子都不会忘记这个人说话时的嘴脸，不知道唐家给了他多少钱！后来她才知道，那个赌坊唐家也有股份。他们根本就是一家人！

不过，她也明白哥哥再继续下去，早晚会败露。所以三个月前，她要求他罢手。

"我来对付他们，你把他们留给我。"她说。到目前为止，哥哥对付的都是唐家外围的人。

"你打算怎么做？"

"我要夺回我们失去的财产。"

哥哥对她的话嗤之以鼻。"你脑子里只有钱。"哥哥每次都这么讥讽她。

"因为钱是他们最在乎的东西！"她大声回敬。比起让那些人在床上打滚，她宁愿让他们看着自己辛苦挣来的家产一点一点消耗殆尽。再也没比看着自己好不容易造起的高楼轰然倒塌更令人绝望的了。

当然喽，这还有待时日。唐家的势力这么大，现在跟他们斗，无疑是以卵击石。而且，她也知道，她想在南京东山再起，绝无可能，她只要稍微露一下头，唐家就会对她下手。所以她决定离开南京，先去别处谋生。

她写信给夏秋宜询问上海的生活水准，夏秋宜当即回信表示愿意接纳他们。这对她来说，不啻雪中送炭。可她怎么都没想到，她和哥哥才在这里安家，唐震云就追来了。

笃笃笃，有人在敲门。

她迅速瞥了一眼桌上的小木钟。晚上十点。

原来她这样躺在床上胡思乱想，已经快两个小时了。

笃笃笃。

"姑姑，姑姑！"门外传来银娣的声音。她记得这个漂亮的小媳妇，饭桌上最喜欢发问的人之一，看起来没念过什么书，但为人应该不错。

她下床，打开了门。

"姑姑，你睡了？"银娣道。

"……刚刚打了个瞌睡。"她捋了捋凌乱的头发。

"姑姑，赶明儿我带你去剪个短发吧，"银娣看着她的头发说道，"现在的女学生都时兴剪短发，打理起来也方便。"

她客气地笑，"你这么晚来找我，有什么事吗？"

"哎哟，我都快忘了。"银娣突然变得紧张慌乱起来，"姑姑，你赶紧下去。你哥哥出事了。他被人打伤了，就在楼下。"

哥哥受伤了？她大吃一惊，难道是唐震云？他袭击哥哥？

她来不及细想便跟着银娣下了楼。

楼下的客厅已经聚集了不少人，有几个家丁模样的人守在客厅的门口，夏秋宜正在角落里打电话，刚刚席上最漂亮的女孩周希云则已经换了一件粗布旗袍。她正蹲在哥哥身边，好像在查看他的……伤口。

"姑姑，你先忙着，我去叫别人。"银娣丢下这句话后，又匆匆上楼。

她快步走到夏漠身边，发现他的肩膀上有个血窟窿。

"哥，发生了什么事？"她着急地问。

"有人朝我们开枪。"他低声道。

"我们？"

夏漠看出了她的心思，"不是他开的枪，是别人。"

"别人？"

她不明白哥哥在说些什么，正好夏秋宜向她走来。

"姑姑，"他低声道，"刚刚他们在花园散步，遭到了枪击。"

"枪击？"

"幸亏小唐反应快，要不然他自己也得中枪。因为急着把夏漠背回来，他没法追捕凶手，凶手跑了……"夏秋宜颇为遗憾地说。

"那现在他人呢？"唐震云不在客厅里。

"他说去那地方查看一下。"

"可是，怎么会发生这样的事？谁会朝他们开枪？他们两个今天才来，不可能跟谁结怨……"她实在不明白。

唐震云从客厅外面急匆匆走进来。

"他怎么样？"他来到夏漠身边。

"他还在流血，得马上送医院，我再去上楼拿一些纱布来。"周希云说着，起身快步走出了客厅。

"谢谢你，希云。"她连忙道。

周希云回头朝她笑了笑。

她在哥哥身边蹲了下来，"肩膀中枪应该没事的。你坚持一会儿。"她小声安慰道。

"不是你中枪，你当然这么说。你不知道有多疼……"哥哥小声嘟哝道。

"应该马上送我哥哥去医院。"她对唐震云说。

"稍等一下。"他匆匆看她一眼，转头对夏秋宜说，"夏先生，我刚刚去墓地，发现那里有具男尸。"

"男尸？"她惊道。

他神情凝重地朝她点了点头。

"什么？男尸？!"夏秋宜没听懂。

"看起来是刚死不久，身体还是热的，"唐震云语气急促，"他是中年男子，穿西装，拎公文包，戴眼镜——你们家有这样的人吗？"

夏秋宜看着他，磨蹭了半天才开口，"我……不知道你说的是谁，但听上去有点像我姐夫。他今天没回来吃晚饭。"

"那你最好现在就跟我过去看看——得马上报巡捕房，"唐震云直接走到了电话机前。

"先别忙，"夏秋宜道，"还是先让我去确认一下再说。"他的声音低得几乎听不见。

唐震云皱了皱眉，但当他的目光跟夏秋宜交会后，他点了点头。

"那我们现在就走。"夏秋宜说完便命令一个男佣，"快去点灯！"他又指挥另一个男佣，"你去叫几个人守住大门，谁也不许出去。"

两名男佣答应了一声，奔出了客厅。

这时，楼梯上传来喧哗声。不一会儿，夏太太、银娣和夏春荣先后出现在客厅门口。

"怎么回事？"夏太太胆颤心惊地看了一眼躺在地上的夏漠。

"他中枪了，"夏秋宜低声答道，"现在我要跟小唐去园子里看看，你把家里所有人都集中到这里，让佣人他们留在厨房，谁也不许离开。"

"到底是怎么回事？"夏太太问。

"我也想知道。"夏秋宜突然停住，目光转向他的大姐，"子安有消息吗？"

夏春荣一副没睡醒的样子，"他说，他马上回来了，那时候是七点半，可现在还没看见他的人影。"她打了个哈欠。

夏秋宜意味深长地看了她一会儿，但他什么都没说，便跟着唐震云快步走出了客厅。一个男佣在门口替他打起了伞。来外面正在下小雨。

夏英奇在她哥哥身边蹲了下来。

"到底发生了什么？"

夏漠脸色苍白，但神志还算清楚。

"……我们在散步，走到墓园时……里面响起枪声……唐震云让我蹲下，我没反应过来，谁会想到这种事？我的动作慢了一拍，结果肩上中了一枪……他拔枪朝那人射击，那人也回了一枪，但没打中……接着，就听到里面一阵响动，估计那人逃走了……唐震云本来应该去追的，但我受了伤，他得尽快把我送回来……事情就是这样。"

"你有没有看见向你开枪的人？"她问道。

"没有。里面很黑，我只听见说话声……"

"说话声？是男是女？有几个人？"

"是一个男人的声音，他好像很生气……好像在吼叫，但我没听见他在说什么……"夏漠闭上了眼睛。枪伤一定很痛。

夏太太走了过来。

"他怎么样？"夏太太问她。

"得马上送他去医院。"

夏太太好像有点为难，她叫来一个女佣，"快去找阿芳！"接着她换了种商量的口气，对夏英奇说，"姑姑啊，刚刚老爷说，谁也不能离开这里，所以叔叔暂时还得留在这里……"

"可是……"

夏太太忙拉住了她的手，"你别急，我马上派人去找医生，那个医生是我们家的朋友，他的诊所离这里很近，顺利的话，五分钟就能赶到——他是西医。"

"我不去医院。"夏漠插嘴道，"我自己就是医生。"

"你现在就别逞能了！"她还是觉得应该立刻送医院。

正在说话间，芳姑慌里慌张地跑了进来。

"太太，你找我？"

"出了这么大的事，你去哪里了？"正在芳姑吞吞吐吐想要回答时，夏太太截住了她的话头，"别啰嗦了！赶紧去给王医生打电话，让他马上过来。这里有个病人要做手术，让他赶快！"

芳姑答应了一声，转身就走。

夏太太走到夏漠的跟前，低头看着他。

"谁会做这事？"她自言自语，她忽然瞥见站在一旁的夏春荣，"大姐，你说这事会不会跟你今天收到的信有关？"

夏春荣又打了个哈欠。

"我怎么知道！我看是有人把晦气带进了这个家！"

这话明明就是指夏英奇兄妹。夏英奇佯装没听见。

周希云拿了纱布和药水又出现在客厅门口。

"太好了，希云懂得料理伤口。"夏太太看到外甥女似乎看到了救星。

周希云蹲在夏漠身边，用纱布蘸了点酒精捂住了那个血窟窿。因为剧痛，夏漠发出一阵呻吟。

"医生马上就来了。"夏太太安慰道。

阿泰把车开进大门的时候，发现父亲的司机章九守在门口。

"你怎么在这儿？"平时这时候章九早就回房休息了。

"有人死了。"

他一惊。"谁死了？"

"我不知道。现在那个南京来的警察跟老爷刚刚一起去墓地那边查看了。"

有人死在墓地？看起来章九也不像是在开玩笑。

他没再多问，把车停进车库后，便飞奔回家。

客厅里灯火通明，还没走到门口，他就听见大姑凄厉的嚎哭声。

"……子安，子安……你是被谁害死的……啊——子安，你死得好惨啊……"

他跨入客厅，发现家里所有人都已经聚集在那里。母亲和银娣正在安慰痛哭不止的大姑，希云坐在沙发上正不停抹眼泪，父亲则一脸阴沉地在跟那个名叫唐震云的警察小声讨论着什么。整个屋子里，只有梅琳一个人显得无动于衷，她已经换回了平时穿的家常衣服，头发湿答答的，像是刚刚洗过。

……咦，怎么还少了两个人。南京来的姑婆和叔公呢？

"阿泰……"母亲一看见他，就丢下了大姑朝他走了过来，"你刚刚去哪里了？"她低声问他。

"我送章焱回家。到底是怎么回事？"

"你姑夫死了。姑婆的哥哥也被打了一枪。"

他大惊。

"会有这种事？"

母亲摇头，"也不知道今天是什么日子，真是不吉利！幸亏章焱吃完饭就走了……"她的话说到一半，唐震云就走了过来。

"阿泰少爷。我得问你几个问题。"

"你问我？"

他父亲也走了过来。

"我已经跟小唐说好了，这件事暂且不报巡捕房……"父亲压低嗓门道，"因为你姑夫很可能是……自杀。"

"自杀？！"他真是被吓到了。

屋里所有人的目光齐刷刷朝他射来。

被偷走的秘密

"你小声点！"父亲喝道。

"可是姑夫怎么会自杀？"他说话时禁不住朝大姑那个方向望，难不成是被大姑逼得走投无路？可姑夫这辈子都在受大姑的气，应该也已经习惯了吧？再说，姑夫好像也不是那种有勇气自杀的人。"是自杀吗？"他又问。

夏秋宜回头跟唐震云交换了一下眼色，"我们发现他时，他手里拿着一把枪——现在不管怎么样，我不想报巡捕房，你也知道，梅琳就快结婚了，我们家闹出这种事，谁知道章家会怎么想？"

"你是说……先瞒着？"他看看父亲又看看唐震云。

唐震云接过了话茬，"你父亲让我找出他自杀的原因。但我觉得应该先确认这是不是自杀。"

"他手里拿着枪。再说谁会杀他？"父亲道。

"尸体现在在哪里？"

"已经送到墓地旁边的石屋去了。我现在找人看着……"

"最好尽快找个验尸官过来。"唐震云低声道。

父亲点头，"这事交给我。"

唐震云又朝他看过来，"你刚刚去哪里了？阿泰少爷？"

南京来的警察凭什么问东问西的？这里可是上海，上海可不是他的辖区。不过，他也明白硬撑着不回答，可能反而会引起对方的疑心。

"我送章焱回家了。"他没好气地回答。

"你父亲刚刚给我一个章家的电话号码。我打过了。那边的人说你一个小时前就离开了。从他家到你家这段路程，按照章家人的说法，只需要十来分钟。"唐震云的口气很平和，"阿泰少爷，离开章家之后，你去了哪里？"

"我去见朋友了。"他道。

唐震云朝他笑笑。

"可以告诉我姓名吗？"

"我不知道她叫什么名字。"

"阿泰！"母亲扯了一下他的袖子，那意思是让他有什么就说什么。

"好吧，我只知道她叫翠西，她是百灵园的舞女，我答应今天去捧她的场。"他想幸亏之前他跟翠西打过招呼，那些小首饰和舞票可不是白给的，她应该知道该怎么说。

母亲瞪了他一眼，没说话。

"你是什么时候出的门？"唐震云道。

"晚饭后，大约八点。"

父亲在旁边问，"差不多了吧？我看大姐的身体快支持不住了……"父亲刚说到这儿，只听银娣一声惊呼，他一看，大姑倒在了地上。

"周太太厥过去了，快，快去拿杯凉水来。"芳姑对着汪妈喊。

汪妈答应了一声，惊慌失措地奔了出去。

"要什么凉水啊，"银娣嚷道，"直接掐她人中不就完了？"

她才想动手，母亲就大声道："银娣！你想清楚了，要是掐坏了，大姐可是要找你算账的！"这么一说，银娣忙把手缩了回来，"先把她扶到沙发上去，别让她躺在地上！"母亲命令道。

银娣要插手，又被母亲喝住："你给我太平点，你不顾着自己，也得顾着肚子里的孩子！——希云！"

希云霍地一下从沙发上跳起，绷着脸，奔出客厅，直接冲上了楼。"碰！"楼上传来她重重摔门的声音。

"这孩子是怎么了？"母亲错愕万分。

"别管她了。"父亲道。

"叔公去哪里了?"他乘机问道。

"他在楼上做手术呢。也快好了吧。"父亲的眼光扫过大姑,"先把她送回房间吧。——梅琳,别像傻子那样发呆,你去帮忙。"

"我?"梅琳有些意外,"明白了!"她忽然拿起水杯,哗地一下朝大姑的脸上浇去。这举动把所有人都吓了一跳。

"梅琳!你在干什么!"母亲大声喝道。

"我只是想让大姑醒过来,要不然怎么把她弄上楼啊!她可是跟我爸差不多重!"

"放肆!"父亲骂道,"也不看看现在是什么时候!"眼看着父亲要揍梅琳,梅琳立即躲在了银娣身后。

"你要敢打我,我就推二妈!你别想再生小儿子!"梅琳带着哭腔嚷道。

这句话更让父亲火冒三丈,他想冲过去,却被母亲拉住。

"好了,大姐醒了!"母亲道。

看来梅琳这一招还挺管用。大姑满头乱发湿淋淋的,眼神呆滞地从沙发上坐起,她环顾四周,好像在寻找什么。忽然,她嘴一歪,又哭了出来,"子安,子安,你在哪里……子安……你在哪里……"

"大姐,先上楼休息吧。有什么事等睡醒再说。汪妈,秀梅,你们一起扶她上去。"母亲边说边给汪妈使眼色,后者半推半拉地把大姑从沙发上拉了起来,大姑身子一滑,像要跌倒,女佣秀梅忙在后面扶住。

"你们好好照顾她,"母亲叮嘱着,又安慰大姑,"大姐,事情已经这样了,你哭也没用,自己的身体要紧呢,快上去睡会儿吧。"

她们三人才刚离开,楼梯上又响起脚步声。原来是姑婆下了楼。她看起来好像累坏了。

"手术怎么样？"父亲忙问。

"很顺利。子弹已经取出来了。他刚刚醒……"她喘着粗气，捋了捋汗湿的头发，"他让你去见他。"她对唐震云说。

父亲一路把阿泰带到书房，关上了门。

"那个姓唐的到底是怎么回事？"一进书房，他就问。

"先坐。"父亲指指书桌对面的那张椅子，

他不自在地坐了下来。

"为什么不报上海的巡捕房？"他又问。

"这不是什么好事。如果传出来，别人会怎么说？你大姑还活不活了？"父亲神情严肃地看着他，"我可不想让那些小报记者钻空子。"

"……那现在，这事接下去该怎么办？"他不知道父亲下一步打算怎么做。

"我已经跟小唐说好了，"父亲道，"让他请几天假，反正夏漠也受了伤，不适合远行。我让他就住在这里，帮我把这事调查清楚。"

"调查清楚？难道你怀疑姑父……不是自杀？"

父亲沉重地点头。

"今天发生了不少事，第一，有人往你大姑的包里塞了封信，说是你姑夫骗了他的钱，要绑架他。第二，我回来后，发现书房这里还有另一封信，内容也差不多……"

"两封恐吓信？"

"是的。这还不止。当我打开柜子，我发现原先放在柜子里的烟土不见了，这是第三件事，"父亲看着他的眼神令他心惊肉跳，"我觉得这些事一定有联系。你

被偷走的秘密

说呢？"

　　他不知道该怎么回答，任何有脑子的人，都会把这些事联系在一起。

　　"姑夫是在墓地自杀的？"他转移了话题。

　　"对。看门的老李说，周子安是在九点一刻左右进的门。但奇怪的是，他没有直接回家，而是去了墓园。"

　　"这倒真是怪事。"他道。

　　"前不久，我听他说过他想在那里挑一块自己的墓地。"

　　"这么晚了，还下着小雨，他去挑墓地？"

　　"确实不太合情理。"父亲点头。

　　"他的枪呢？你不是说他手里拿了把枪吗？我倒不知道他还有把枪。"

　　"小唐说，他要先做些检查，我让他先代为保管那枪了，不管怎么说在事情没搞清楚之前，他会替我保密。"

　　"他为什么愿意替你保密？"他很诧异。

　　父亲在书桌前坐了下来，"这当然是我求他的。他怀疑夏漠跟南京的下毒案有关，但他并没有证据证明这一点。我对他说，夏漠刚到，这里就发生了这样的事，你最好查查清楚，如果真是夏漠在搞鬼，就能名正言顺把他带回南京了。"

　　"您觉得这事跟夏漠有关吗？"他忍不住问。

　　"这可说不好……可是受伤的是他，不是吗？还有，他为什么要杀你姑夫？他们根本就不认识。"

　　"如果不是他，那会是谁？"

　　"总不会是家里人吧。"父亲道。

　　"那如果真是夏漠干的，您打算怎么做？"他问道。

　　"当然是把他交给小唐。"

/ 51 /

"那姑婆呢？"

"我会请她离开这里。不管这事是否跟她有关。毕竟梅琳就快结婚了，我不希望我们家里有任何丑事发生。"父亲说完，一脸倦意地朝他挥挥手。

他识趣地开门出去。

4. 疑云重重

唐震云走进房间时，医生正要离开，夏英奇守在床边。

"他怎么样？"他走过去。

"手术很成功。"医生一边回答他，一边在收拾各种手术所用的器械。

他看见床边的一盆清水已经变成了红色。女管家芳姑端起那盆水进了盥洗室。

王医生端起案几上的茶碗喝了一大口。

"他多久能康复？"唐震云问道，他发现夏漠双目紧闭，好像已经睡着了。

王医生又喝了一口茶，才回答他："要说完全康复，一般人怎么也得一个月，不过一周后他就应该能下地干点轻活了——他是谁？"他问道。芳姑正好拎着洗干净的水盆从盥洗室走出来。

"他是老爷的亲戚，南京来的。"芳姑轻声回答，一边弯身收拾丢在地上的脏纱布和棉花，"太太说，您这几天最好每天都来。"

"好，明白了。"王医生把茶碗放回案几，开始穿外衣，"外面在下雨吗？"

"在下小雨。您别担心，会有车子送您回去的。您回去前，去太太房里一趟，她在那边等着给您诊金呢。今天真是有劳您了。"

"好好好。"王医生一迭连声地答应着。

芳姑手里拿着垃圾，夏英奇站起替她开了门，芳姑忙恭敬地道谢，后者朝她笑了笑。等王医生出门之后，芳姑小声道："姑小姐，您别担心，王医生医术很高明，他要是说不要紧，那应该就没什么问题。”

"嗯。"夏英奇朝她点了点头。

芳姑离开后，她才走到她哥哥的床前，轻声叫道："哥，他来了。"

夏漠勉强睁开了眼睛。

"你找我？"唐震云问道。

"听说在那里找到了尸体？"

"是的。"

"是谁？"

"是这个家的人，周了安，这个名字你应该听说过。"

"是他？"夏漠颇为意外。

"怎么了？"

"今天早上，他太太收到过一封恐吓信……"

"我知道。"唐震云道，之前夏秋宜已经把那两封恐吓信都交给了他，"看起来，他不是一个讨人喜欢的人，有两拨人要绑架他。有两封恐吓信。"

"两封？"夏英奇插了一句。看她的眼神，他就知道，她很想看看那两封恐吓信。他犹豫了一下，还是从口袋里掏出那两封信递给了她。

她快速把两封信看了一遍，他原本以为她会说些什么，但她没有任何表示，只是把信立刻还给了他。

"你有什么话快说吧，医生让你早点休息。"她催促她哥哥。

"周了安是怎么死的？"夏漠问他。

"现在还不清楚。他的手里拿着一把枪。"

"他们说是自杀。"夏英奇道。

"自杀？是哪个笨蛋想出来的？"夏漠声音虽轻，语气却很尖刻，"要自杀的

被偷走的秘密

人怎么会朝我们射击？他有这闲工夫吗？如果自杀受到干扰，他应该朝我们大喊大叫，让我们滚开，别打扰他，可对方直接朝我们开了枪……周子安是死在墓地的吗？"

"对，他是。"

"在我们到达墓地之前，就听见枪声。如果他是自杀的话，如果那是他在朝自己开枪，那应该不至于会打偏吧，既然他已经打中了自己，又怎么可能再朝我们开枪？所以说，当时肯定有另一个人在那里。"

他不得不承认夏漠的分析很有道理。

"而且，我们还听到有人离开的声音……"夏漠接着说。

"我们的听觉不能作数，我们不知道那声音是有人逃走，还是鸟或者野猫走过。再说，我现在还不知道那把枪里原本有几发子弹……"他习惯性地提出异议。

"那把枪在哪里？"夏漠又问。

"这跟你有什么关系？"

"那倒是。"夏漠又闭上了眼睛，"你知道我找你是什么事？"

"我正等着你说呢。"

"在我说话之前，能不能告诉我，你打算怎么确认周子安是不是自杀？"

唐震云觉得没必要回答这个问题。事实是夏秋宜答应在两天之内找一个"内行"来验尸。虽然他觉得时间相隔太长了，但他也想不出还能有什么别的办法。

他现在唯一能肯定的就是，这次的事件跟夏漠无关。

他之所以答应为夏秋宜保密，是因为他担心上海的巡捕房一旦接手，夏漠便会落在对方手里，到时候很可能肉包子打狗有去无回。

夏家有钱有势，如果凶手来自夏宅，夏秋宜很可能为了保护"家人"牺牲夏漠。毕竟夏漠对他来说只是个从南京来投奔他的无足轻重的穷亲戚，真可以用

"死不足惜"四个字来形容。而且，夏漠显然也不清白，不是他这个南京的警察追到上海了吗？所以，唐震云答应夏秋宜的要求，其实也等于是在保护夏漠。不过这么复杂的道理，夏家兄妹恐怕是想不明白的。

"到目前为止，你一直在提问。我希望你有什么话就尽快说。"他催促道。

"好吧，我开门见山。我想验尸。"

"你验尸？"这也太异想天开了。

"没错。我学过这个。"

他不知该怎么回答。他没想到夏漠会提这种要求。

"你是不是觉得这事跟我有关？"夏漠笑嘻嘻地看着他。

如果他说是，他预感夏漠马上会嘲笑他的"愚蠢"。

"首先，我得声明，我跟周子安的死一点关系都没有。你要是把这事跟我联系在一起，那就是在浪费时间，"夏漠道，"其次，我算半个验尸官。多年前，我有个老师是西班牙人，我父亲以为他是医生，但其实他是个验尸官。他教过我很多这方面的知识。我在英国留学的时候，也帮着验过尸。我能帮你确定他是自杀还是他杀。"

夏漠居然想验尸。

"让我考虑一下。"他只能这么回答。

夏漠疲倦地闭上了眼睛，"好吧。"

他看到了床对面的长沙发。那应该是他今天晚上的卧榻，佣人早就替他铺好了床。

这时他想起了一件事。

"我去去就来。"他开门出去。

就在关门的一刹那，唐震云听见夏英奇在跟他哥哥说话，"你跟唐家的人说那

么多干什么呀……"

"唐家的人"。自从她弟弟死后，她就这么称呼他。

"我弟弟是被人推下去的，他不会游泳，他不会自己去河边玩。而且从家到那条河有五里路，他不可能自己走过去，是有人把他带走的。"那时候她振振有辞，他也承认她说的有道理，但是当警察的总不能光凭她的臆测就抓人吧，再说她指控的还是他大伯唐仁义。大伯是他的恩人，他从小到大的学费都是大伯出的。可是为了她，他背着忘恩负义的骂名，像模像样地立了案，并展开了正式的调查，但最终他找不出确实证据证明是大伯派人绑架了她弟弟并把他扔进了河。反而有人告诉他，曾经看见她弟弟一个人在河边走。

他一直希望她能冷静下来，理智地看待弟弟的死，然而，她却坚持己见。

"那些证词都是假的！你大伯买通了所有的证人！是你大伯杀了我弟弟，就是你大伯！没有别人！就是他！"她大声冲他喊，说这些话时，她的眼里满是泪水，整个身子却好像在喷火，他仍然记得她当时穿了件藏青色短褂，脸上不施粉黛，但即便如此，她仍是他见过的最美的女子。

她有没有想过，也许她弟弟就是溺死的，只因为唐家之前收了那两家当铺，所以她才会把这两件事混为一谈。可是无论他说什么，她都听不进去。他从北京回来后，她整整跟他闹了一个月，最后终于消停了，他以为她想明白了，但是等来的却是她的断交信。

"从今以后，你我恩断义绝！"她退回了他之前送给她的一切物件。

走廊里一个人也没有。阿泰开门走进了自己的房间。

他的第一印象是，没有人偷偷进来过。所有的一切似乎都跟他离开时没有两样。

他放松下来。脱去外衣后，一头栽倒在床上。

今晚离开章焱家后，他拿着那批烟土直接去找卖家，但也不知什么原因，那个家伙居然不在老地方。看来只能等明天再说了。

该死的！如果不是为了那个女人，如果不是可怜她年过四十还在被人骑，如果没认出她是他过去的乳母，他也不会发这么大的善心。三千！一个像她这样的妓女值三千？开什么玩笑！这个价格简直可以买下大半个妓院了！

那天跟朋友到那条街去办事，她就站在街角，迎着寒风正簌簌发抖，见有男子经过，她就会强颜欢笑，朝对方走过去。那天她路过他时，他认出了她。

"张姨。"他惊愕万分地看着她。他觉得自己的嘴唇在发抖。

而她，则被吓得魂飞魄散，转身就跑。但她跑得太慢了，没几步，他就追上了她。这是分开十多年来，他第一次看见她。那一年她离开时，还是个年轻女人，身材健壮，体态丰满，脸颊从早到晚都红扑扑的，可现在，她又黑又瘦，身上散发出一种烟味、廉价脂粉味和汗味混杂在一起的怪味。

他一句话也没说，似乎也不用说什么，他知道她在干什么，他从未帮过她，所以他没有资格评论她的生活。他从口袋里掏出五十块钱给她。

她朝他深深鞠躬。跌跌撞撞地跑进了一条小巷。看着她的身影，他觉得喉咙发干，眼眶发酸。如果母亲当年没有解雇她，她会像现在这样吗？如果他当年没有告诉母亲，她打碎了那个花瓶，她会像现在这样吗？只不过是一个花瓶而已！是康熙年间的花瓶又怎么样？能比得上她日日夜夜对他的关心和照顾吗？他记得小时候发烧生病的时候，都是她在照顾他。

他花了好几天时间，才终于找到她的老巢。老鸨是个胖女人，一见他的穿着，开价就是一万，还说什么美琴是她的台柱！真他妈的！从没听说过四十岁的妓院台柱！见他要走，她主动降了一半，后来又经过一番讨价还价，才以三千块成交。

被偷走的秘密

这个价其实也是在榨他，可他还是决定接受。

现在唯一的问题是，他不知道那个买家什么时候会再出现。那意味着，烟土还得在他身边呆一段时间，当然不能一直藏在车里。他得找个更安全的地方。

唐震云回到楼上时，夏英奇正好开门出来。

"他睡着了？"在走廊里，他问她。

她没理他，正要去拉隔壁房间的门把手，他连忙走到她面前。

"英奇，我想问你点事。"

她回头看着他。她的眼睛好大，他想。

"你跟周子安熟悉吗？"

"我上一次看到他，是在八年前。"

"当时他怎么会去南京？"

"他想说服我爹投资南京郊外的一个跑马场。我爹向来不怎么看得起这个人，他说这个人说话太浮，办事不牢靠。当时正好父亲遇到风寒，病得挺厉害，也不方便见人，便让我和哥哥接待她。周子安说的那些，我粗略算了算，我爹的收益根本没他说得那么多，这事，我当即就回绝了他……"

"你？"他想到八年前，她才十二岁。他真想看看十二岁时的她是什么样子。

"我爹那时候已经七十了，他大部分事都让我作决定——还有什么事吗？"她看起来已经十分疲倦。

"能不能告诉我，吃完晚饭，你去了哪里？"

"吃完晚饭，我直接回房休息了。"她冷淡地回答，"大概十点左右，二太太来叫我，说我哥哥出事了，我才下楼。"

"你在房间时，有没有听到什么特别的声音？"

"比如说？"

"比如说，有谁出去，有谁进来，或者奇怪的脚步声……"

她摇头。

"我睡着了。"

他还不想这么快放她走。

"你哥哥跟周子安的关系怎么样？"

"他吗？最后一次见面也是八年前。如果不是今天他死了，我早忘了有这个人了。我再声明一句，我们跟这里的杀人案或者自杀案没有关系，我们只是过客。我哥哥才是受害者，他被打伤了。"

其实唐震云还有一件事需要确认。

她有一把枪。

也是那一年，为了她弟弟的案子，她再次去巡捕房找他，她恳求他抓捕凶手，当时他正好把他大伯父的儿子，他的堂哥送出门。三天前，她指控他堂兄是最大的凶嫌，因为她说弟弟被杀那天，他堂兄曾开车路过她家的当铺门口，而当时她弟弟正好在门口跟同学说话。他当然不能因为堂兄仅仅开车路过当铺门口就把他当成杀人凶手。

那天，见他送堂兄出来，她大为光火，立刻就当面质问他。

"好吧！我早就该想到，你们都姓唐！！你们是一丘之貉！你们唐家都是杀人犯！"

他向来不会计较她说话的态度，但她这句话惹火了在他身边的堂兄。堂兄一路跟着她，在一条小巷子里，他把她逼到墙角想要凌辱她。等他赶到时，堂兄正用膝盖顶着她的胸口撕扯她的衣服。

"快放开她！"他冲了过去。

被偷走的秘密

但等他冲到他们两人面前时，却发现堂兄在发抖。"你让她放开我！"他几乎哭嚎起来。

他再一看，发现倒在地上的她，竟然举枪顶着堂兄的裆部。

"你杀了我弟弟！我让你一辈子当太监！"她像母狼一般尖叫着。他再看她，衣服也撕破了，头发乱成了鸡窝，脸上还有几道血印子，但她咬牙切齿的神情，他至今难忘。他相信，如果他晚到一步，她很可能真的会这么做。其实就算把堂兄的头打成马蜂窝，她也不会眨一下眼睛。

她不知道，那天他们回去后，他在后院把堂兄狠狠揍了一顿，堂兄不仅掉了两颗牙，还断了三根肋骨。"你给我记住！如果你再敢动她一根汗毛，我就在你的脖子里开个洞！"他靠近堂兄的耳朵，务必使之能听清他说的每一个字。

虽然她已经跟他断交，他们的婚约也已经烟消云散，但在他的意识中，她仍然是他的女人，一辈子都是。他不允许任何人欺负她。

"我记得你有一把枪。"他道。

她皱起了眉头，"我的枪跟这次的事有什么关系？"

"能不能让我看看？"

如果她那把枪还在，那就可以免除她的嫌疑。

她也明白他的意思。

"你等等。"她开门进去。

他在走廊上等了一会儿，房门又开了。

她将一把左轮手枪递给了他。他检查了弹夹，子弹一颗未少。

她的嫌疑暂时消除了。

"好了吗？"她问他。

"好了。"

她向他摊开手。看着她的手，他真想抓住它，一把将她拉出这栋宅子，一直拉到大街上，他真想对着她大喊：夏英奇！当初我是因为喜欢你才跟你提亲的！我根本不知道我大伯跟你母亲的关系！我更没想过我的家庭和你的家庭之间会有什么恩怨，我只想到我们，我只想过我和你！我发誓，如果当时我在南京，我不会让一切发生！我不会让大伯随意收走你的当铺。我发誓，我会站在你这边！

"请你把枪还给我。"她在催他。

他将那把枪放到了她手心里。

"我哥曾给我弟弟验过尸。"她忽然道，语调很平静，"他的脚踝有一处被划伤的痕迹！我哥说那是粗绳子造成的。"

"英奇，你能不能听我……"

她显然没兴趣听他说任何话，他只开了个头，她就转身回房，关上了门。

他就像被当头浇了一盆冷水。

她不仅恨他，还鄙视他。在她眼里，他只是一条咬伤过她的疯狗。

5. 验尸结果

芳姑为自己倒了一杯热姜茶。上海雨水太多，最近她的风湿病又犯了，中医让她多喝点姜枣茶祛寒湿。她不喜欢生姜的辛辣味，但放了红糖和枣子之后，味道就变得复杂而有韵味得多了。在富贵人家当管家的好处就是，你不用自己掏钱去买吃的，只要主人满意你的工作，你可以在这里白吃所有的东西。

二十五年前，她来这里干活时才十八岁。

她永远记得那一天发生的事。家里的老妈子为了邀功，故意欺负她，她心里既委屈又愤恨，一个人躲在楼梯下面哭。这时，有个男人走过来，往她手里塞了两个热腾腾的鸡蛋。那时候正是冬天，他对她说，把熟鸡蛋滚在伤口上，好得快。那是大小姐夏春荣的未婚夫周了安。他比大小姐小4岁，在她眼里，他跟大小姐一点都不般配。他英俊潇洒，能说会道。可大小姐呢，除了有钱，连半个优点都没有。想到他今后漫长的一生要陪伴在这样的女人身边，她为他暗暗叫屈。

那天半夜，他把她引到马厩里，两人在那里一直待到天亮。在那之后的一个星期，她几乎夜夜都溜去马厩。现在回想，那是她生命中最幸福的时光。

那时候，她就知道她是不可能嫁给他的。就算是当姜也不可能，以大小姐当时的脾气，如果事情败露，她恐怕连命都保不住。所以，她唯一能做的就是忍气吞声。

"这是今天的报纸。"她把报纸递给太太。

"上面有什么消息吗？"

"我没看。"

太太接过报纸的时候，严厉地看了她一眼。

"你哭过了？"太太道。

也许她是哭过了。毕竟，他是她这辈子唯一的男人。虽然她也恨过他，怨过他，但想到他现在一个人孤零零地躺在墓地旁边那间小屋里，她还是忍不住心酸。

他曾经是那么有活力的人，她还记得在黑漆漆的马厩里，他轻轻咬着她的耳朵，一句接一句地说着那些让她脸红的情话，这一生，不曾有第二个男人跟她说过同样的话。在跟他好之前，她甚至从未在镜子里好好看过自己。其实，只有跟他在一起的时候，她才觉得自己是个真正的女人。

"别让他老婆看见！"太太低声斥道。

"我刚刚只是……"她想找个理由搪塞，但看见太太冷冰冰的眼神，她又打消了这个念头。对于他们的事，从头到尾，太太知道得一清二楚，"……我知道我不该这样，但我还是忍不住，他真可怜，一辈子都在受那女人的气，现在还死得那么惨……"她的眼泪流了下来。

"得了吧。他也不是什么好东西。"太太白了她一眼，"你还记得你怀孕时他是怎么说的吗？他说，跟他没关系。什么男人！一点担当都没有！"

她叹了口气。当年如果不是太太替她隐瞒，悄悄把她送到乡下去，她真不知该拿肚子里的孩子怎么办。

"如果真的一辈子不管倒也罢了，后来听说老婆不能生，又来找你，把孩子要了回去……"太太道。

"他说这样对孩子好……"

"他只不过想要自己的骨肉罢了！"太太从鼻子里冷哼了一声，"你还为他哭！

我觉得你该买串鞭炮放才对！当年他带给你的晦气还不够吗？！他就是个自私透顶的臭男人！"

她抹去眼角的泪。

"我已经不恨他了……"她低声道，"我现在只想知道这事是谁干的，是谁那么狠心……"她说不下去了，眼泪又弥漫了她的眼。她又想起昨天收到的那张字条。她看了看墙上的钟，约好的时间是早上十点，新新戏院离这里也有几站路，差不多九点，她就该出发了。到底是谁呢？会不会是向她要钱？可她哪来的钱啊。

"别发呆了！"太太冷冷地扫了她一眼，"我得跟你说一件事。"

她仿佛从梦中惊醒，忙问："什么事？"

"我的枪不见了。"太太轻声道。

她一惊，"枪！"

"你平时负责打扫我的房间，只有你才能随便进我的房间，它就在我的抽屉里。"太太压低嗓门道。

"太太，你怎么能把这么重要的东西放在抽屉里？"她几乎叫起来。

"嘘！"太太朝她瞪眼。

"我从来没见过你说的那把枪。"她也把声音降低了。

"你没翻过我的抽屉？"

"你说什么哪？这么多年？你还不了解我的为人？"这回轮到她瞪太太了。

太太盯了她一会儿，才慢慢把目光从她脸上移开，"这就奇怪了。"

"您上次看到它是在什么时候？"

"一个月前，那天下午去靶场回来，我把它拿出来放在窗台上晒一晒。"

"晒一晒？"

"那是我出嫁时，父亲给我的，一直没用过。我拿出来，是因为发现上面有几个白点，也不知道是不是发霉。"太太泰然自若地看起了报纸。

"你放在哪里晒？"

"我房间的窗台上。那天除了你，没有其他人进过我的房间。"

"我下午四点半去收被子的时候，什么都没看见。"她想了想道，"太太，你的房间虽然门关着，但没锁门，谁都能随便进去。再说，谁都知道，你下午总是不在自己的房间，在小客厅看书。还有……那天章家人来谈亲事。"

经她提醒，太太终于想起来了。

"那天好像是章家人来的日子。你的记性真不错……"太太琢磨起来，"这么说，有人在你去收被子之前，就把那把枪拿走了。"

"这事也没准……"她不敢乱猜。

"那天家里都有谁？"

"好像大家都在，我不记得了……"。

"会是谁呢？"太太轻声自言自语。

"太太，还是把这事告诉警察吧。"她道。

太太迅速瞄了她一眼，"随便你吧。"太太问她。

"可这件事得你去跟警察说。"

"对他的事你比他老婆还上心。"太太装模作样地翻动着报纸，"我记得那时候，他住回来再看见你的时候，就好像什么事都没发生一样——你真贱。"

太太说得一点都不错。她也觉得自己够贱的。

她忍不住朝窗外眺望，从她所站的位置，只能看见墓地里的那个白色尖塔。那是为纪念夏家的太祖公而建造的。夏家的太祖公曾是状元郎，又是兵部侍郎，她搞不清那到底有多大，但应该也是大官了。

"咦，那是谁？"太太忽然在她耳边说了一句。

她一看，果然有人正朝墓地奔去。

"是那个警察吗？"太太问。

她现在也看清楚了，就是昨天饭桌上的那个警察。

唐震云醒来时，夏漠不在房里。

他立即开门出屋。一个老妈子告诉他，姑小姐扶着少爷出门散步去了。

散步！夏漠一定是去看周子安的尸体了。

他快步下楼，直奔墓园附近的石屋。

当他赶到石屋门口时，发现夏秋宜和他的儿子阿泰就正站在石屋外面的大树下。

"这是怎么回事？"他快步朝夏秋宜走去。

"姑姑说，夏漠想看看周子安的尸体……我让一个小子在里面待着，如果有什么事也好照应。"夏秋宜注意到他脸色不对，"看看尸体也没什么关系吧？再说，你也知道，夏漠本来就是医生。我找的那个人，现在还在广州呢。"

石屋门开了，一个男佣模样的人捂着嘴冲了出来。

"这是怎么了？"夏秋宜问。

唐震云知道是怎么回事！还说不动尸体，就是看看！他冲进石屋。果然发现夏漠已经在周子安的肚脐中间，开了一条大口子，他的妹妹捂着鼻子，躲在石屋的角落。

"夏漠！"他大声喝道。

夏漠低头正将钳子伸进周子安的腹腔。

"你在干什么！你给我马上放下！"

"嘘！"夏漠完全没把他放在眼里。

/ 67 /

混蛋！他拔出了腰间的枪，对准夏漠，"放下！"

"哥！"夏英奇叫了一声。

"夏漠！"

"快了，快了！"夏漠终于抬起了头，他的钳子里夹着一个东西，他妹妹立刻递上一个盘子，只听得当地一声，那东西掉入盘子，他这才发现那是一颗带血的子弹，"他死了大约十个小时，看他身上的尸斑就知道了……"夏漠指着尸体表皮的青斑，"还有他的眼睛，"夏漠朝他招招手，意思是让自己走近些，"看见他的角膜了吗，里面很浑浊，这说明他死了至少十小时，但应该不超过十二个小时，现在是……"

"上午八点。"他妹妹答道。

"往前推十到十二个小时，那他应该是昨晚八点到十点之间死的。"

不知为何，他竟然有点相信夏漠的判断。

"死亡原因呢？"他把枪收了起来。

"枪击致死，这是毫无疑问的。但他中了两枪。"

"两枪？"

这时夏秋宜用手帕捂着鼻子进来了，阿泰尾随其后。

"天哪，你干了什么！"夏秋宜嚷道。

"太恶心了。"阿泰扭头逃出了石屋。

"我会缝好的，不过最好给我些针线……我刚刚说到哪里了？"

"你说他中了两枪。"

"两枪？"夏秋宜道。

"凶手不是神枪手，这应该是第一枪，"夏漠指指尸体的肩膀，"这也就是我们听到的那一枪。接着，这人朝我们开枪，射中我之后，小唐背我离开，那时候周

子安可能还活着。等我们走后，凶手走到尸体旁边，蹲下身子，将枪口顶着死者的腹部打了第二枪……你们可以看看，他的内脏被打得稀巴烂……"夏漠扒开周子安的腹腔，里面果然一片血肉模糊。

"哦！"夏秋宜发出一声惨叫，倒退了三步。

"凶手这么做有两个目的，第一，这样枪声会减弱很多，所以你在送我回来的途中并没有听见枪声。"

他的确没有听见枪声。

"第二，一般心脏中枪会死得更快，打中腹部后，他还能再撑一会儿，但这只能增加他的痛苦，所以说，凶手非常恨他。反正这不会是自杀。"

"你的意思是，你们离开的时候，他还活着？"夏秋宜道。

"我是这么想的。"

"会不会是他自己朝自己的腹部开一枪？"

"如果他是自杀的话，只需要开一枪就行了，干吗先打伤自己的肩膀？他有这么恨他自己吗？"夏漠笑起来，"我再说一遍，第一枪肯定是肩膀，第二枪才是腹部。"他又分别指指周子安的肩膀和腹部，"我们只听到一声枪响。如果那是射中腹部的那一枪，就不会有肩膀这一枪了。只要是他身上中了两枪，那说明这就是谋杀。"

夏秋宜回眸看唐震云，好像在问他，你怎么看？

"现在看来，周子安的确是被谋杀的。"他道。

夏秋宜脸色阴沉。

周希云几乎不敢相信自己的耳朵。

"妈！爸昨天才过世……我怎么能……"她的话马上被母亲夏春荣打断了。

"就是因为你父亲宠着你，你才会这么任性！如果你肯早点嫁给赵公子，你父亲根本不用这么辛苦。他要不是起早贪黑地工作，也不会……"母亲又呜咽起来，"你，你就是不孝！"

母亲口中说的赵公子是做丝绸生意的，是舅舅夏秋宜的朋友，大约四十五岁，几年前死了太太，前些日子，在一次家宴中，他们相识，他一眼就看中了她，想让她当续弦，结果被舅舅婉言回绝。舅舅的意思是，她一个千金小姐，有本钱，有资历，为什么要去给中年男人当续弦？当时舅舅推说她年纪还小，等两年再说。

想不到，父亲才刚去世，母亲就把赵公子抬了出来。

"妈！你什么时候去找的赵公子？"她没好气地问。

"什么我找他！我们是在路上碰到的，上两个星期，我去参加游园会，正好碰到他，他就问起你……赵公子本来要投资你父亲的一个项目，就因为你，这事全泡汤了！"

"舅舅也说……"

"你到底是谁的女儿！？"母亲吼道，"如果你答应，你舅舅能说什么？还不是你去跟你舅舅哭诉！"母亲推了她一把。

她不想再听母亲说下去了，抓起包冲出门。她母亲追了出来。

"你去哪儿？"

她走下几格楼梯，忽然转身，"要不是因为你，父亲也不会走这条路！"她狠狠地说。

"你在胡说什么！"母亲大叫，随即又哽咽起来，"你父亲才过世，你就想气死母亲是不是？……"

舅妈从楼梯的另一头走了出来。

"这又是怎么了？"舅妈慢悠悠地问。

"我妈要我明天就嫁给赵公子。"她大声道。

舅妈朝她母亲望去，"你也太急了吧，大姐！姐夫现在尸骨未寒，现在办喜事，怎么都不合适啊。"

"你少做好人！"母亲拍着木头楼梯说道，"就是有你和你老公事事都顺着她，她才会越来越不听我的话！我叫她嫁人是要冲喜的！她爸一直希望她嫁个好人家，她爸……"她呜咽着，眼看就要倒下，芳姑正好路过，连忙扶住了她。

"您还是回房去睡会儿吧！"

母亲一把推开了芳姑，"不要你管！贱货！别以为我不知道你是什么人！给我滚开！"母亲吼道。

"妈，芳姑又哪里惹了你了。"希云烦躁地喊道。芳姑一向就非常照顾她。小时候，芳姑还经常抽时间陪她玩，有什么好吃的好玩的，芳姑总是最先想到她。她真不明白，母亲为什么这么讨厌芳姑。

"没关系，二小姐。"芳姑谦卑地说。

"阿芳，这儿没你的事，你下去吧。"舅妈命令道。

芳姑快步下楼，钻进了厨房。

"希云，你别出去了。"这是舅妈在对她说话，"一会儿小唐要来。他有话要问我们。"

他要来问话？她心里不由泛起一阵小涟漪。昨天虽然是他们第一次见面，但他给她留下了深刻的印象。照母亲的说法，他是个当差的，但说来有意思，她从小到大，几乎不认识这样的人。

"还要问！有什么好问的！"母亲嘟哝道，接着哭了出来，"还是赶紧让子安入土为安吧！"

"事情总得查清楚吧！现在还不能肯定他是不是自杀呢！"舅妈道。

母亲擦了擦眼泪，"你在说什么？他不是自杀？"

"我不知道。但听他们的意思，还不能肯定他是不是自杀，那个警察不是让秋宜找人来验尸吗？"

"验尸？"母亲惊恐万分，"你是说要把子安的肚子扒开？"

"好像是得这样。"舅妈尴尬地点头。

"我不要！"母亲嚷道，"子安已经够可怜的了！你们还要找人扒开他的肚子，你们是安了什么心！"

舅妈面露难色，"这也不是我的意思。"

"是谁的意思？谁的！"母亲吼道。

舅妈捂住耳朵。

"大姐，你快把我的耳朵都震聋了！现在的问题是，还不知道他的死究竟是怎么回事呢，你难道不想弄明白？"

"什么弄明白！我只想他安安心心地去！你们安的是什么心哪！居然要把子安的肚子剖开！我告诉你们，我是他太太，你们要是不经过我同意，我就……"母亲泣不成声，说不下去了。

舅妈赶忙道："好了，好了，我去跟秋宜说，都按你的意思办。不动他，尽快入土为安，这样行了吗？"

母亲抓住了舅妈的手臂，"我们还刚刚买了房子，那房子我是不去住了。"母亲呜咽道。

"房子的事你先别管了，如果不需要，赶明儿卖了也行。"舅妈道。

母亲一边抹眼泪一边点头。

客厅的门开了，舅舅和阿泰走了进来。

母亲一见舅舅，立即奔了过去。"秋宜，我不许你动子安！"

舅舅尴尬地拍拍她的手臂，"姐，这也是为了查出他的死因，你看……"

"我不管！我不许你动他！"母亲打断了舅舅的解释，她又冲到唐震云面前，"我警告你！如果没经我的同意，你就随意处置了安的尸体，我就去告你，我告死你！"母亲的手指几乎戳到唐震云的脸上，他本能地朝后退了一步。

"妈，你别这样……"她走上前去拉母亲的胳臂，被母亲用力甩开。

"周太太，我们必须得弄清楚你丈夫的死因，现在可以肯定你丈夫不是自杀。"唐震云以公事公办的口气说道。

此言一出，夏春荣顿时愣了神，她像是脑袋被人抽了一下。

"不是自杀？"她喃喃道。

"你说我爹不是自杀？"周希云走上前，"那你的意思是……谋杀？"

唐震云没有否认。客厅的门又开了，姑婆扶着她哥哥走了进来。

"哥，你先去洗个手吧……"姑婆道。

希云注意到叔公的手上、衣服上全是斑斑血迹，禁不住浑身打了个寒噤。

"怎么回事……"她道。

"这是怎么了？"舅妈也被他的模样吓得不轻。

"不，他只是……"姑婆说了一半，又停住了，她环顾四周，目光最后落在舅妈的脸上，"我哥刚刚给周先生验过尸了……"

"啊！"夏春荣瞪圆眼睛，一只手揪住了胸前的衣服，一口气没接上来。

"对不起，他只是想弄清楚周先生的死因。"姑婆略带歉意地说，还没等夏春荣反过来质问她，她又接着道，"周先生的死亡时间是昨晚九点十五分至十点之间，他是被谋杀的，而且……他有可能……"

"他有可能是被这个家的某个人杀死的。"舅舅接下了她的话头。

希云觉得脑袋嗡嗡响。"这个家的某个人？"

"因为昨晚周先生是九点一刻回来的，十点左右，他的尸体被发现。这段时间，这个宅子里没有外人进来，所以凶手很可能是宅子里的人。"唐震云语调平静地说。

"这回可热闹了。"阿泰低声道。

夏春荣脚一软差点跌倒，幸亏舅妈扶住了她。

"你还是回房休息去吧！"

"我不去！我要听听他们怎么说！一会儿自杀，一会儿谋杀，现在又变成这个宅子的人是凶手……"夏春荣说到最后又哭了起来。

"你赶紧坐会儿吧。"舅妈接着又道，"你们说这个家的某个人是凶手？这也太荒唐了！谁会干这种事？"

唐震云从口袋里取出一个手绢包，他小心翼翼地打开，那里面赫然是一把手枪。

"我想问问你们，谁见过这把枪。"他首先把枪递到了夏春荣面前。

夏春荣一看到那把枪，立即发出一阵胆颤心惊的呻吟。

他又递到她面前，"周小姐。"

她连忙摇摇头。而当他把枪送到舅妈面前时，这位一向不露声色的妇人露出惊讶的神情。

"这好像是我的枪。"舅妈道。

"你的？"舅舅也很是惊讶。

"那是十多年前，父亲送我的。这事你不知道，我也懒得提。要不是上次去靶场，我也想不起它来。"舅妈拿起枪又仔细端详了一番，最后她确定无疑地说，"是我的。不过这把枪已经丢了有一个月了。"

"这事你从来没跟我说过。"舅舅有点不高兴。

舅妈白了他一眼，"那时你正忙着梅琳的婚事，再说那天章家的人要过来，我不想烦你。"她问唐震云，"这就是凶器？"

唐震云没有否认。

"你还能想起那时候的情形吗？"唐震云问舅妈。

"自然。"舅妈点头道，"那天中午从靶场回来后，我把它放在窗台上，等下午我回到房间的时候，它已经不见了。"

"你是什么时候发现不见的？"

"大概是那天下午四点多，我回房休息，忽然想起窗台上的枪，这时候才发现它已经不见了。那天我的房间没有锁门。"

"你是说这个家的某个人偷偷溜进你房间拿走了枪？"夏春荣道。

"我只是把事实告诉小唐。"舅妈耐着性子说。

"胡说八道！"夏春荣从沙发上跳起来，冲到唐震云面前，手指着舅妈，"她是凶手！她肯定是凶手！要不然，她为什么要隐瞒丢枪的事？摆明了就是做贼心虚！"

舅妈听到这几句，又惊又怒。

"我是凶手？你真是越说越离谱了！我干吗要杀你丈夫？！"

"子安找你借过钱！后来没能还上，你就一直耿耿于怀！"

"你是不是疯了？"舅妈真的火了，"这是十年前的事了！当时我说，你还不上，就当我给希云买衣服了！哼，想不到，真是好心没好报！行，那你还钱！一共五百大洋！立时三刻给我还出来！"

"好了好了！别说了！让人笑话！"舅舅一把抓住舅妈的胳膊，把她推出几步远。

舅妈怒道："你没听见她在说什么吗？她说我是凶手！真是脑子被马蜂蛰了！"

"那你为什么一直没说?!你为什么要隐瞒这件事!"夏春荣啥仍然不依不饶。

舅妈火冒三丈,"我丢条手绢也得跟你说吗?我凭什么告诉你?"

"那是手绢吗?那是枪!那是杀死子安的凶器!沈玉清!"母亲浑身发抖,"你,你知不知道,我老公死了?你知不知道我老公死了?你到底想不想让警察抓到凶手?"

"够了!给我住嘴!"舅舅吼道。

夏春荣终于闭上了嘴。

"谁也不想家里出这种事,尤其是梅琳就快结婚了,"舅舅说话时,梅琳正好走进客厅。

"又怎么了?"她一副还没睡醒的模样。几乎跟她差不多时候,二舅妈银娣也不知从哪儿冒了出来。

"哎呦,好热闹。"二舅妈说道。

舅舅朝她皱眉,她立刻明白自己多嘴了。

"梅琳就快结婚了,所以现在,我们一方面得找到杀死子安的凶手,另一方面,得注意保密。在这里,谁要是敢说出去,我对谁不客气!听见了没有!"舅舅大声喝道,这种时候没人敢吱声,只有二舅妈银娣小声说:

"如果报巡捕房,还不是都知道了?那些小报记者一定会跑来问东问西的,然后又乱写一气……"

"银娣说得对。"舅舅朝她点头,"如果上海的巡捕房负责查案,一定会大动干戈,把这里搅得鸡犬不宁,我现在决定把这两件案子先交由小唐处理。"

"两件案子?"一直在旁边没说过话的姑婆插了一句。

"其实应该是三件事,第一,昨天我们收到两封恐吓信,一封是给大姐的,另一封是给我的,信上说要对子安不利;第二,我放在书房柜子里的烟土不见了;

第三，就是子安被杀，这几件事发生在同一天，所以很可能有关联。"

原来昨天发生了这么多事。希云忽然想起了梅琳提到的那张字条。

"舅舅……"她道。

舅舅朝她看来，"什么事？希云。"

"其实，"她朝梅琳看，后者朝她耸耸肩，那意思很明白，随便她怎么做，"其实昨天，梅琳也收到一张字条，那好像也是恐吓信……"

所有人都朝梅琳看过去。

"这是真的？"舅舅问。

"是有这么回事。"梅琳站起，从口袋里掏出那张条子递给她父亲，"这就是。"

舅舅看完条子就把它递给了唐震云，后者念道："周子安你作恶多端，今天就拿你的女儿开刀！"

"他的仇人可真不少。"舅妈插了一句。

"我是昨天上完家政课后，在我包里发现的，吓得我直接去找希云了，结果她根本没事。"

"这么说，昨天共收到了三封恐吓信。"唐震云道。

"真奇怪……"舅舅皱眉看看他，"你说这是一个人写的吗？他到底是什么目的？"

"等案子结了，自然就清楚了。今天最好封门做一下大搜查。"

"行。"舅舅答应得很爽快。

"这里一共有多少人？"唐震云问。

"这种事阿芳最清楚，"舅舅回身看东张西望，"阿芳呢？"他看见汪妈，"去把阿芳找来。"汪妈快步离去。

"你也不用问阿芳。"舅妈道，"要说这个宅子里，不包括周子安的话，主人有八个，司机两个，园丁一个，厨房两人，打杂的两人，女佣四人，外加女管家阿芳，下人一共十二人。"

"好，我一会儿再跟她确认。"唐震云道，"至少三天内不要让任何人离开这栋宅子，"

"可是每天都要买菜……"舅妈道。

"那就两人同行。"

"好，我会关照阿芳的。"舅妈点点头。

这时，芳姑和汪妈一起走进客厅。芳姑眼圈红红的，显然是刚刚哭过了。

"竺芳，我要你把下人们都集中起来。"唐震云道，"分成四队，巡查整个园子，看有哪个地方墙倒了，哪个地方有狗洞。总之就是查一下，有没有什么疏漏处能让外人悄悄地进到园子里来。"

舅妈很赞成这个做法，她吩咐芳姑："你别耽搁，马上去做。说不准是有外人爬进来干了这事！"

总算这次夏春荣没有反对。

"在他们巡查园子的时候，我要搜查你们每个人的房间，其实是搜查这栋楼的每个房间。我要知道那批烟土是否还在这栋宅子里。"唐震云道。

"谁会拿这鬼东西……"母亲首先提出了异议。

"我在搜查的时候，请你们留在客厅或者走廊上，不要打扰我就行了，夏先生可以跟我一起。"他对舅舅说。

"你看从哪间开始？"舅舅问。

"当然是从他们开始！"夏春荣指着姑婆和叔公大声道，"他们来了才多久！子安就死了！这个混蛋不经我同意，还破坏了子安的尸体！秋宜！秋宜！"她走到舅舅跟前，眼看着就要跪下，被舅舅一把拉住。

"你这是干什么！"

"秋宜，赶他们走！他们只会这个家带来霉运！"

姑婆板着脸站了起来，"别担心，我这就去收拾行李。"

舅舅歉意地说：

"不好意思，姑姑，我也没想到会出这样的事。你看这样如何，你再待几天，等这事结束后，我另给你们安排个住处。"

看起来，舅舅也不想留他们了。

姑婆面无表情地点了点头，"谢谢。"她低声道。

客堂的气氛凝重而尴尬。忽然，夏春荣又大叫："希云，快给你干外婆打电话……我今天本来要去的，现在是去不成了……"说话间她又呜咽起来。

"我知道了。我等会儿就打。"她道。

她看见姑婆扶着她哥哥走出了客厅，唐震云和舅舅跟在他们身后。

"根本不应该让他们来！"母亲道。

6. 搜 查

夏英奇的衣柜里挂着一些新衣服。睡衣、旗袍、西洋裙样样都有。

衣柜下方整整齐齐地叠放着两条绣花床单和一条素色毛毯，唐震云猜想，这都是昨天夏秋宜夫妇在百货公司为她购置的。她自己的东西都还在那两个竹编大箱子里。

他打开其中一个箱子，里面都是衣服，那应该都是她平时穿的，里面不仅有旗袍，更有袜子、内衬和肚兜，他不好意思多翻，因为她就站在门口看着他。他伸手进去随意翻了一下，本想尽快缩回手的，谁知却触到一个可疑的硬物。他拿出来一看，竟是一个用层层叠叠的绸缎包裹着的一个小算盘。算盘用纯金打造，虽然只有巴掌这么大，但应该很值钱。她既然将其藏在随身衣物里，应该也是怕被人知道，趁夏秋宜没注意，他赶紧把算盘又塞回了原来的地方。

另一个箱子里放的都是杂物。最上面是几本书，其中一本是古方手抄本，另一本则是记事本。他翻开记事本，发现那其实是一本账簿。她好像把每天的开销都一笔一笔地记录了下来。他翻到记录昨天的那页，那上面有两笔进账，数目是4元，再往前看，三天前，也有一笔2元的进账，再往前两天，则每隔一天就有一笔进账，有时候连着几天都有，但数目都不大，不过1元2元，最多的也不过只有5元。

"你给过她钱吗？"正好夏秋宜朝他走来，他问道。

夏秋宜摇头。

"没有。不过倒是给她买了些东西。你看这些都是我给她买的,"夏秋宜站在衣柜前,看着里面的新衣服。

如果夏秋宜没给她钱,她又没有工作,那这些钱又是哪儿来的?

箱子里有个小布包,唐震云打开一看,里面有三个瓷罐,每个瓷罐上都贴上了字条,第一个上面贴的是"轻身蜜丸",第二个是"白面丸",最后那个瓷罐里塞着一包黑色药粉,瓷碗上贴着"煅荷叶灰"四个字,跟这三个瓷罐挤在一起的,还有十几个小布袋。他摸了摸,有几个布袋里装着药丸。

他大致已经猜到她是在干什么了。她抄录明清古方,然后根据药方自己加工成各种蜜丸,或者煅烧成灰,再装入那些小布袋,卖给别人。

当铺被人夺走后,她就是这么挣钱的吗?他心头一阵酸楚。随之而来的是愤怒。要不是大伯收走了她的当铺,她怎么会沦落到这个地步?为了这件事,他也曾经当面质问过大伯,但得到的永远是那句话。

"她嫁过来,那些仍有她的份。"

大伯当他是傻子。事情已经到了这个地步,她怎么还会嫁过来?而且那两家当铺又不在他的名下,它们早就成了大伯那两个儿子的私人财产,怎么还会有她的份?

现在想想,她恨他,恨唐家,也不是没道理。

他把账簿翻到前一天,那一页的页脚上有一行字:"钢笔 2 元,0.5 元,1.5 元,4 元,3.5 元"。这一串数字既不属于支出也不属于收入。这时,他忽然注意到,她的账簿全都是用毛笔写成,难道她记录这些数字,是为了买一支合适的钢笔在比较价格?

不知道她喜欢什么样的钢笔。但她既然在最贵的那支钢笔下面划了一道线,他想，应该就是它了。

"有什么发现吗？"唐震云听到夏秋宜在问，连忙合上了账簿。他不想把让夏秋宜知道太多她的事。她失去的，他永远都无法弥补，但他至少可以为她留一点秘密。

"没什么。"他道。

他把账簿又小心翼翼地塞进箱子，藏在原来的地方。

接着，唐震云又按照惯例，检查了床底和屋子的各个角落。她的房间理所当然没有他要找的东西。走出她房间时，他禁不住松了口气。

接下去是夏漠的房间。

夏漠的房间就在隔壁，他昨晚已经检查过夏漠的行李，现在只不过重新再检查一遍，也好塞住夏家人的嘴。

夏漠的房间比他妹妹更整齐。

柜子里也挂着几件新衣服。跟夏英奇几乎一模一样的一个竹编箱放在床边。箱子开着，他当着夏秋宜的面翻了翻。

"什么都没有。"他对夏秋宜说，"现在我想看看阿泰少爷的房间。"

"阿泰？"夏秋宜有点诧异。

"不行吗？"

"那倒不是。我叫他一声。"

夏秋宜走出房去，夏漠则走了进来。

"查完了吗？"夏漠问道。

"查完了。"

"我早说了，这里的事跟我们没关系。"夏漠在床边坐了下来，低声道，"我妹妹本来她以为我们可以暂时有个栖身之地，现在她又得为生计操心了。"

夏漠的这句话足以让他看不起面前这个男人。

"你是男人,这应该是你操心的事!"他说道。

"我是个废人。我爸早就看透我了,所以才把家里的财政大权都交给了她。既然她继承了家业,那她当然得照顾我……"

"你妹妹将来嫁人怎么办?你也跟着嫁过去?"

夏漠在床上躺下,仰头看着他道:"你们已经解除婚约了。她的事跟你没关系。"

夏漠说得没错,他无言以对。

阿泰一副嘲笑他的表情。

毫无疑问,阿泰是这个家里最英俊的男人。高大挺拔的身材,无可挑剔的五官,外加华丽体面的衣着,他相信,这位大少爷无论到哪里都会被女人的眼光追逐。这让他不由自主地想到了阿泰的妹妹梅琳,如果两人的相貌换一换,也许那女孩会开心很多。

阿泰打开所有的柜门,张开双臂,如同表演舞台剧般夸张煽情地大声说:

"请吧。警察先生!但愿你能找到你想找的东西!"

他观察过阿泰的房间,其实只有两个地方可以藏东西。一是柜子里,二是床底下,几乎都不用弯腰,他就能看清楚这两个地方并没有他要找的东西——不过话说回来,如果有人把东西藏在自己房间,那才叫蠢呢。

他搜索了一遍,如他所料,并没有什么特别的发现。

"查好了?"阿泰问他。

"是的。可以问你几个问题吗?"

"可以——"阿泰拉长音调回答了他。

"你对周子安其人,有什么看法?"

"怕老婆。说话不着边际，但姑父是个好人。"

"他有仇人吗？"

阿泰假装想了想。

"那就是他老婆，我大姑了。我看就是她杀了他。"他用半开玩笑的口吻说。

"除了她呢？"

阿泰笑，"这个家没人跟他结仇。他是个好好先生，脾气好的人不容易得罪人。"

"他脾气很好吗？"

"反正比我好，比我爸也好。我爸有时候会骂他，但他从来没动过气。"

"夏先生为什么骂他？"

"各种各样的事，我不太清楚，这是他们的事。有时候他说话有点不着边际，我爸听他信口开河，就有点不耐烦。我不记得他跟谁吵过架，周子安对谁都笑嘻嘻的。我实在想不明白，这个家有谁会杀了他。"

"他是开公司的？"他又问。

"是啊。他有家公司，可我从来没去过。我也不知道他到底在干什么。不过，有时候在饭桌上，听他提起，他好像是在做海外贸易，他曾经送过我妈一罐美国的熟牛肉，我妈说味道不错，他还拿来过泰国的榴莲、法国的面包。"阿泰往嘴里塞了一根香烟，点上了火，"你接着查哪个房间？"

"夏先生的书房。"

正好，夏秋宜走到房门口。

阿泰朝父亲得意地摊手。那意思是：瞧，我是清白的。

夏秋宜把唐震云引到书房，关上了门。

"你随便查。"

他打开原先存放烟土的柜子。他也想过夏秋宜监守自盗的可能，但夏秋宜既然主动把这件事跟凶杀案联系在一起，那表示这种可能性不大。

"周子安老家在哪里？"他打开另一个书柜的门。

夏秋宜一边泡茶，一边回答他：

"在扬州。他跟我大姐结婚的时候，家里很穷。他家虽然在扬州有两个绸缎庄，但我去看过，铺子很小，勉强做点小生意，维持生计罢了，再说那铺子还是他哥哥的，跟他其实没多大关系，他们早就分家了。"夏秋宜给他倒了杯茶，"但我大姐看上了他，有什么办法呢。那时候，他说家里有几千亩地，可其实呢，他家只是在扬州城外有那么一栋旧宅子，大约占地五十亩吧，他父母就住在那里。听说他父亲过去还当过县官，可这些都是老皇历了——请喝茶。杭州龙井，我特地托人去买的。这事完了之后，你带点回去。"

他连忙摆手，"不必不必。不用客气。我要是喝惯了你的茶，以后嘴就养刁了。"

"你别客气。"夏秋宜接着道，"我父亲之所以不喜欢他，是因为这个人喜欢信口开河，明明口袋里只有一分，他偏偏要说成十块。"

"他是怎么认识你大姐的？"

"他是我一个老同学的学弟。我二十二岁那年，在家开了个party，那是我第一次开party，就怕没人来，所以到处发邀请函。当时，他是跟我同学一起来的。那时候我大姐二十六，老姑娘一个，脾气又差，整天跟我爸怄气，我爸急着想把她嫁出去。整个party，只有周子安一个人请我大姐跳舞，当然，我大姐也不会跳。但我爸看见他们在说话，他老人家就兴奋起来，硬是要我撮合他们。我跟我爸说，你都不了解这个人的情况，就把大姐嫁过去？你猜我爸是怎么说的？他说，只要有人肯要你大姐，倒贴钱我都愿意。谁知道就是一语成谶。后来，不知道贴了周家多少钱。光嫁妆就是一大笔。那时候，我太太刚进门，我这大姐事事都要跟我太太比。我太太她爹是军火商，家里光佣人就一百多个，她怎么比？嫁妆不算，后来又给了周子安一笔钱做生意，他亏光后，又出钱给他开了家公司。"

"他那家公司是做什么生意的？"他问道。

"什么都做。去年他从南洋弄来一些咖喱，卖给饭店了，今年，他好像又弄了一些牛奶过来，听说是从法国运来的，我也不清楚。"夏秋宜在书桌前坐下，"除了这些实物，他也经常搞点项目，拉别人一起投资。"

"能举个例子吗？"

"比如说，前些年，他搞了个项目是建造女士洗澡店，拉了几个人去投资，结果，浴室是造好了，但生意不好，亏了。还有一次，他要搞一个什么戏院饭店，就是客人可以边吃饭，边看戏，也拉了一些资金，可这项目根本没做成，主要是现在店铺的租金太贵。"

"如果项目没搞成，那钱有没有退给别人？"

"应该是没有。所以才有人写恐吓信过来。因为之前就收到过一些，大家也没放在心上——一会儿让我大姐拿给你看。"

"看来他的仇人还不少。"他关上了柜门。

"是啊，我也劝过他，"夏秋宜道，"我说钱的事，如果没摆平，会惹祸上身的。可他说，他定合同的时候，都写明了做生意会有风险，不管盈亏，后果都得自负。所以那些人也没法告他，只能哑巴吃黄连了。"

唐震云感觉这个周子安的行径像个骗子。

"他有没有让这个家的人投资过他的项目？"

夏秋宜皱眉，"你真的觉得是这个家里的某个人杀了他？"

唐震云不语。

"你刚刚不是找佣人去搜寻园子了吗?"夏秋宜又道。

他点头,"当然,如果有什么地方能让外人溜进来,也不排除外人作案的可能——他进门后直接去了墓园。你知道他去干什么吗?"

夏秋宜摇头,"我不知道。"他又笑了笑,"别看我们住在一个屋檐下,其实我们并不算亲近。我不太欣赏他做生意的方式。"

"你有没有投资过他的项目?"

夏秋宜并不否认,"他们结婚前夕,怕他会悔婚,所以他提什么要求我们都答应。那时候他要投资开一个卖各种各样小百货的商店,我也闹不清楚是什么,就投了一笔钱,后来店没开起来,钱也没退。他说路上被人抢了,弄得头破血流的,我也不好说什么,再说,大姐还在旁边帮他……数目也不大,大约三千元。"

"你是大老板,可能不在乎这些钱,可别人恐怕就未必了。有人为了一块钱也能杀人。这个家里还有谁投资过他的项目?"

"这我就不知道了。没人跟我提起过,他也不会跟我说。"

"我昨天想问你,但是忘了,你说你在书房里发现了那封恐吓信,当时信在哪里?"

"就在桌上。"夏秋宜指指他的书桌。

"你早上离开书房时,把门锁上了是不是?"

"对。"

"当时还没这封信?"

"我肯定我离开的时候没发现什么信。"

"那批烟土大约值多少钱?"

"那是最上等的烟土,大约三四千吧——我看就是那个偷烟土的人留下了恐吓信。"夏秋宜往椅背上一靠，给自己点上了一根雪茄烟，"我猜，他本来写恐吓信就是为了钱，正好柜子里有烟土，他就顺便拿走了。看来这个人非常缺钱。如果凶手是这栋房子里的人，那应该是下人。家里人没有谁会缺钱缺到这种地步。"

"下人中哪些会写字？"

这倒把夏秋宜问住了，"要不等会儿把他们集中起来，问问他们。"

唐震云表示同意，"你最后一次看见这批烟土是什么时候？"

"就是昨天早上。"夏秋宜吸了一口烟，"我出门前，打开柜子拿东西。那时候烟土还在。"

"你是几点钟走的？"

"差不多八点。"

"在你离开之后，这个家里还有谁在？"他问道。

"据我所知，希云是最早离开家的，大概早上七点左右吧，你可以去厨房问一下，她是吃完早餐走的。我女儿梅琳上午九点半要去上家政课，所以我估计她九点钟一定得出门了，不过她迟到一会儿也难说。银娣要去医院做检查，是阿芳陪她去的。随行的司机叫阿忠，他具体叫什么名字我也不清楚，你可以问阿芳。"

"家里有几部车？"

"三部。有两个司机，章九平时给我开车，阿忠是为夫人服务的，家里其他人用车也找他，阿泰自己有辆车，他会开车。"

"周子安呢？"

"他没车。平时乘公共汽车，有时候是黄包车，有时候我带他一段路。"

"昨天他什么时候出门的？"

"大概七点半左右，他跟我们一起吃的早餐，吃完早餐他就去公司了。"

"那是你最后一次看见他？"

夏秋宜点了点头，"毕竟也跟他作了这么多年的亲戚。虽然他有缺点，但他这人脾气还是很不错的，也就他能忍受我大姐。我有时候还蛮佩服他的。"

"那就是说，在你们走后，昨天上午只有阿泰少爷留在家里？"

夏秋宜一愣，但随即又笑了。

"我昨天问过下人了，他们说，阿泰在梅琳走后没多久也离开了。后来他跟梅琳一起去找了希云，他们三个年轻人在离徐汇教堂不远的地方吃了午餐。所以说，放这封恐吓信在我书房里的应该是下人。"这是夏秋宜得出的结论。

"我想知道这个人是怎么进来的。"唐震云走到书房门前，弯下身子查看门锁，正如他昨天看到的，门锁完好无损，"书房的钥匙有几把？"

"只有一把。在我这里，它从来没有离开过我的口袋。"夏秋宜从抽屉的锁孔里取下钥匙朝他晃了晃，"我向你保证，昨天上午，它就在我口袋里。"

"也许那个人在之前就想办法弄到了你的钥匙，然后自己做了一把。"

夏秋宜把钥匙又插入了抽屉的锁孔。

"小唐，你说的这种可能，之前我也想过，可不瞒你说，这个抽屉里放着不少重要的文件，所以我把钥匙看得很紧。它几乎时刻都在我的口袋里。再说，这里的房门钥匙是跟抽屉钥匙以及别的钥匙串在一起的，那个人要是想拿，必然得偷走整串钥匙。这么重的一串钥匙要是离开我的口袋，你说我能不注意吗？"

"那你睡觉的时候呢？"他踱到窗前朝外望，从这里只能看到草坪的一角，视线几乎全被窗外的那棵大树遮住了。当他仔细查看窗户上的铁栅栏时，他发现在栅栏边沿的地方，钉子都不见了。

"我通常把它放在我的枕头下面。如果有人想乘这工夫把钥匙偷走，那就得保证什么声响都没有，可这是一串钥匙，你说这可能吗？"

"所以说，"他拍拍窗框，"那个贼只能从这儿进来了。请过来一下。"

夏秋宜立即起身走到他身边。

"你看，这里的钉子都不见了。可能有人趁你不在的时候，一个一个拔了。"

他跳出窗外，仔细查看栅栏。他发现在铁栅栏的上方有一根布条，布条的另一头拴在树杈上。他伸手解开布条，铁栅栏立刻就弹出一条大缝隙，看缝隙的宽度，正好容一人通过。他猜想那个贼可能乘夏秋宜不在的时候，逐步卸下钉子，并用布条固定，这样即使他已经卸下一整排的钉子，夏秋宜也发现不了。而这里又有两棵大树挡着，除非刻意散步到这附近，否则没人会看到这贼在做什么。

他蹲下身子，翻开草丛，寻找可能有的脚印。这时，一支口红进入了他的视线。从口红粗劣的外包装看，这应该是廉价货。

他举起口红给站在窗前的夏秋宜看。

"你见过这东西吗？"

"没有。"夏秋宜道，"它在这下面的草丛里？"

他点点头。

"保准是哪个女佣人的。"夏秋宜略带兴奋地说。

他没搭腔。

"警官。"有个男人在他身后喊。

夏秋宜认出了那人，"章九，你有什么事？"

"你不是让我们去找什么狗洞猫洞的吗？"

"你找到了？"

"有一个地方的墙塌了一部分。"

芳姑把燕窝端进夏太太房间时，发现太太正兀自一个人站在窗前发呆。

"燕窝来了。"她道。

太太背对着她，"快把门关上。"

听太太的口气不对，她知道一定有什么事发生了，连忙关上了门。

"我再问你一遍，你有没有拿过那把枪。"太太等她走到跟前才开口。

"我没有！"

"我这是最后一遍提醒你！如果你有什么事，在这里说，我还能帮你，如果……"

"太太，我可以向你发毒誓，如果我拿了那把枪，让我出门被车撞死！"

太太回转身审视了她好久，才慢慢将目光移开，"这就奇怪了！谁会做这种事！对了，你平时挺注意周子安的，他跟这家里谁有过节？"

她不知道该不该说，"太太，您是不是忘了。"

"怎么？"

"要说这个家里，他跟谁争执过，那就是……梅琳。"

太太很是吃惊，"梅琳？"

"您忘了前阵的事了？"

"可那只是小孩子闹脾气！"太太虽然嘴上这么说，可脸色已经变了。

"你丢枪的那天下午，梅琳小姐也在，我在走廊上看见她两回……"

太太皱起眉头，"不管怎么说，你别跟别人提起这事。"

"您放心，我不会说的，可这事家里人都知道，我怕……"

"那也是。"太太想了想，"反正你别说就是了，别人爱怎么说就怎么说，我看这小唐也是个头脑清楚的人，他应该知道，梅琳跟周子安那一次，纯粹是小孩子发脾气……"太太叹气，"有时候真觉得生儿育女没啥意思，什么好处也捞不到，整天就光替他们操心！"

"我不会说的。"她再次声明。

"我一会儿就去找梅琳。"太太又叹气，"要是不提个醒，谁知道她会胡说些什么！"见她想走，太太又道，"你先别忙，我还有话问你。"

"什么事啊。"

"警察现在说，周子安不是自杀的——我猜他没多久就会去问大姐，谁有可能杀了她老公。你知道她会想到谁？"

"谁？"

"你！"

她吓了一跳。

"我？"

太太在沙发前坐下，"今天你也听见她怎么说你了，她说，她知道你是什么人。这话听起来可是有弦外之音。"

她倒没这种感觉。周太太向来就不喜欢她，而且周太太骂起人来，经常口不择言。

"弦外之音？我可没听出来。"

"你真迟钝！"太太鄙夷地盯她一眼，"我问你，她是不是知道你跟他过去的事？要不然她干吗说这种话？"

"我从没对别人说过。"

"我也没说过！当初你把孩子交给他时，有没有让她看见？"

这已经是二十年前的事了，不过，她仍然记得清清楚楚。那一天，他们约好在城隍庙附近碰头，把六个月大的女儿交在了周子安的手里。当初周子安提出想要孩子时，她想都没想就答应了。因为她知道，这对孩子来说，是最好的结果。如果那孩子在乡下长大，恐怕十几岁都还不识字，过几年就随便找个干力气活的男人嫁了，或者出来当个女佣。这绝不是她想看到的，她不希望女儿再走她的

老路。

"当时他是一个人来的。我四下都看过。"

"那你后来有没有跟他单独在一起过？"太太的眼神有点暧昧。

她的脸红了，她明白太太的意思，急忙摇头，"当然没有！我跟他，都是陈年往事了……"她忽然想起一件事。

"你想到什么了？"太太马上问。

她不知道该不该说。

"现在都什么时候了！你快说呀！"太太急道。

"希云六岁那年，他太太跟公婆闹得不可开交，他们带着希云回夏宅住，就那时候，他来找过我。"

"他找你作什么？！"太太警觉地盯着她。

"……他向我诉苦，说他的日子过得有多难。"

太太冷笑一声，没说话。

"他给了我一百块，说是补偿我的。也许是他良心发现吧……"她心头又涌起一阵悲伤，他也有对她好的时候，可为什么他活着的时候，她心里念叨的只有他的坏呢？

太太兀自端起了燕窝，但马上又放了下来。

"别管他是不是良心发现，他给你钱了之后，你有没有什么表示？"

她面露尴尬，她知道自己很傻。

"快说啊！"太太催道。

"我给他织了件毛衣。"

"哎哟，你真贤惠！"太太讥讽道，"那他穿过没有？"

她点点头。

/ 93 /

"还有吗？"

她心想有是有，比如那双鞋，还有那个镯了，这些都是他跟她之间的事，当时也只有他们两人在场，谁会知道？

她记得那一次，她在客厅里整理太太买回来的各种衣服和食物，他来了，他先是有意无意地跟她搭讪，说了一会儿话，忽然握住了她的手，将一只玉镯塞在她手里。她当然很快就甩脱了他的手，但那只玉镯她收下了。当时客厅里没有其他人，楼梯上也没人。难道有人躲在暗处她没发现？想到这里，她的心咯噔一下，嘴唇禁不住哆嗦起来。

夏漠打了一个瞌睡，醒来后发现妹妹坐在他床对面的沙发上，正在做针线活。

"现在几点了？"他问道。

"十一点，一会儿得吃午饭了。"她埋头继续做她针线活。

"你有什么打算？"

"我不知道。走一步看一步呗。"她佯装轻松。

"你不是说原来的那个房东太太人不错吗？"

"是啊。可刚刚搬走又住回去，这也太丢脸了……"

"你可以去找你娘。"

"说什么呢！"妹妹斥道。

妹妹的母亲，也就是他的后娘，几年前嫁给了他们的仇家。当时后娘撂下死话，说自己从今以后不再是夏家人，跟夏家永绝关系。从那以后，他是再也没看见过她，也没听到过她的半点消息。

不过，他一直以为妹妹跟她还会跟她有联系。

"她没给你写过信吗？"

"别再提她了好吗？"妹妹的口气又硬又冷。

他沉默了一会儿说道："夏秋宜不是说会给我们另外找个住处吗？"

"他一旦把我们赶走，我就不想再跟这家的人有任何瓜葛了，也不想受他的恩惠。"妹妹冷哼一声，"我最讨厌不讲理的人了。明明是他们家死了人，他家自己的恩怨，可偏偏赖在我们身上。霉运！我看是他们给我们带来霉运才是！"

"你还剩下多少钱？"他知道这才令妹妹最为焦虑的事。

"反正是付不了几个月的房租。得想办法搞点钱。"妹妹停下手里的活，望着前方。

"要不你别跟我耗着了，你嫁人吧。"他道。

妹妹一愣，"嫁人？嫁给谁？"

他不说话，只是朝她笑。妹妹应该知道他说的是谁。虽然唐仁义的确是他们的大仇人，唐家也没几个好东西，但是唐震云应该是个例外。

"我给你们算过了，你们将来会成为夫妻。这是命里注定的。"

妹妹"啊"叫了一声，针刺破了她的手指，她赶忙把手指伸进嘴里抿住伤口。

"你别提什么命里注定了，好不好？"她怒道，"你上次说隔壁那个经常打老婆的酒鬼至少能活到的五十岁，可结果呢，他去年就死了……"妹妹忽然意识到了什么，猛然看住了他，"难道是你……？"

"他老婆半夜总哭，好烦人！"他挥了挥手，"别提那些了。我的意思是，你也不要总想着怎么赚钱了，还是正经找个人嫁了吧。唐震云仍然非常喜欢你，你可以考虑一下他。"

"你忘了他是谁了？他是唐家的人，他……"

"事情发生时，他不在。"哥哥打断了她，"也可以这么说，唐仁义是乘他不在时干了这些事。他也是被蒙在鼓里的。我不信他当时跟你定亲是为了骗你，他能骗你什么？他父亲是个穷教书匠，他一路上学靠的都是他大伯，这是他过去来我家作客的时候自己说的。我家出事，你去找他后，他还是给阿晨的事立了案，他也确实做过调查，听说，他大伯在巡捕房当着别人的面骂他忘恩负义，色欲熏心。呵呵，你瞧，如果他不喜欢你，他不会做这种事。他是顶着压力在帮你。虽然人是笨了点，不过他至少是个好人。而且他老妈死了很久了，婆婆这种东西有总比没有好。你嫁过去，不用伺候公婆，这也算是他的一个优点。你说呢？"

妹妹听到最后，噗哧笑了出来。

"哥，你别忘了，他一心一意想把你抓回去。"

"这我知道，可这并不妨碍我对他的观感，我挺喜欢他的。等你嫁给他后，我可以搬出去另住，到时候你只要每天给我送碗饭来，别让我饿死就成了。"

"你想得可真远！"

"我是说真的。我觉得你应该嫁给一个喜欢你的人。而且，我觉得你也喜欢他。那时候，你还很卖力地给他织围巾呢。"

"如果现在有条围巾，我就只想绕着他的脖子把他勒死！"妹妹没好气地说，"他是你的敌人，就是我的敌人。连阿晨的案子都破不了，他还能算警察吗……"她忽然停住，眼珠在眼眶里骨碌骨碌转，"他不是在搜查夏秋宜丢失的一批烟土吗？你说，如果我比他早一步找到那批烟土会怎么样？"

"他找了半天还没找到。谁知道那东西还在不在这房子里。再说，你找到了又怎样？"

"我们正好需要钱。"

"你要敲诈凶手？"

妹妹摇头，"我是说把它偷偷卖了。我才不关心凶手是谁呢。等有了钱，我们想去哪儿都行。"

"可如果凶手知道是你偷了他的赃物，你可能会有危险，这一点你想到过没有？"

"哥，我们很缺钱。"

"这我知道。"

"所以，为了将来的生计，我觉得值得一试。"

她把手里的针线包拿到眼前左右端详。

夏秋宜敲响房门后，夏春荣隔了好一会儿，才脸色阴沉地打开了门。

"进来吧。"她粗着嗓子道。

他们跟着她进屋。

房间里的凌乱让唐震云着实吃了一惊。所有的柜门都大开着，衣服丢得满地都是，有几个抽屉索性被整个丢在了地上，而其中一个抽屉里杂物堆得老高，其他几个却空空如也。

"搜，搜吧，都在这儿。"穿着睡袍的夏春荣手里捧着一杯酒，说话有点不利索。

"你喝酒了？"

"怎么样？"夏春荣把酒杯放在桌上，白了弟弟一眼，"反正在这里，我也没地位，我明天就走，明天就离开这里……"

"离开？你去哪里？"夏秋宜问她。

夏春荣将酒杯里的酒一饮而尽，眼看着她就要续杯，夏秋宜一把夺过了酒瓶。

"别喝了！"

"不要你管！我想喝多少就多少！"她嚷道，随即又倒在沙发上抽泣起来，"我知道你们都看我不顺眼，自从你老婆进门之后，她就想把我赶出去了，她早就想这么做了……"

"胡说八道！玉清什么时候要赶你走了！"

"她就是看我不顺眼！"她哭道，"我告诉你，秋宜，如果她不给我磕头认错，我明天就走！我去告诉小报记者，我就说你们逼死了我丈夫！我看梅琳怎么结婚！我看章家怎么说！这叫一报还一报！"她腾地一下站起，又一阵头晕，倒在了沙发上，这时，她看见了唐震云，"你要搜就赶紧搜吧！"

唐震云只花了十来几分钟就搜查完毕。他朝夏秋宜摊摊手。

"也可能东西已经被运出去了。"他对夏秋宜说，"等会儿我再去车库。现在我得问她一些问题。"他朝夏春荣望去。

后者已经冷静了下来。

"你想问什么？"她一手撑着脑袋，说话有气无力的。

"你最后一次见到周子安是什么时候？"

"昨天上午，他上班之前。"

"晚餐时，你给他打过电话，当时他怎么说？"

"他说他很快就会回来。"

"是他本人接的吗？"

"当然是他本人！"

"听说他比你小四岁。"

夏春荣眉头一皱，"你这是什么意思？"

"听说你们前天晚上吵过架。"这是之前他盘问一个佣人时听说的。

"夫妻之间哪有不吵架的！"

"为什么事吵架？"

"忘了！"

"昨晚吃完晚饭，你去了哪里？"

"我能去哪里？"她回想了一下，"在这儿，我回房了。这几天我正忙着搬家！我在收拾行李！我得陆续把一些暂时不用的东西先搬去我的新房子！"

"搬家？你昨天搬过东西吗？"

夏春荣笑起来，一脸皱纹也舒展了不少，"难不成，你以为我偷了那批烟土？切，我要那些东西干什么！"

"她昨天没搬过东西，她是前天，11月2日搬的。"夏秋宜为她作证明。

那时候烟土还在。

"你还想去我的新房子搜查？哼，告诉你，这房子，我刚已经退了，我过几天就叫人把东西搬回来。"夏春荣朝她弟弟瞪了一眼，"你老婆看我不顺眼，我偏偏就是要住回来！子安都死了，我还住过去干吗？"

夏秋宜笑道："这就对了，大家都是一家人。"

"不过我可说好了，我不想见到那个什么姑姑！"

"得了，过几天就让他们走。"夏秋宜安慰道。

夏秋宜的话让唐震云听了很不舒服。

"昨天晚上吃完晚饭，你在这里有没有人能证明？"他的语气生硬了不少。

"我一个人在睡觉，我上哪儿去找证人？"

"那你觉得，这个家里谁跟周子安关系最差？"

"竺芳！"夏春荣不假思索地说。

这倒让唐震云和夏秋宜同时吃了一惊。

"阿芳？怎么会是她？"夏秋宜道。

夏春荣冷哼一声。

"她？我都不好意思说！她对子安有意思！"

夏秋宜更为吃惊，"阿芳？子安？不会吧！你不要无中生有好不好？你也不看看阿芳都什么岁数了，他跟子安差不多大……"

"那是好多年前的事了！"夏春荣大声道，"当年她也算长得有几分姿色！我刚跟子安结婚不久就发现，她跟子安说话时眼神不对！"见面前的两个男人都一脸茫然，她心急火燎地打着手势，"她看他的时候，眼睛水汪汪的，这就是人家说的，含情脉脉，想想就恶心！后来，我跟子安回到这里，她就开始缠着他，还给他织什么毛衣！当我是瞎子！我丈夫有什么衣服我清清楚楚！哼！子安还不承认！亏我去她房里找线头，结果怎样，一找一个准，偏偏就让我找到一团毛线，跟子安身上那件毛衣一模一样！"

夏秋宜摸着下巴，一脸惊愕，"这可真没想到，你是说他们两个……"

"是她勾引子安！"夏春荣像受了侮辱般大叫，"她缠着子安！"

"那他们之间到底有没有关系？"

夏春荣又冷哼一声，"子安哪看得上她？一个下人！老妈子一个！子安只不过糊弄糊弄她，他这个人天生就不会跟人翻脸，她对他好，他也不好拒绝，就因为这个，给了这个贱人可乘之机！我为了这件事骂了他不知道多少回了。你当我为什么要搬走？"

"为了阿芳？"夏秋宜觉得难以相信。

"她也是原因之一。我不想让子安再看见她。"

"这事你好像从来没说过。"

夏春荣咬咬嘴唇。

"又不是什么好事！再说，你老婆向来就护着那贱人！我说了也没用！我又没捉奸在床！她到时候又说我疑神疑鬼！我现在跟你们说！"她手指着面前的两个男人，神情就像是在训儿子，"要说有人杀了子安，这个贱人八成就是凶手！你们

说，谁最有可能偷沈玉清的枪？她！她负责打扫沈玉清房间，她是唯一一个有正当理由进那屋子的人！"

唐震云承认夏春荣说的有几分道理。女管家竺芳的确是最有机会偷枪的人。可是也正因为如此，如果她偷了枪，不是也太明显了吗？

"……当初子安拿了她织的毛衣，觉得不好意思，就买了个假镯子还礼，这么一来一往，她就认定子安对她有情了，也许她还在幻想着哪天我死了，她好名正言顺地当周太太呢！哼！这几天，听说子安要走，她肯定认为子安抛弃了她，别管事实如何，她心里就是这么想的！"

"你知道周子安为什么要去墓地吗？"唐震云问道。

"前天晚上，我正好下楼，听见他在跟什么人说话，提到了墓地。但我走到楼下，那人就不见了，我问他在跟谁说话，他也不回答。你问我前天晚上为什么要跟他吵架，这就是原因。他不肯告诉我他在跟谁说话！我看过了，那人要这么快躲过我，只能去客厅！哼，我一进客厅，就看见竺芳！"

唐震云禁不住与夏秋宜对视了一眼，此时两人达成了某种默契。

"会不会是他约了谁在墓地见面？"夏秋宜道。

"我也这么认为。"

"难道真会是阿芳？"夏秋宜还是觉得难以相信。

"如果他们两人没关系，他犯不着特地在墓地跟她告别吧。"唐震云道。

"你们不了解子安。"夏春荣道，"他心软，耳根子也软，如果这贱人约了他，他是不会拒绝的。再说，他一定会认为反正是最后一次，见个面也不会掉半斤肉。她一定怕被我瞧见，所以就选了个离主楼有一段距离的地方。"

"你得找阿芳来问问。"夏秋宜提醒唐震云。

"我会的。可是，她知道那批烟土的事吗？"

这把夏秋宜问住了。

"按理说，她不知道。我没跟家里人说过。"

"她懂得用枪吗？"

"不懂也看人开过。"夏春荣道，"她跟着我们去过靶场！你老婆也让她打过！所以她也是摸过枪的人！"说到这里，夏春荣打了个哈欠。

"大姐，你好好休息，我们先走了。"夏秋宜道。

"等等，子安到底什么时候能入土为安？把他就这么晾在那里也不是个事吧？"夏春荣冲着唐震云大声问。

7. 道听途说

午餐时间到了。

几个女佣陆续将一盘盘烹饪精美的菜肴端进了餐厅。

竺芳捧着一大锅菜粥从厨房出来。她一边走一边提醒自己步伐要稳，她可不想把一锅热粥泼在自己身上。但不久之前，太太说的话，还是让她脑袋嗡嗡响。夏春荣说的那些屁话真的是有所指吗？难道这女人知道她跟周子安的那段过往？那张条子会不会是她写的？这么郑重其事地约她见面，多半是为了敲诈，可今天早上十点时，这女人明明就在自己的房间啊。

而且，依着这女人的脾气，如果知道什么事，恐怕会直接冲到面前扇自己耳光。写恐吓信，这可不像是她的为人。

可如果不是她，又会是谁？

她本来是想赴约的，可今天偏偏不允许出门。九点的时候，她曾经偷偷溜到大门口，正好碰到守在那里的章九，后者劝她乖乖待在屋子里，要不然会让人起疑心的。章九说的有道理，所以她只能回来了。回来后，她有心查了查，家里的人都在。她实在想不明白，谁会写那张字条？难道是外人？可外人怎么可能知道她的秘密？

"今天吃菜粥吗？"二太太银娣在门口等着。

"是啊，二太太。"她才把大粥锅端进餐厅放上桌，二太太就急不可待地掀开了锅盖。

"嗯，好香。"银娣凑过去闻闻，脸上立即露出心满意足的微笑，"我小时候最喜欢吃这种菜粥了。有没有加过黄豆和咸肉？"她用调羹在热气腾腾的粥锅里搅动着。

太太坐在银娣对面笑，"这就是你每天嚷嚷着要吃的咸肉菜粥啊？快给我盛一碗，也让我尝尝是什么味道。"

银娣连忙给太太盛了一碗，"要是再来根油条就更好了。"

太太笑，"哪有中午饭吃油条的。"她闻了闻菜粥，"还真香。"正好阿泰、梅琳和希云一起进来，太太朝他们招手，"快坐下，今天有好吃的菜粥。"

几个年轻人照例有说有笑地坐了下来。

"好吃是好吃，不过呢，吃粥不来点酱瓜，就觉得缺了点什么。阿芳，给我去拿点我平常吃的蜜汁老酱瓜。"

"酱瓜吃完了，太太。老黄瓜还没来得及出门买呢。"竺芳道。

夏太太叹气，"现在出门买点东西也不行，这事到底什么时候能结束！"这时，女佣秀梅匆匆跑进了餐厅。

"周太太说她不吃了。"

"那就随便她吧！"夏太太冷冷道。

竺芳吩咐秀梅："等会儿你再去问一声吧。"她话音刚落，老爷夏秋宜和那个姓唐的警察走了进来。不知道为什么，一看见那个警察，她就莫名地紧张。

"咦？怎么不见姑姑他们？"老爷坐下后，问道。

她赶紧给老爷盛了碗粥。

太太白了老爷一眼，"她现在还有心思吃饭？！你真的要赶他们走？"

老爷叹气，"我也不想这样，可有些事是宁可信其有。顶多另给他们找一处房

子，反正他们要求也不高。"

"那不是浪费钱吗？"

"那你的意思是……"

"我没什么意思。反正她也是你家亲戚，一切随你。"太太别过头去问唐震云："小唐，这事有点眉目了吗？"

"目前还没有。我还想去一趟周子安的公司。"

"我下午让章九送你过去。"老爷道，又吩咐秀梅，"去把姑小姐叫下来，就说我们等她吃饭。"

秀梅答应了一声，走出了餐厅。

"也不知道她肯不肯来吃饭。大姐的话真是太难听了。"太太道。

"你也知道她的脾气。"对于那位难伺候的大姐，老爷永远是这句话。

"你这话我都听腻了。"太太道。

"别多说了，你下午去给她赔个不是，这事就过去了。来，小唐，别客气，吃饭！"老爷劝着唐震云。

一听让太太赔不是，竺芳就生气。她记得太太刚进门的时候，这位不好惹的大姑子，也就现在的周太太，每天都变着花样找茬闹事。因为是新媳妇，太太也不好跟她计较，即使明明被欺负了，也只能装作没事。那些年，也不知道莫名其妙地认了多少次错，也只有太太那种度量的人才能忍下来。当初夏春荣是这家里的大小姐，现在呢？俗话说，嫁出去的女儿泼出去的水！这里的女主人现在是太太，她凭什么在这里指手画脚，颐指气使？她还让太太赔不是？她以为她是什么人？

"让我妈赔不是？凭什么？"梅琳也发话了，"我妈说什么了？"

夏秋宜看看自己的太太，不说话。

"你妈怎么回事？"梅琳挤了一下她身边的希云，"干吗总是没事找事？是不是忘了这家的女主人是谁了？你妈不是找了房子吗？为什么还赖在这里？"

这几句话让希云的脸涨得通红，看得竺芳心疼不已。这梅琳，长得难看不算，嘴还特别尖。这明摆着跟希云没关系的事，干吗让她难堪？

"我妈就是这样的人，我也没办法！"希云气恼地说。

"你要是结婚了，你妈会不会好点？"

希云拿起调羹，又放下，"反正我是不会嫁给那个姓赵的！舅妈，你不用赔不是。你别理她，她也是没办法。她已经把房子退了，她不住这里，还能住哪儿？"

太太淡淡一笑，"我给她赔个不是也没什么，她就是要找个台阶下。如果将来她要继续住在这里，咱们也不能结怨是不是？"

有时候，她真佩服太太的度量。怎么就那么能忍呢？

老爷这下放了心，笑嘻嘻地给太太夹菜，"还是我夫人识大体。"

太太好像什么都没听到似的，忽然站起走向门口，这时她才发现，姑小姐夏英奇正由走廊朝饭厅走来。太太走过去，热络地打了声招呼，然后挽着姑小姐的胳臂，把她领了进来。

老爷看到姑小姐，也连忙站起，其余人也都跟着站了起来。

"姑姑，来来来，请进。"

老爷替姑小姐拉开椅子，看着她坐下，才走回到自己的座位。

才刚进门就要被赶出去，这位姑小姐也真够倒霉的。不过，她倒看不出姑小姐有多生气或多沮丧。其实姑小姐的气度，让她想到了当初刚进门时的太太。那时候的太太虽然年轻，但一看就知道，是个万事心里都有主意的人。说实话，人人都说周安怕老婆，可她觉得有时候老爷怕老婆更甚呢。自从二太太银娣进门后，老爷更是对太太言听计从。

被偷走的秘密

这位姑小姐长得也不错，说话做事都挺有模有样的，如果她不是家里的长辈，太太保准会想着把她娶过来给阿泰少爷当媳妇。太太一直就想找个人管住阿泰少爷。可惜了。

竺芳给姑小姐盛了一碗粥。

"姑姑，你别多想，我会替你安排住处的。"老爷说道。

姑小姐笑起来，"不必浪费钱了。我跟哥哥贸然来这里，也是有些不妥。是我们当时没考虑清楚，我这几天就搬回去。"

"你要搬到哪儿去？"太太问。

"还是原先的那个地方。那里的房东太太人不错。"

太太就坐在姑小姐旁边，她拍拍姑小姐的手，"你离开也好，免得惹上晦气！我过几天就找人来念经，等这里的脏东西都没了，再请你住进来，你看好不好？"

当然喽，她知道太太说的是客套话，姑小姐也就当客气话来听，不会当真。

姑小姐笑着点头。"那我就先谢谢了。"

"之前大姐说的话，你别放在心上，我也告诉过你，她本来脾气就差，又刚刚经历丧夫之痛，所以有点口不择言，我怕你住在这里，她又找你的麻烦……"

姑小姐朝太太微微一笑，"我知道她心里烦。我也希望这事能早日水落石出。听说这栋房子都已经被搜查过了？"姑小姐把问题丢给了那个警察。

那个警察之前一直在盯着她看，被她这么突然一问，倒一时没反应过来。结果还是老爷代他回答了。

"是啊姑姑，都查过了，我和小唐把这里的每间屋子都查了个底朝天，连车库都查了，可是……"老爷摇头，"我看这东西八成已经不在这里了。"

"有这可能。"姓唐的警察终于回过神来了，他环顾四周，"正好现在大家都在，也免得我一个个查问了。你们能否告诉我，昨天晚饭后，你们都去了哪里？

/ 107 /

就从夏小姐开始吧。"他对姑小姐说。

"我昨天已经回答过你了，吃完晚饭我就回房睡了。"姑小姐道。

太太就坐在姑小姐身边，她跟着说："晚饭后，我去了小客厅，我在那里看绣样。梅琳快结婚了，我让几个师傅分别送了绣样过来，秀梅在那里服侍过我。"

秀梅忙点头，"我在小客厅给太太铺纸磨墨，后来太太又让我给她送了参茶。"

"我在书房打电话。有一笔生意要谈，耽搁不了。"老爷接着道。

"二太太，你呢？"警察问银娣。

银娣正在大口吃猪蹄，"我？"她放下猪蹄，满嘴都是油，想了一会儿道，"刘妈做了鱼丸汤，让我去尝个鲜，哎呦，那个鱼丸，做得真有嚼劲啊，老爷，那可是刚做出来的，跟后来吃就是不一样。刘妈人真好！"

"吃完晚饭，你又吃啊！你快成猪了！"夏太太笑道。

"我是为孩子着想，我希望孩子长得壮实些。"银娣拍拍肚子。

"也就是说，你吃完晚饭直接去了厨房？"唐震云问。

"那倒没有。"银娣又想了一会儿才说，"我先在客厅里待着，在给宝宝织毛衣，不知怎么的，人有点困，就睡了会儿，醒了之后就觉得嘴馋，我就跑到厨房去看看有什么可吃的，正好刘妈刚做好鱼丸汤。"

"然后呢？"警察又问。

"我吃完鱼丸汤，接着回客厅织毛衣，后来，就看见你背着叔叔，从园子那边过来……你不是也看见我了吗？那时候汪妈也在。"

汪妈站在梅琳的后面，说道："那时候，还是我给开的门。哎呦，真是把我吓死了。"汪妈一副惊魂未定的样子。

"那你呢？梅琳小姐？"警察又朝他对面的梅琳看过去。

"我吗？吃完晚饭我就回房了，我看了会儿书，觉得困得很，后来听到下面有响动，就跑了下来——对了，昨晚有一阵子鸟叫声很大，你们有没有听见？"梅琳说话东一榔头，西一榔头的，明显在躲避什么，竺芳想，连我都能看出来，别说是警察了。有时候，她真不知该怎么说这位大小姐。太太那么聪明，怎么就生了这么个又丑又笨又自以为是的丫头呢？

警察果然皱起了眉头。

"吃完晚饭，我看到你走到园子去了。"他道。

这下子，梅琳的脸红了。

"我去拿信！"她大声道。

"拿信？"

"邮差送信来！我去拿信。你不信去问老李！"梅琳有点生气了，竺芳真担心警察继续问下去，这位大小姐会一怒之下把碗摔了，到时候又得收拾了。

"邮差一般几点到你家？"警察朝竺芳看过来。

这个问题除了她，还真的没别的人能回答。她忙道：

"一般是上午十点多。每天都是这个时候。但如果有加急信，晚上也会来。"

"你有加急信？"警察又问梅琳。

"是张小姐给我的信，要你管？！"

张小姐是梅琳之前的家庭教师。两人关系一直很好。但在周子安出事的前一天，张小姐突然辞职，原因不得而知。

"张小姐都跟你说了什么？"太太问梅琳。

梅琳耸耸肩。

"没什么，她说等她安排好了，就回来看我。"

太太没再问下去，只是快速跟竺芳对视了一眼。她知道太太过后一定会单独找梅琳问话。

"可以把那封信给我看看吗？"警察问。

"你要看我的信？"

"如果不看到那封信，我怎么知道你说的是真是假？你在晚饭后的行踪这件事上已经说了谎。"

"我偏不给你看！随你怎么说！"梅琳脸色铁青，眼看着就要爆发，竺芳立刻朝秀梅使了眼色，秀梅心领神会，马上跑到梅琳的身后站着，这样可以随时预防梅琳砸东西。

"对了，梅琳，"这时，刚刚一直没说话的阿泰插了进来，"你不是说要调查谁放条子在你包里的吗？你查到了吗？"

这个问题把梅琳从发怒边缘拉了回来。

"我昨天把事情从头到尾想了一遍，我觉得只有一个人能干这件事，可是我要是说了，你们肯定不信。"梅琳道。

"是谁啊？你说说看。"阿泰少爷道。

梅琳回头看着她身边的希云。

"你爹。"

希云一口粥差点噎在喉咙里，一阵狂咳嗽。竺芳也是惊出一身冷汗，她连忙走到希云身后为她拍背。她有时候觉得梅琳是在诚心跟希云作对。就因为希云长得漂亮吗？这种事能乱说吗？子安怎么可能干这种事？

"我想来想去只能是他。前一天晚上，我回来后，把包丢在客厅里，那时候正好二妈来叫我吃东西，我想都没想，把包往沙发上一丢就去了餐厅。当时，你爹正好从外面回来，客厅里没有其他人。当然，"梅琳看着饭桌上的人，"我是没亲眼看见他干事，就跟上次一样，等我回来的时候，他已经走了。"

"你回到客厅的时候，客厅里有其他人吗？"警察问。

阿泰举手。

"那为什么不是你哥哥？"警察问梅琳。

梅琳看看阿泰少爷，笑了。

"——是你干的吗？哥？"

阿泰夸张地摇头。

"我哥才不会干这种事。"

"你说跟上次一样，是什么事？"

"半年前，我的钢琴坏了。当然，我也没那么爱弹钢琴，但是，我也不喜欢别人作弄我。我妈找人来修，修琴师傅说是有人在钢琴的琴键里面夹了木片，这不是有人故意的，还能有什么别的解释？那次，我想了想，发现钢琴被弄坏的前一天，只有他一个人有机会干这事！当然啦，没人相信我……"

"你根本没看到，完全是在臆测。"希云道。

"就是他！"梅琳断然道，"那次我在饭桌上质问他，他根本没拿出什么有利的证据来证明我是错的。"

"你说我爹为什么要干这事？！"希云也生气了。

"我哪知道！"

"你是什么时候想到是他的？"警察问。

"吃晚饭的时候。那种事其实稍微想一想就能想到。"梅琳回答的时候带着几分得意。

"那你有没有像上次那样跑去质问他？"

这个问题让梅琳的脸上闪过一丝惊慌。

老爷太太都紧张地看着她的女儿。

"我是想去找他，可是他一直没回来，不是吗？"梅琳道。

"你是什么时候去大门口取信的？"

"八点半吧。"梅琳不怎么情愿地说，"我拿好信就回房间了。"

"你回到房间是几点？"

"我没看。"她现在看起来更像个说谎者了，紧张、惊慌、强作镇定。她到底干了什么？"你为什么老问我？"她生气地问那个警察。

"好吧。我们稍后再聊。我还是要看那封信。"那个警察说着，整个身子转过来，面对竺芳，"昨晚九点一刻到十一点之间，你在哪里？"

"我？"她一愣，这时她发现所有人都在看她，"晚餐后，我在厨房忙了一会儿，忙完后，我就回自己房间了。我的房间你也看过了。我不会干那种事！我不会偷拿老爷的任何东西！我已经在这里干了二十多年了。"

"没人怀疑你，阿芳。"太太安慰她。

"你回到房间时是几点？"

"大概九点半左右。我小睡了一会儿，然后秀梅来敲门说出事了……"她的手紧张地绞在一起，不知道是不是她的错觉，她感到警察看她的眼神跟之前不一样。她知道，他们在午餐前曾经去过夏春荣的房间。会不会是那个女人说了什么？

"你别紧张，我只是先了解一下情况。午餐后，你能不能陪我去周子安的公司？你们不是也要出去买些东西吗？"

警察还有话要问她？肯定是那个女人说了什么！她的心揪在了一起。

夏英奇觉得过去几年的惨痛经历有一个好处，那就是让她没那么容易生气。现在，无论她遭遇什么，只要想到弟弟的死，哥哥的遭遇，母亲的背叛，只要想到这些年她的处境，她就觉得所有这些都根本算不上什么。

　　她设身处地地想了想夏秋宜的立场，也就理解了他的做法。如果她是他，恐怕也会这么做。过去他父亲也很相信风水，当铺要招新人的时候，他总要去问问他认识的算命先生，这个人的八字会不会跟他相克。

　　现在她最操心的倒不是出外租房了的事，而是哥哥的伤。如果离开夏宅，哥哥的伤仍然没好，这意味着又要多一笔医药费。可是他们哪来的余钱啊。所以，她已经想好了，如果真的要走，她就去求夏秋宜借她一笔钱给哥哥看病。哥哥毕竟是在这里被人打伤的，他应该不会拒绝吧。

　　她也想过提起行李就走，可是人穷志短，在现实面前，她只能低头。不过话说回来，如果低一下头，能解决问题，又有什么大不了？为了办成一件事，真的下跪又如何？父亲也跟她说过，适时懂得低头的人，才是人才。她过去对此不理解，父亲去世后，她才真正体会到父亲说的话句句都在理。

　　笃笃笃，有人敲门。

　　可能是有人送吃的来了。哥哥还没吃过午饭。

　　她打开门。一个年轻的小女佣站在门口。

　　"姑小姐，我给叔少爷送午餐来了。"小女仆说话挺紧张，身上则还系着条脏分分的围裙，按理说，是不该穿这种围裙到主人的房间里来的，她估计这小女仆一定才来不久，并且很可能在厨房打杂。这个家的其他女佣大概是不想伺候她这个即将滚蛋的穷亲戚吧。

　　"你放下吧。"她指指桌上。

　　小女仆将餐盘放下，正要走，被她叫住了。

　　"这里都有什么？"她扫了一眼餐盘，故意问道。

　　"有菜粥、无锡白米虾干，还有拌海蜇，刘妈说生病应该吃得清淡些，可惜酱瓜吃完了。"小女仆站在门口，手抓着门把手，好像随时准备逃出去，"吃完了把餐盘放在门口，我过会儿上来收。"

"——我之前好像没见过你，你叫什么？"她决定跟小女仆攀谈一会儿，她很清楚，在富人之家，那些老鼠一般存在的底层下人，那些最不起眼，最容易被忽略的人，往往能看到别人看不到的事。

小女仆没想到她会问这些。

"我叫喜燕，姑小姐。"

"你先把门关上，我怕风。"她道。

小女仆关上了门。

她把餐盘端到哥哥床前，"哥，起来吃东西。"

哥哥睁开了眼睛，"几点了？"

"一点半。你能起来吗？"

哥哥在她的搀扶下，勉强坐了起来。

"你能自己吃吗。"

"没问题。"

她在旁边的沙发椅上又坐了下来，喜燕心神不宁地站在那里看着她。

"还有什么吩咐？姑小姐？"

"你平时在哪儿干活？"她和气地问道。

"在厨房。"

"你来多久了？"

"三个多月了。"

她见喜燕又去拉门把手，便道："你先别忙，让我哥先尝尝咸淡是不是合口味，如果太淡，我得让你再去拿点盐。"

哥哥尝了一口菜粥。

被偷走的秘密

"怎么样？"

"淡是不淡，但我想要一碟醋。"他道。

"我去拿。"喜燕说话，急急地开门而去。

几分钟后，又响起了敲门声。

"门开着呢。"她道。

喜燕端着另一个餐盘进来了。

"刘妈刚刚蒸好松糕，她说让我给您二位拿来尝尝。"喜燕将餐盘放在桌上，依次将松糕和醋端出来。这时夏英奇发现喜燕已经把刚刚那条脏围裙脱去了。

"谢谢你。你说你叫什么？"她问道。

"喜燕。"

"喜燕，你先别忙着走。"她在桌前坐了下来，朝喜燕招招手，"我有话问你。来，你走近些。"

喜燕朝她走近了两步。

"你几岁了？"她笑着问。

"十七。"

"你说你来了有三个月了？"

喜燕点点头。

"那你一定认识昨天去世的周先生。"她看了喜燕一眼，"周先生是不是平时脾气不大好？"她试探地问道。

"周先生是这个家里最和气的人了。"喜燕道。

"那他肯定有什么地方特别不讨人喜欢。要不怎么会惹上这种事？他跟你们老爷太太吵过架吗？"

"没有啊。老爷跟周先生处得挺好的，两人经常在书房一起抽烟聊天，有时候，还一起出去谈生意。他们在一起总是有说有笑的，我从没见他们吵过架。"喜燕说完又补充了一句，"老爷脾气也很好。"

"那太太呢？跟他处得来吗？"

"太太？"

"太太跟他吵过吗？"

喜燕连连摆手。

"我没见太太骂过谁。她对周先生的态度可比周太太对他好多了。有时候周先生晚回来，太太还把自己的参汤分一半给周先生喝呢。周先生去外地，太太有时候也让周先生带些新鲜玩意或者好吃的回来，比如，上次周先生去福建就带了很多桂圆肉回来给太太。不过……"喜燕欲言又止。

"没事，你说吧，我不会告诉别人的。"她忙道。

"我觉得……"喜燕扭扭捏捏，半天才开口，"有时候……太太会作弄人。有一次，她让我把参汤端给周先生之前，我看见她偷偷往那里面洒什么东西，然后……第二天，听说周先生拉肚子了……还有一次，我看到她往周先生喝的茶里吐唾沫。"

"太太一定很讨厌周先生！"

"那没有。"喜燕的语气很坚决，"她跟周先生没吵过架，有时候周先生跟他太太吵架，太太还帮着周先生呢。"

"那周先生平时是不是很小气？"她又问。

喜燕摇头，"周先生很大方。"

"这就怪了，按理说，像周先生这样脾气好又大方的人不会跟人结仇啊——对了，他怎么大方了？"

"他对我们这些下人很好。"

"他给你们买过东西？"

"他经常买吃的送到厨房来。上次，他从无锡回来，带了两个叫化鸡回来送到厨房，给我们下人吃，门卫老李的儿子生病，他还帮忙出医药费呢，还有……还有……他给芳姑买过鞋。"喜燕指指夏漠床边的盘子，"姑小姐，您尝尝那松糕，凉了就不好吃了。"

她赶紧起身走过去，拿了一块松糕，放在嘴里咬了一口，果然是软糯香甜。

"味道真好。"她赞道。

"这是刘姐的拿手点心，上海本地口味的。那上面的蜜枣也是她自己腌制的。她说过些日子就教我做。"喜燕喜滋滋地说。

"海蜇切得也很细，如果多加点麻油就更好了。"

喜燕点点头。

"看来周先生为人真是不错。可是他给芳姑买鞋？……是什么鞋？"她觉得这事听起来很是别扭。他是主人，她是仆人，主仆有别，他为什么给她买鞋？她笑着摇头，"我不信。周先生再大方，也不会送鞋给下人。"

"姑小姐，我骗您干吗。周先生真的送皮鞋给芳姑了！"被她这么一激，喜燕说话倒是利索了不少，"有一次周先生从外面回来，手里拿了个鞋盒，正好让我看见了。我以为他是给自己买的呢，谁知道，他提着盒子去了后花园，我们厨房那边的……茅厕，有扇窗子正好对着后花园，"喜燕的脸红红的，声音轻了不少，"芳姑那会儿一个人在后花园，大概是太太让她去选一盆玫瑰，太太喜欢画画，她有时候会让芳姑拿点花花草草到小客厅，她照着画。我看见周先生打开盒子，从里面拿出一双皮鞋，他还把鞋放在芳姑脚下让她试试。"

"芳姑试了吗？"

"没有。她肯定是怕人看见，马上就把鞋放回盒子里去了。她回来的时候，我看见她手里就拿了那个盒子。第二天，她就把鞋穿上了，可她跟别人说，那是她自己买的。姑小姐，你说这事我骗你干吗？"

她笑着点头，"好吧，算你没看错，不过你不觉得……他送鞋给芳姑，有点……？"

喜燕明白了她的意思，忙摆手。

"姑小姐，您可别瞎想，绝对没这种事的。周先生跟芳姑可没什么的。"

"既然如此，这个家里，到底谁那么讨厌周先生？讨厌到要杀了他的地步？会不会是他太太？"

"周太太？"喜燕神情尴尬，"他们经常吵架的。不过不会吧……"

"他们为什么事吵架？"

"周，周太太脾气不好……"喜燕又变得吞吞吐吐的。

她决定吓唬一下这个小女佣。

她假装思考了片刻，"对了！搞不好就是因为芳姑！"她故意恍然大悟地大声道。

喜燕疑惑地看着她。

"周先生送鞋给芳姑，确有其事吧？"她问道。

喜燕点头。

"他送鞋给她的地方是在后花园，那地方你能看见，别人也能看见，没准周太太也看见了，你说她会怎么想？她脾气不好，心胸又狭窄。也许她就此认定周先生跟芳姑有私情，可周先生这次就是死不肯承认，照你的意思，他们两个根本没什么事，对不对？"

喜燕又重重点头。

"这就对了。一个认定他们两人有私情，一个矢口否认，最后谈不拢就吵了起

来，周太太就决定一拍两散，于是，她就给了周先生……一枪。"

最后那两个字让喜燕浑身一颤。

"看起来事情就是这样。"她一击掌，站起身，"那个警察就在楼下的书房，我现在就去跟他说。"

"不，不是的，姑小姐，不是这样的。"喜燕又急又怕。

"怎么不是这样的？我们现在要找一个跟周先生有仇的人，照你的说法，这个家里，他太太就是最恨他的人了，当然，她也可能更恨芳姑，但总之，现在应该把这些都告诉警察，搞不好，这事芳姑也有份……"

"不，不，不，姑小姐，不是这样的！千万不能说出去，芳姑要开除我的！"喜燕急得满头大汗。

"她现在都自身难保了，还怎么开除你？"她伸手去拉门，喜燕拉住了她的袖子。

"别！姑小姐！恨周先生的是别人！"喜燕嘴里蹦出一句话来。

她一愣，手缩了回来。

"喜燕，你说恨周先生的人是别人，那是谁？"她正视喜燕。

喜燕则一脸惊慌和后悔。

"你别怕，我不会告诉别人，这个家人多嘴杂，有的事，想瞒也瞒不住。你看见的东西，说不定别人也看见了。"

喜燕犹犹豫豫仍不肯开口。

"难道是你？"她道。

喜燕忙道："不是我！是梅琳小姐！"她说完忙捂住了嘴。

"梅琳？"她禁不住也降低了音量，"是不是钢琴的事？"

喜燕点头。这件事刚刚梅琳在饭桌上已经说过一遍了，但她还想听听小女佣的说法。

"那究竟是怎么回事？"

"大概半年前，梅琳小姐说周先生把她的钢琴弄坏了。"

第二次听到这件事，她仍然觉得这事不合情理。

"梅琳小家的钢琴是真的坏了吗？"她问。

"嗯。她原本每天要上一小时的钢琴课，后来钢琴坏了，两个星期后，她才重新开始弹钢琴。那一次，她在餐厅骂周先生，当时老爷太太都在。太太让她闭嘴，她一生气把一杯水泼在周先生身上，为这件事希云小姐还跟她吵了一架，她们两人有好几天没说话呢。"

"可我觉得，周先生弄坏她的钢琴，好像有点说不通啊。"

喜燕连连点头，"就是啊。我们都不信。其实……"喜燕撇撇嘴，"我们都认为钢琴是梅琳小姐自己弄坏的，因为她本来就很讨厌弹钢琴，她自己不肯好好练，还总是怪张小姐没教她。其实，她只有在钢琴坏了的时候，才特别想弹钢琴，钢琴修好后，也没见她怎么练过。都是希云小姐在弹。"

"可她凭什么认定是周先生弄坏的？"

"因为那天下午只有周先生一个人在家。她就说是他干的。她说她也做过调查。"

"那位张小姐对这件事怎么说？"

"她那天不在，回家了。所以她也不好说什么。不过，她肯定是开心了，教梅琳小姐弹钢琴对她来说是个苦差事。那时候，张小姐挨了不少骂。"

"是梅琳骂她吗？"

喜燕摇头。

"梅琳从来不骂张小姐。她们好得像一对亲姐妹。是太太骂张小姐。也不是骂

啦，就是训她。因为张小姐来的时候，太太是让她教梅琳西方礼仪和钢琴的，但张小姐好像什么都没教会梅琳小姐。而且，梅琳小姐几次开口让太太给张小姐涨工钱，还说如果不给加工钱，她就跟张小姐一起去南洋。张小姐好像有个哥哥在南洋拍电影，张小姐有时候会提起这件事。太太很怕梅琳小姐真的会跟张小姐跑到南洋去，所以几次都答应了梅琳小姐。这是芳姑在厨房偷偷跟刘妈说的，让我听见了……"喜燕吐吐舌头。

"那太太一定很讨厌这个张小姐吧？"

"就是啊。"

"那张小姐是什么时候走的？知道具体日期吗？"

"就是前几天，11月1日。第二天周太太要搬家，她一会儿让我们干这个，一会儿让我们干那个。我们忙得团团转。那天上午还看见她的，晚饭后，才知道她突然走了。她没跟任何人说，就只给梅琳小姐留了张条子。"

"没说原因吗？"

"梅琳小姐应该知道原因。"

"没人看见她走吗？"

"好像没人。"

"她走的那天家里都有谁？"

"我也不太清楚，太太们都在，小姐们好像都在上学，少爷我就不知道了……"

"太太那天有没有骂过张小姐呢？"

喜燕摇头，"那是走之前好几天的事了，有一次，太太把张小姐叫到房里说了好一会儿。张小姐出来的时候，脸色很不好，好像哭过了。春兰跟她打招呼她都不理，直接跑到顶楼上去了。"

"张小姐住在顶楼？"来夏宅后，她还没上过顶楼。

"是啊，她来的时候，跟梅琳小姐说，她想住顶楼，可以看星星什么的。梅琳小姐就求太太把顶楼的杂物间收拾了一间出来给她住。原本给她安排的房间是在我们那边。"

"张小姐为人怎么样？"

"她不爱说话，人倒是挺漂亮的。"

"她跟阿泰少爷处得怎么样？"不知为什么，一听见是个漂亮女子，她就想到了英俊潇洒又有几分顽劣的阿泰。

"我不知道，阿泰少爷有时候会跟她开开玩笑，不过阿泰少爷见谁都这样。"

"她要是长得漂亮，又有个在南洋拍电影的哥哥，那她多半是到南洋拍电影去了。"这时，她哥哥插了一句。

"我们也这么想。"喜燕道，"少爷，您吃完了？"

哥哥朝她点点头。"收了吧。"他道。

喜燕走过去，把空碗碟一一放到盘子里。

"喜燕，我再问你一件事。梅琳跟希云处得好吗？"

"她们？还好吧。但梅琳肯定是跟张小姐更亲近。"

"我看希云小姐平时穿得可真朴素……"

这次喜燕还没等她说完，就道："是啊，我们也常说，希云小姐有时候穿得太素了。不过，这也不能怪希云小姐，她的衣服本来就不多啊，周太太很小气的，平时从来不给希云小姐买新衣服，希云小姐的新衣服都是老爷太太给买的……"她压低嗓门，"周太太对周先生也很抠，有一次，我看到周先生园子里在跟老爷说话，他说，他太太把他赚的钱都拿走了，一分钱也不给他……"喜燕的语气充满了同情。

唐震云和夏秋宜两人来到厨房时，厨娘刘妈正在如火如荼地制作着她的拿手点心，上海松糕。厨房里热气蒸腾，弥漫着一股香甜的气息。

"这小丫头，不知死哪里去了！"刘妈在骂骂咧咧的。她手里拿了个碗，碗里有各种瓜子、果仁还有蜜枣，她面前的案板上，则并排放着七八个白松糕。唐震云记得自己小时候，母亲也做过类似的豆沙松糕，可惜因为年代久远，现在连记忆中的滋味都无处可寻了。

刘妈一见夏秋宜就开口抱怨。

"老爷啊，你让我做那么多松糕，可怎么吃得了啊，要是吃不了，放在外面没多久就得馊了……"

夏秋宜笑道："别急，我正要来告诉你，今天晚上就有个好东西会送到你这儿，这东西只要放进去，绝对保鲜。"

"什么东西啊？老爷？"刘妈很好奇。

"是我朋友从美国替我买来的，叫冰箱。用电的。"夏秋宜低头闻了闻松糕，"好香。今天晚饭先蒸一个给大家尝尝。我爱吃甜的，里面豆沙够多吗？"

刘妈嗔怪地瞥了他一眼，"我都做几十年了，还不知道你的口味？放心，豆沙足够多！——老爷你说的那个东西叫什么？"

"冰箱。"

"从来没听说过。真的能放那么多松糕进去吗？"刘妈半信半疑。

"我还能骗你？对了，装插座的人来过了吗？"

"来过了，来过了，昨天就装好了。"刘妈道，这时她终于注意到了站在夏秋宜身边的唐震云，她皱皱眉头，一副嫌恶的表情。

夏秋宜连忙道："小唐要问你点事。"

刘妈看了他一眼，"我每天在厨房里忙得团团转，我能知道些什么？要问周先生爱吃什么我倒是知道。"

唐震云早就听夏秋宜说过，这位厨娘是夏家的三朝元老，她最早是为夏秋宜的爷爷做菜的，一做就做了几十年。因而别看她只不过在厨房里摆弄摆弄油盐酱醋，在夏宅中地位却不低，就连夏秋宜也得让她三分。

"昨天上午，从九点一直到你们老爷回家，这段时间，家里都有哪些人在？"他问道。

刘妈连头都没抬，"我们都在，楼上的都不在。"

"你们都在。你们是哪些人？"

"当然是下人。我、喜燕、春兰、秀梅、弄园子的老张，还有两个干杂活的小工，一个姓王，一个姓刘。就这些人。"

"我听说大少爷上午曾经来过这里？"

"是啊。他来厨房看看有什么吃的，后来听说只有他跟梅琳小姐两个人吃午饭，就走了，他说他带梅琳小姐到外面去吃西餐。"刘妈边干活边说。

"昨天早上，大少爷是什么时候到你这里的？"

"大概上午九点一刻。我没注意。我们这里的人可没一直看钟的习惯。忙着干活还来不及呢。"

"还有谁看到他。"

"他们都看到他了。春兰、我、喜燕……所有人，当时他们正在那里吃饭呢。"刘姐朝厨房的另一头努努嘴。

这时，女佣春兰欢天喜地，一路哼着小曲从外面走了进来。

"啊，老爷——"见夏秋宜也在，她慌不迭退了出去，等她再进厨房的时候，就显得稳重多了。

被偷走的秘密

"老爷，唐先生。"她恭恭敬敬地叫道。

"你昨天上午吃早饭的时候，是不是在这里见过大少爷？"夏秋宜问她。

春兰点头，她眼睛里露出几分疑惑。这时，刘妈问她：

"你是来弄希云小姐的咖啡和蛋糕的吗？"

"是啊。"

"喏，咖啡在外面的柜子里，洋人的东西我可不会弄。"刘妈指指厨房的外间，春兰笑着走过去打开柜子，从里面取出一个纸包来，随后又从另一个柜子里取出一个类似酒精炉的物件。

"春兰，给我也来一杯。"夏秋宜道。

"好的，您要不要也来一杯？"春兰笑着问唐震云，"很香的，小姐说，洋人都喝这个来提神。对了，蛋糕在哪里？"最后那句她是在问刘妈。

刘妈放下手里的碗，慢腾腾地走到一个木头柜子前，打开门，取出一个盘子来，唐震云看见盘子里是放着一块蛋糕。

"洋人的东西，我也没觉得有多好吃。"刘妈嘴里嘀嘀咕咕的。

他走近春兰，看着她研磨咖啡，问道："你昨天吃完早餐是几点？"

春兰又笑："唐警官，我没看时间。我吃完饭还在这儿，那天小姐不在，我在这里跟喜燕一起学着做蛋糕呢。"

"你们几个人吃饭？"

"我和喜燕，管园子的张叔，还有那两个小工。老爷不是让人来装插座吗？那两个小工就是干这个的。"春兰小心翼翼地拆着咖啡外面的纸包装。

"吃完饭，两个小工去了哪里？"

"应该是去干活了吧。我没注意。"

"他们在什么地方装插座？"他问夏秋宜。

“这里。”夏秋宜道，“还有车库，那里原来的插座也不好使，灯都开不亮。”

“他们昨天早上是几点来的？”他问刘妈。

“六点多。”刘妈道，“那时候老爷太太们都还没起呢，装插座不是得挖墙吗？响动太大，阿芳怕吵醒老爷太太，就让他们先把车库的插座装好，再把那边的墙修一下。车库离这儿有一段路。就算有响声也没啥关系。”

他知道车库就在墓园旁边，距离主楼大约有五千米。

“他们吃早饭的时候，车库的插座装好没有？”

“我没问。这可不归我管。”

“他们现在人在哪里？”

“在西边。你找他们？”

他还没回答，春兰就抢着说：“我去叫他们。”说完，她噔噔噔跑开了。

“西边怎么了？”夏秋宜问刘妈，他对家里的事显然不太清楚。

“西边的墙有道裂缝，这房子盖了几十年了，什么东西都经不起几十年的折腾，别看裂缝不大，可那儿已经有点渗水了，阿芳让他们趁着天好修补一下，还有底楼的茅厕，电灯开关坏了好长时间了……”刘妈絮絮叨叨地说着。

厨房外响起一串脚步声，一个小女佣慌慌张张地跑了进来。刘妈一看见她就骂：“你死到哪儿去了！去送个吃的，去了半天！”

“不好意思，我正好有件衣服破了，让喜燕帮忙缝一下。”这是夏英奇的声音，原来她跟着喜燕一起下了楼。

刘妈看见她，神情有些尴尬。

夏英奇朝他们点头致意，

“我来瞧瞧这大宅了，怎么说也在这里住过，”她对夏秋宜说。

夏秋宜朝她笑笑。

"喜燕，你说的后花园在哪儿呢？"她连看都没看唐震云一眼，就跟着喜燕从厨房的另一头走出去了。

刘妈看她离开了，小声问夏秋宜："她要走了？"

夏秋宜点头。

"我做梦也没想到她这么年轻。"

夏秋宜笑笑，"本来也想照顾她，但我大姐容不下她。"

"她容得下谁？"刘妈反问。

这时，外面又响起一串脚步声。是春兰和那两个小工。

"谁找我们？"两个小工茫然地四下张望，忽然看见夏秋宜，他们的目光马上变得猥琐起来，其中一个壮起胆子问夏秋宜，"老爷，是你找我们？"

夏秋宜明显懒得跟他们这些下等人啰唆，他朝唐震云看过来，那意思很明白，人替你叫来了，你赶紧开始吧。

"先带我去看看你们昨天早上干活的地方。"他说着，先行一步走出了厨房。夏秋宜紧跟在他身后。那两个小工磨磨蹭蹭地走在他们后面。

"你们带路。"他停下来说道。

两个小工不太乐意地朝车库走去。

"小唐，"夏秋宜跟他并肩而行，"你刚刚问了不少关于阿泰的事。"

他不否认。

"你是不是在怀疑阿泰？"走出几步后，夏秋宜又问他。

"我怀疑这里的每个人，但是阿泰少爷……"

夏秋宜紧张地看着他。

"昨天晚上，我给他说的那家舞厅打过电话，舞厅领班说他昨晚没去。"

"领班也许没看到他，他不是提起过一个舞女吗？"

"一会儿去周子安的公司，我会顺路再去一下那家舞厅。"

夏秋宜朝前走出几步后又停下，"阿泰跟周子安之间没有任何瓜葛。"

他心想，也许他们之间不仅有恩怨，而且已经深到足以谋害对方性命的程度，只不过这些你这个当父亲的不知道罢了。

"他跟周子安从来没吵过架，两人见面一向就很客气，阿泰还教周子安开车。"夏秋宜道。他笑笑，没说话。

"就在这儿。"一个小工在前方停住了脚步。

这时候，他发现墓园就在他的右手边。

"你们昨天早饭前就在这儿干活吗？"他问道。

"早饭后也在这里干。车库后面的墙裂了，得修一修。"

"告诉我你们干活的位置。"

两个小工把他领到车库的后侧。他发现从他现在所站立的位置朝前看，正好能看见一部分的大路。

"你们昨天早上干活的时候，有没有看见什么人从这里走过？"他指指大路。

两个小工同时摇头，"没见过。"一个说。

"见是见过，不过不是在大路上。"另一个小工道。

前一个小工又补充道："其实有两个人。"

"两个？"他道。

另一个讪笑："他说是两个，我就说是一个。"

他明白是怎么回事了，"有一个人你们两个都看见了。而另一个，只有你看见。"他看看其中一个小工。

那人点着头笑。

"先说说你们两个都看见的那个人。"

"是男人，他像是这个家的什么人。"

"年纪多少？"他问道。

"四十多岁，中等个子，戴着眼镜……"

他掏出周子安的照片，"是这个人吗？"

两个小工一起点头，"就是这个人。"

"你们在哪里看见他的？"

"算是在半路上吧。"小工挠挠头，"吃完早饭，我们绕到房子后面，那里有条小路，离车库很近。我们一边说话一边朝前走，路过那楼的时候，我也就是这么无意抬了下头，就看见他在二楼的一扇窗子里面。"

那时候周子安在二楼的某个房间？他怎么会在家里？他不是一大早就出门了吗？门卫老李明明看见他走的。难道他又去而复返？为什么？

"你们看清楚没有？"他进一步问道。

"看清楚了。"

"他有没有看见你们？"

"这就不知道了。他站在窗子后面，一会儿就不见了。"

"是哪个房间的窗户还记得吗？"他道。

"就是从左边数第二间。"

那是周子安和夏春荣的卧室。他真的去而复返，为什么？

"那另一个呢？"他接着问。

"是我在半路上看见的。"小工呵呵笑，"我们吃完早饭就朝这里走，走到半路，我突然想起来，有个工具落在厨房了，就回去拿，在往回走的时候，我看见有个黑影从前面的树丛里跳出来。我还当是大白天见了鬼呢。后来那黑影又冒了一下，我这才看清楚，是有个人穿着件黑斗篷。"

他回身望向主楼，"那人是男是女？"他问道。

"我只瞄到个影子，他跑得太快。一溜烟就没影了。"

"好吧，那你们能不能把看见这两人的顺序告诉我一下。"他见两人一脸茫然，又解释道，"我是想知道，你们先看到谁，后看到谁。"

"先看到这个人。"一个小工指指照片里的周子安，"然后，我走回来的时候，大概是几分钟之后吧，那个穿黑斗篷的人就从树丛那边跑出来了，跑得那真叫快——如果在晚上，我保准以为那是鬼！"小工打了个寒噤。

唐震云不想跟夏秋宜解释，发生在富裕人家的盗窃案，有百分之九十以上都是家贼所为。而且这个家贼还多半都是事主不争气的儿女。

所以，当得知烟土被盗后，他第一个想到的就是阿泰。那帮太太小姐偷烟土的可能性不大。偷烟土无非是为了钱，而女人缺钱，偷的最多的是首饰。她们绝对是最后才会想到烟土。而夏家的男人中，能有机会知道这批烟土的，除了夏秋宜本人之外，也只有两个，一个是死者周子安，另一个就是阿泰。至于那些司机男佣或园丁，他们恐怕连进入客厅的机会都不多，更别说老爷的书房了，他们根本不知道烟土的存在。所以，他看来看去，嫌疑人只能是周子安和阿泰。

但相比之下，他觉得阿泰的嫌疑更大。因为偷窃不是周子安惯于弄钱的方式。周子安随便说几句，签张暗藏玄机的合同就能弄来几千块，他何必去冒这个险？

而阿泰呢？从小养尊处优的他，一直过着饭来张口，衣来伸手的生活。如果一旦手头拮据，恐怕他连坑蒙拐骗的本事都没有，阿泰没那口才，也没那耐性，问父母要钱觉得丢面子，又怕他们盘问，所以对他来说，偷窃反而是快捷之道。没准昨天他从章焱家出来后，直接就去把烟土卖了，所以他才说不清那段时间他在干什么。

至于这次盗窃跟周子安的死有什么关系，唐震云觉得最大的可能就是：昨天早上，周子安回家意外发现了阿泰的行径，于是他和阿泰约定晚上在墓地见面，进而敲诈阿泰。阿泰恼羞成怒，便杀人灭口。那些恐吓信，他认为也是阿泰所为。纨绔子弟欠赌债的比比皆是，这位大少爷也不会有多不同。一定是卖了烟土，也不够还上那笔钱，因而恶向胆边生，想要绑架家里的某个人。他现在唯一想不通的就是，为什么阿泰要写三封恐吓信。另外，一般来说恐吓信不是应该在绑架行为之后吗？他预告绑架用意何在？

不过，唐震云觉得他应该掩饰一下他的疑心，要不然夏秋宜很可能会立即着手安排他儿子逃走或者找一个替罪羊。

"周子安回来过。"在从墓地回来的路上，夏秋宜提醒他。

"他是否知道书房里有这批烟土？"

"他当然知道。东西送来时，他就在书房。"夏秋宜答得很快。

现在夏秋宜给他的任何答案，他觉得他都得选择性听。因为夏秋宜知道他在怀疑阿泰，所以即便周子安不知道烟土的存在，他也会反过来说，反正已经死无对证。

"你打算几点去周子安的公司？"夏秋宜问他。

"再过一个小时吧。周子安只有一个女儿吗？"他问道。

"是的。也只有这一位太太。我大姐这脾气，他也不可能纳妾。"

所以说，如果不出意外的话，周子安死后，最大的受益人是他的太太和女儿。当然这得看他能留下多少财产。

"据我所知，他一直在拆东墙补西墙。"夏秋宜说道，"也许你该查查他的某个客户。我跟你说过，他这个人做生意不老实，得罪了不少人。"

"我会的。"

夏秋宜突然停下了脚步。

"小唐。我觉得，你应该暂时忘记那批烟土。毕竟你要找的是杀死周子安的凶手，而不是那个贼……"夏秋宜有意识地顿了顿，"我不想让这件小事混淆了你的视线。"

他笑笑，心想，这两件事根本不可能孤立着来看，它们发生在差不多的时候，其中的联系千丝万缕。

"唐先生，唐先生。"

他听见前面有人在叫他，抬头一看，原来是之前见过的女佣春兰。她正站在客厅外的草地上向他招手。

"你找唐先生什么事？"夏秋宜问她。

"不是我找他，是我们小姐。她有事要跟你说，唐先生。"

"好的，能否请她下来？"他道。

春兰不回答，她看起来有些扭扭捏捏的。夏秋宜笑起来。

"我看还是你跑一趟吧，希云就在二楼。在她房间也好，客厅里人来人往的，说话不方便。"

他想了想，还是觉得不合适。和周希云说话，为了避免让别人听见，必然得关门，可他们毕竟男女有别，两人同处一室，传出去对他们两人都没什么好处。更何况，夏英奇还在同一栋楼里，他不希望再节外生枝。

"我看还是请她下来，我们就在那里坐一会儿吧。"他指指不远处的长椅。

春兰不高兴地撇撇嘴，"唐先生，我们小姐又不会吃人，上去说几句话有什么啊。再说，你不是本来就应该有话要问她的吗？"

"还是请她下来吧。"他道，"我在这里等她。"

夏秋宜大概看出他不是在开玩笑，便对春兰说："别胡闹了，快去请你们小姐

下来。"

春兰不情不愿转身走了。

"那你跟希云聊聊。"夏秋宜道。

"好。"

"那批烟土的事你就当我没说过。你还是专心破你的凶杀案吧……"夏秋宜拍拍他的肩，朝客厅里走去。

夏秋宜刚离开，园丁张叔就从书房外面的树丛里钻了出来。唐震云立刻迎了上去。

"有什么发现？"

张叔递给他一条绣花手绢。就跟之前他捡到的口红一样，也是廉价货。

他很想问问，有哪个笨贼在偷窃时，会随身带手绢口红这类没用的东西？想说明偷烟土的是个女人吗？难道他以为女贼出门干活时还会时不时拿出口红来抹一抹？显然，这位贼兄根本不了解身为一个贼，应该做些什么。当然，这也说明他是初犯。

而穿着黑斗篷逃离，说明此人很可能看过外国小说或者最新的话剧。最近有部话剧广告做得很红火，海报上的女主角就披着一件黑色斗篷。

总之，一个手头拮据的下人是想不出"斗篷"这种道具的。另外，从整个"现场布局"来看，这位贼兄兼具幼稚、任性、自以为是、无聊等特性。这也是他认识的所有纨绔子弟的共同特征。所以说，这件事百分之九十是夏家大少爷所为。

周希云快步走向唐震云，但走了几步，又慢了下来，她突然担心自己走路的样子不够好看。上个星期，梅琳居然说她有点内八字。这让她很是心慌。她从未注意过自己走路的姿态。

"嗨，希云。"唐震云跟她不咸不淡地打了个招呼。

她朝他点头示意。

"春兰说你找我？"他的语气很温和，

"是的。"

她努力想保持镇定，可当他走近时，她还是感到一种令人窒息的压迫感。

"什么事？"他问道。

"我父亲，真的是被家里的人杀死的吗？"她问道。

"是的。"他简短地答道。

"那会是谁？"

他看着她，笑了起来。

"我以为你能告诉我一些事呢。"他道。

她也觉得自己问答得好傻。"……我，我只是觉得不可思议。我们家有谁会做这种事？他们跟父亲都相处得……很好。"

他大概看出她有几分紧张，便指指前方的长椅，"我们坐会儿吧。"

"好的。"

他们在长椅上坐下后，她说道："我父亲在出事之前，曾经跟我说过一些话。"

"哦？"

他们两人并排坐下。她故意坐得离他远一些，其实也为了能够把他看得清楚一些。她喜欢他的长相。也许他没有阿泰英俊，也没有阿泰高，但他自有一种坚毅沉稳的男人气质。跟他相比，阿泰只能算是个小孩子。

"那是什么时候的事？"他问道。

"就在出事的前一天晚上。"

"他跟你说了些什么？"

"他给了我一些钱。大概五百块。他说那是他的私房钱，让我别跟我妈说。他还跟我聊了一些我小时候的事。……大概我六岁时，那年元旦晚上，他带我去城隍庙看灯。那是唯一一次我们两个人出去，其余时候，都是一大家子一起出门的。他记得他给我买过海棠饼，但我已经不记得了……"她回想着父亲那天晚上说话的神情，"他说他最开心的就是那次，因为他觉得很自由，他还说，真正温暖人心的时刻，不是一大家子一起吃年夜饭，而是我们父女两个人，手牵着手去逛街，不必计较那些繁文缛节，不必说好话去讨好谁，花多少钱都没人在意，自由自在的……"她想起父亲那天说过的话，禁不住鼻子有点发酸，"他还提起另一件事，我十二岁的时候得了场肺炎，他说他半夜去找大夫，那天还是大年夜，他冒着大雪去敲大夫的门，大夫的老婆把他骂了一顿，还不让大夫出门，他后来脱下手表送进去，大夫才答应跟他走一趟……"她发现他听得很认真，忽然又有点心虚起来，这些琐事对他来说有用吗？他会不会觉得我是在浪费他的时间？"……我想这跟他的案子可能没什么关系。"

他却若有所思。

"也不一定。他还说了些什么？"他问道。

"他还说，他一生都在追求某些东西，但是到了今天，他才发现他过去苦苦追求的都只是一场梦。"

"他说这些是什么意思？"

她轻轻摇头。

"他说过为什么要给你那些钱吗？"他又问。

"他说是生日礼物。但我的生日还有三个月。"说到这里，她有点期待他询问她生日的确切日期，但他没有。

"他最近有什么不顺心的事吗？"他问道。

"我不知道……如果真有什么不顺心，他也不会告诉我。"她紧接着又道："我父亲从来没给过我那么多钱。"

他笑着看了她一眼，"我听说他之前也收到过不少恐吓信。这事你知道吗？"

"我知道。"她轻声回答。

"有人闹到家里来过吗？"

这倒提醒她了。

"有的。"她道，"大概是两个月前，就是九月初的时候，有个女人在门口守着他，我父亲一出门，她就揪住他哭了起来。后来听父亲说，她好像投资了一个项目，后来赔了，那好像是她的全部积蓄，她要我父亲把钱赔给她。"

"后来呢？"

"后来就不知道了。"她觉得难堪。她的父亲在生意场上不是什么好人。

"好吧，我去查查。也许这女人偷偷溜进了这园子……"他语调轻松地问，"最近这个家里有没有新来的下人？"

"我知道前几个月厨房新来了一个女佣，好像叫喜燕。不过，那个闹事的女人有四五十岁了，喜燕才十七岁……"她脑子里闪过那个像兔子般胆小的小丫头。从来没见过一个丫头害怕虫子的，喜燕就是。

他对她提到的小丫头兴趣也不大，"除了那个女人，还有没有其他类似的事发生？"

"其余的人好像只是写信来骂几句，有的也威胁要怎样怎样，但都没发生什么事。一开始我父母都很紧张，后来就越来越不当一回事了——那些信我母亲应该都给你吧？"

"她给了我几封，都是近几个月的。她说以前也收到过，她都扔了。"

"有几次信寄到家里，我妈拆都没拆就丢进了火炉。她后来看得多了，就觉得

烦了，她没什么耐心。"她忽然想起之前母亲在他面前的丑态，"我妈脾气不好，父亲去世对她的打击很大，她昨晚整夜都在哭，后来喝了一瓶酒才睡着的……她现在有点脑筋不清楚，如果她说过什么不该说的，请你别见怪。"

"没关系。"他笑了笑，"和我说说你表哥。"他道。

"阿泰？"他怎么会突然问起阿泰？她心里闪过一丝疑问。"他就是喜欢玩。"她道。

"他平时都干些什么？"

"他什么都不干。"

"你舅舅做那么多生意，他没有去帮忙吗？他二十多了吧？"

"他二十四了。我舅舅有时候也让他去办点事。但他们两个总是意见不合，阿泰有他自己的想法，他前几年也去舅舅的公司上过班，那时候他们经常吵架。所以现在舅舅也不让他去公司了。"

"他不去公司，平时都在干些什么？"

"他就是玩。有一阵子他学跳舞，后来又学起了钢琴，还学过唱歌、吹小号，他还演过话剧。去年，我知道他偷偷拜了个师傅在学武术。"

"学武术？"

"那是因为有一次他在外面打架吃亏了，为了报仇，他才下决心去学的武术。他师傅还是我父亲给他介绍的。不过，他自己从来没提起过这件事，他也没给我们示范过。其他的，他有时候会去……"她忽然停住。

"怎么了？"

她不知道该不该说。

他看出了她的犹豫，"你不会认为你表哥就是杀人凶手吧？"

"当然不是。"她立刻道。

"那有什么不能说的？"他歪头看着她。

"他有时候会去打靶场。不是射箭，而是……"

"开枪的那种。"他道。

她点点头。

"他一个人去吗？"

"他有时候跟朋友一起去，有时候会带家里人一起去。"

"家里人？"

"我妈去年生日的时候，表哥说他带我们去打靶场见识一下。好像那地方我舅舅也投了点钱，他也算是小半个少东家。那次我们是所有人一起去的，每个人都试了试。我也打过，但我真的没法瞄准，他给我挑的枪太重了。"

"那次都有谁去？"他问道。

"全家人。我、我父母、舅舅舅妈、梅琳、阿泰，还有银娣和芳姑。那天玩得挺开心的。我们在那里待了几小时。"

"谁打得最好？"他又问。

"那当然是阿泰。他还自诩是神枪手呢。"

"其次呢？"

"接着……是我舅妈。听说我舅妈从小就会用枪。"

"那打得最差的是谁？"

"是我妈。"她禁不住笑了，"她打得最多，但打得最差。后来她都快发火了，舅妈只好哄她说请她看戏，我妈这才消停。"

他想了一会儿，又问："你们全家去打靶场，就这一次吗？"

"我妈她们又去过几次。我妈好强，那次输了之后，非要跟舅妈再比过。所以我知道她们后来又去过两三次，最后一次是我妈赢了。我猜肯定是舅妈故意让她

的，要不然她得被迫跟我妈再去一次靶场。"

"她们——是指哪几个人？"

"我妈、舅妈、芳姑、银娣。就她们四个。有时候梅琳也会去。"她道。

"你没去吗？"

"我倒是想去，可我没空啊。教堂有病人需要我照顾。"

"你父亲在这个家里，平时跟谁的关系最好？除了你母亲之外。"他问道。

"应该是阿泰。"

"阿泰？"

"他们关系非常好。"

"是吗？"他好像有点怀疑。

她知道他在想什么了，"阿泰肯定不是凶手。"她道。

他轻轻皱眉，"说说他们的关系怎么个好法。"他道。

"阿泰小的时候，我父亲就常常带他出去玩。后来他长大了，他们仍旧同出同进的。他缺钱时也会找我父亲周转。因为舅妈和舅舅在钱上面，对阿泰管得很严。我父亲可能会收他一点小利息，但都在阿泰能够接受的范围。"

"你说他们同出同进。他们都到哪里去？"

"他们经常一起出去吃饭，当然也会一起去舞厅、赌场，还有……四马路那些地方……"她叹气，"这是梅琳告诉我的。"

梅琳曾经对她说，是男人都会去四马路那种地方找乐子。然而真是这样吗？她就是想找一个不会去四马路风流的正人君子。

"南京也有四马路这种地方吧？你去过吗？"这话一出口，她就觉得非常唐突。

他果然露出惊讶的神情，但随即就笑了。

"不是每个人都有兴趣去那种地方的。"他道。

那你呢？我只想知道你有没有去过。她心里在问。

他看看她，"我去那里查过案子，其他没做过。"他道。

希云心头骤然一松。

"对不起，我不该问这些的……"她连忙道。

"没关系。你父亲跟芳姑的关系怎么样？"他又问。

"芳姑？"她很惊讶，不明白他为什么要这么问。

"我是随便问问。他们关系好吗？"他解释道。

"也不算很好。我有一两次看见父亲叫住芳姑，想跟她说话，她都不理不睬的。不过，我觉得芳姑不可能是凶手。"

"她不是也去过靶场吗？"

"可是……我父亲去世后，我曾看见她在流眼泪，我不知道她是不是为了我父亲，但我总觉得，她不会害父亲……"她觉得自己的话有些自相矛盾。

"你父亲有没有……"他没问下去，但她明白他的意思。

"我父亲没想过要纳妾。"

"不一定要纳妾，他有没有跟别的女人……特别亲近。"他说得很犹豫，似乎意识到这么问她，是一种冒犯。

她摇头。

"是没有，还是，你不知道？"他问她。

"我不知道。"她道。这是实话。

他点了点头。

"其实父亲对我很好。但我不太注意他，也不太了解他。"她说着说着就内疚起来，"我不知道我父亲喜欢吃什么菜，平时喝什么茶，如果有人问我那天出门他穿了什么衣服，我根本答不上来，我甚至都不知道他的生日是哪天……"她的眼

圈渐渐红了。

他扭过头来看着她。

"我父亲去世后,我才知道他几岁。"他道。

"怎么会?"她轻声问。

他笑。

"我知道说了别人也不信。如果不是为了写他的墓碑,我至今都不知道。因为平时一直叫他爹,从来不知道他几岁。后来我还去问了亲戚,亲戚也说不清楚,只知道他排行老二,他们一直叫他二哥、二叔、二弟,其实每年也给他过生日,但是没人知道他多大,有人问他,他也答得含含糊糊的,最后我写信给他的老同学,我都不知道该怎么措辞,才能让自己显得没那么混蛋……那封信我写了两天,最后终于编出了一个堂皇的理由……其实没有别的理由,只不过是我不孝而已。"他站了起来。

她知道他要告别了。

"就是这儿吗?"夏英奇问喜燕。

"就是这儿。"

她打开灯。

"啊,修好了。"喜燕道。

"之前一直是坏的吗?"

喜燕点点头,"坏了好长时间了。今天才修好。"

"不过,坏了也有好处,"夏英奇笑着说,"哪天你们想偷偷懒,就可以躲在这里,也没人知道。"

喜燕红着脸笑了。

她透过茅厕的小窗正好可以看到后花园的一角，"你说你看到周先生和芳姑，就是在那里？"她指指前方的一个苗圃。

"是的。"喜燕小声道。

奇怪，周了安在这里送皮鞋给笃芳，难道他就不怕被人看见？夏英奇决定绕房了走一圈，实地查看一番。

她走出厨房，楼梯口就有扇门通往园子。

整栋楼共有三个出入口，第一道是大门，第二道是客厅通往草坪的那扇门，第三道便是楼梯口的这扇门，下人们进出通常走这扇门。她发现，任何人都可以下楼后直接穿过这扇门进入园了，而不被人发现。

她绕着房了转了两圈，期间，她看见唐震云在远处的长椅上跟周希云说话。不知道是不是她的错觉，她总觉得希云有点喜欢他，希云看他的眼神跟别人不一样。

她在后花园喜燕指认的位置站定，朝主楼望。结果，费了一番工夫，才在那堵爬满常春藤的墙上找到茅厕的小窗。也许是朝西的缘故，整堵墙居然只有那么一个窗，如果不刻意去找，还真的注意不到。而她顺着后花园往前走，却发现有条捷径直通车库。而车库就在墓园的旁边。

所以说，昨晚的凶手很可能从楼梯口的那扇门进入园子，然后通过这条无人留心的隐蔽小径直接去了墓园。

她顺着小路往回走，忽然听见有人在叫她。

"姑姑。"

夏英奇抬头一看，是二太太银娣，她正在底楼南面的某个房间，隔着玻璃窗朝她招手。

"姑姑你在散步吗……"银娣打开窗问她。

"是啊，既然要走了，就想参观参观。这地方我还没看全呢。"

"你进来跟我们聊会儿天吧。"银娣热心地招手。

她由楼梯口的小门原路返回，银娣已经在走廊里等她了。

"来，姑姑，去小客厅坐坐。"

她跟着银娣来到小客厅。

这个房间，她之前没来过。看起来，这像是夏太太的私人小天地。屋子虽然很小，但布置得相当精致，而且是全中式的摆设。屋里飘散着一股让人昏昏欲睡的香气，桌上铺着画纸，夏太太正在画画，见了她，夏太太搁下画笔后，笑着迎了上来。

"哈，这就是昨天那条裙子。"夏太太一见她便欣喜地上下打量，"很好看！到底是年轻！以后就穿这个得了！"

她不是第一次穿西洋裙。南京刚开始有西洋裙的时候，母亲就为她买了好几件。母亲虽然在其他方面很不称职，但在购买衣物方面，对她却极为大方。而且，每次为她买衣服，母亲是不贵的不买。有时候她心疼钱，忍不住在一旁提醒，母亲却理直气壮：

"几十块钱的衣服可以穿几年，几个铜子的衣服只能穿几个月，甚至几天，你说是哪个便宜哪个贵？"这是母亲买衣服的观念。因此，她柜子里的旗袍，全部清一色是从南京最贵的丝绸布店里裁来后，请最好的裁缝做的。而她的西洋裙，她虽然不知道那是用多少钱买来的，但母亲放到她手里的时候，她就知道那不是便宜货。那料子和做工可比现在穿在她身上的要好几倍。可是，她离开南京时，那些西洋衣服都让她卖了。

"原来的衣服都脏了，想换一件，又想到那些衣服都让人翻过了，所以就……等衣服都洗过之后，我会再穿回去。"她说道。

夏太太嗔怪地瞥了她一眼，"还穿回去干什么呀！你穿这个多好看，你那些旗袍，不是我说啊，都太老气了。不信你问银娣。"

银娣绕着她走了两圈才停下来："哎哟，这衣服真合身，就跟订做的一样。我也有一件，是老爷买的，明天我也穿出来给大家瞧瞧……"

夏太太笑，"你啊，都是快当妈的人了，也别凑这热闹了，还是把那劳什子裙子送给姑姑得了。姑姑，你千万别客气，银娣可是我们家最大方的人了。"

银娣一副舍不得又不好意思说的表情，夏太太笑得则相当开心。明摆着，夏太太是在故意跟银娣开玩笑。不过看得出来，夏太太全无恶意。她倒还是第一次看见大小老婆关系处得这么融洽的。而且有趣的是，她在这里竟然完全感受不到这个家不久之前曾经发生过杀人案，至少夏太太脸上可没半点悲伤。

"姐，你再给姑姑买一件吧，我那件我以后要留给我女儿的。"银娣小声说。

"女儿？你不是说你只生儿子吗？"

银娣朝夏太太做了个鬼脸。

"小家子气，让你送条裙子都不肯。"夏太太鄙夷地瞥了一眼银娣，又转向她，"姑姑既然来了，就坐一会儿吧。王医生今天晚上会再来的。"

银娣在给她倒茶。

"本来可以带你去上海四处转转的，现在出了这种事，也不知道什么时候能有个结果。"夏太太在椅子上坐下，"来，来，喝口茶，这是在我娘家的茶园里摘的，今年最好的一批茶。"

银娣把茶端到她面前的茶几上，她端起茶杯，轻轻啜了一口，味道醇厚，喝完唇齿留香。

"好茶。"她禁不住赞道。

夏太太歪头看着她。

"你瞧瞧，"夏太太道，"姑姑干什么都有模有样的。你再看看你，坐没坐相，站没站相。"她又开始挤兑银娣了。

"那是姑姑有娘教，我从小捡煤球倒马桶，能喘口气吃个包子就算不错了！总之，人跟人就是命不同。"银娣叹道。

她知道银娣无意讽刺她，但听银娣提到母亲，还是觉得有几分刺耳。不过银娣说得也对，不管她有多不喜欢母亲，但从小耳濡目染，还是深受母亲影响。

"姑姑，你别见怪，银娣说话不动脑子。"太太对她说。

她笑笑，"我妈的确也教了我不少。"她坦然地说，"不管她过去干过什么，她总是我妈。"

"对了，好像也没听你提起过你娘，她现在……？"

她知道早晚会有人问起这件事，"弟弟坠河后，她也病死了。她一直很疼我弟弟的。"最后半句倒也是事实。

"哦，我也有儿子，这事想都不敢想……"夏太太唏嘘道。

她笑了笑，"都过去了。"她放下茶杯时，说道，"刚刚真是吓了一跳，没想到那把枪居然是你的，是怎么丢的啊……"

夏英奇这么说是故意撇清夏太太跟凶案的关系，后者听了果然很受用。

"可不是，我也吃了一惊呢。"夏太太道。

"是怎么丢的啊？"

"那天从靶场回来——说来你不信，我们有阵子常去靶场玩枪，这都是阿泰闹出来的。这大姐又死活要比过别人强，我就这么莫名其妙跟着去了好几次。我再也不要去了，那地方灰实在太大……"夏太太见她听得认真，便道，"那天从靶场回来，我忽然想起我父亲过去也送过我一把枪，我把它丢在抽屉里好多年了，看都没看过它一眼。这么想着，我就把它从抽屉里翻了出来查看。那把枪上面有些斑点，我心想着是不是发霉了，你也知道上海雨水多，我也不管三七二十一了，就拿出来晒晒……"

"我从来没听说过枪会发霉。"她小声道。

"听起来你也玩过枪。"夏太太眼睛里闪过一丝机警。

她不否认，"小时候，父亲也带我去靶场玩过——请问是什么样的斑点？"

"反正就是两小滩，好像是污渍，我也说不清那是什么。后来我想起，可能我爹给我的时候，我在吃什么东西，也没顾上擦手，就这么随便一捏，当时没看出什么来，日子久了，那印记就留了下来……"

这解释倒也合理。

"那时候是中午，我就把它放在窗台上，等我下午回来的时候它就不见了。我这屋子当时没锁门，因为阿芳下午要来收被子。那天太阳特别好，我让她早上把我的被子晒出去，下午再收起来。"

"那天下午你也在这里？"

"这几年几乎每天下午，我都在这里看书和画画。家里人都知道我这习惯。不过恰好那天下午，我没在这里。那天下午章家的人来谈梅琳的婚事，那天的事情特别多，我后来也没怎么在意这把枪，时间一长都混忘了。"

"当时家里都有谁？"

"好像都在。"

"都在吗？"

夏太太答不上来了。

"你把枪拿出来的时候，有人看见吗？"她又问。

夏太太朝她摆摆手，"那时候只有我一个人，连老爷都不知道。我也不会跟别人说这事。你是不知道他大姐的嫉妒心有多强，她要是知道我有什么而她没有，

/ 146 /

她有得好闹腾了。"

　　既然拿枪出来的时候，没人看见，那贼是怎么知道夏太太房里有一把枪的？会不会并非故意要偷那把枪，而是无意中发现，顺手牵羊了？家里所有人都知道夏太太每天下午会在小客厅里看书画画，此人有事找夏太太，于是，他可能先去小客厅找夏太太，没找到，因为夏太太在书房跟章家人谈梅琳的婚事——他就去了夏太太的房间。于是，他在窗台上发现了那把枪。

　　这说明，此人并不知道那天下午章家的人会来。可按理说，这是夏家的大事，如果是夏家的人，怎么会不知道？

　　"大家都知道章家人那天下午要来吗？"她问道。

　　"一开始是没说，不过上午去靶场的时候，银娣一不小心说漏嘴了。结果大家都知道了。"

　　所以说，那天去靶场的人或许应该排除。

　　"那天有哪些人去了靶场？"她问道。

　　"我、老爷、银娣、他大姐、希云、梅琳、阿泰，还有就是周子安。"

　　"他也去了？"

　　"是啊，他跟我们一直玩到中午，午饭后，他跟老爷一起去见了个客户。阿泰最开心，离开靶场就直接跟几个狐朋狗友去无锡玩了，第二天才回来。"

　　"我记得那天希云好像没去。"银娣突然在旁边插嘴。

　　夏太太回想了一下，"我记得周子安只去过一次，希云倒是趟趟都在场的……"

　　"姐，那天希云没去！因为那天吃早饭的时候，她跟她妈拌嘴了。"

　　经这提醒，夏太太才想了起来，"你说她们吵架，倒是有印象。就是那次吗？"

　　"就是那次！"银娣很是确定，"姐，你不记得，那是因为你来的时候，她们已经吵完了。可我去得早，记得清清楚楚。那天吃早饭的时候，大姐不知发什么神经，对希云横挑鼻子竖挑眼，说她穿得难看，又说她没皮没脸去服侍那些男病人，反正说得很难听，我听得都脸红，旁边的芳姑也听不下去了，帮着希云说话。"

"阿芳也插嘴了？"夏太太皱眉。

"是啊。后来见我们都帮着希云，大姐才不说话了。再后来，你跟老爷一起来了，希云就说她不去了，说她有事……"

"这么一说我记起来了。那天我问她为什么不一起去玩，她说她要去做更有意义的事。好像是说去照顾谁谁谁，"夏太太语带讥讽，"我还想呢，她这么说是什么意思。敢情我们活着都是在浪费时间，就她一个人活得最有价值？原来在我来之前还有这么件事……"

"姐，这事我可跟你说过。"

"那天又忙又乱，谁记得啊。"

周希云。她眼前闪过一个美丽的身影，夏家最漂亮的女孩。她会是偷枪贼吗？她拿枪杀了自己的父亲？有这种可能吗？换作是五年前，夏英奇绝对不相信这种事的存在，可现在，她觉得任何事都可能发生。

"希云知不知道章家人要来的事？"她又问。

"这倒不清楚。她不是很关心梅琳的事。"

"是吗？"

夏太太淡淡一笑，"她更关心那些病人。她是个大善人。"

"听说大姐给希云找了个大老板。"银娣道。

"那个男人都四十多了，嫁过去是续弦，她心气这么高，怎么会答应。"

周希云的婚事，眼下可不是她关心的问题。

"那天她是什么时候回来的？"她又接上了之前的话题。

"她晚上十点多才到家。这个我倒记得，"夏太太道，"那天吃完晚饭大概八点半的时候，希云打电话回来，说让阿忠去接她。他们回来后我才知道，那天教堂收了一批火灾受伤的人，她忙了一天。"

"那看起来，就不是她了。"她道。见夏太太和银娣都疑惑地看着她，她便将心里的想法说了一遍。

"你的意思是，在这个家里，如果有谁不知道章家的人会来谈婚事，谁就可能是偷枪的人？"

她点点头，"那把枪的事，你没告诉任何人。所以，那个人应该是闯入你房间的时候偶尔发现了那把枪。他为什么会去你的房间？一定是有事找你。要是这贼知道章家的人会来，他就该知道那天下午你在书房。而这件事是早上在靶场的时候才说穿的，希云的确不知道这事，可偷枪事件发生在下午，她整个下午都不在家的话，那这个偷枪贼就不是她。"

夏太太又把她说的话仔细想了一遍，才慢慢点头，"有道理。"

"下人知道章家人要来这件事吗？"

"人来了之后当然知道了。"

"他们是几点到的？"

"下午两点左右。一点半的时候，我告诉阿芳，让她去做点准备，那时候，下人就该都知道了。这事也不便大张旗鼓的，要不然显得我们女方想高攀他们。"

"按理说，章家的人来，凡是当时在家的人，都应该会知道。因为这是家里的大事。"

夏太太和银娣同意她这说法。

"我想，这个贼很可能当时并不在家里。他是在章家的人来了之后，才从外面回来的。而这个人，跟下人也没有太多的交流，所以也没人告诉他这件事。你们好好想一想，那天下午除了章家的人之外，还有没有别人从外面进来？"

夏太太一脸茫然。银娣却忽然眼睛一亮。

"有啊！"她嚷道。

"谁啊？"夏太太立即问。

"是梅琳的家庭教师张小姐！"

"张慧真？"

"是！就是她！"银娣一脸兴奋，声音又尖又响，"我知道她那天去看朋友了。她上午就走了，下午我去厨房拿点心的时候，大概是三点钟左右，我看见她正穿过草坪。可我们中午回来的时候，她还没在。这不就说明她是那时候刚回来吗？"

"难道是她偷的枪？"夏太太猛地站了起来，开始焦虑地在房里走来走去，忽然，她拉开房门，大声唤道，"秀梅，秀梅——"

不一会儿，秀梅就出现了。

"你去把梅琳给我叫来，马上！"夏太太大声命令。

秀梅答应了一声。

"姐，你找梅琳干什么？"银娣小声问。

夏太太没理她，兀自自言自语，"这么一说，我倒想起来了，丢枪的那天晚上，她又跑到我房里来拿药……"

"拿药？"

"她说她失眠，整夜整夜睡不着，有一次我给了她一片西药，她觉得很有效，后来，每隔几天就问我来要……"夏太太两眼定定地盯着前方，"……对了，她每次向我拿药，都是在下午，都是在她给梅琳上完课之后，她每次都是去小客厅找的我，可那天她偏偏是晚上来找我，她一定是下午先去那里找过我了……你说的对，她从来不把自己当下人，也瞧不起下人……所以下人也不怎么理她……所以

被偷走的秘密

也没人告诉她，那时候我在书房……真是没想到……"夏太太说话时，嘴唇不住地在颤抖。

"可她为什么要偷枪啊！"银娣道。

夏太太冷哼了一声，"她偷枪，八成是为了对付我！"

"对付你？"夏英奇不解地看着夏太太。

"就在她走之前，我骂过她。因为我发现……"夏太太不情不愿地说，"她在勾引老爷！"

"她在勾引老爷？"银娣顿时火冒三丈，"妈的，贱货啊！我还送过她我织的手帕呢，真是知人知面不知心！"

"她可能以为，杀了我就能当太太了！真是做梦！"夏太太道。

"骚狐狸！贱货！"银娣咬牙切齿。

"可她杀的不是你，而是周子安啊。"夏英奇不得不提醒夏太太，"她跟周子安是什么关系？"

"她跟周子安？"夏太太好像从没把这两人联系在一起，"不会。"她摇摇头。

银娣也摇头。

"我好像从来没见他们两个说过话。"夏太太说。

"我也是。我倒觉得周子安好像对芳姑有点意思。"银娣说。

夏太太狠狠瞪了银娣一眼，"胡扯什么！阿芳什么岁数了！"

"我哪有胡说，"银娣小声道，"每次我看周子安跟芳姑说话，都好像是欠了她什么似的。我还看见周子安送过芳姑美国奶糖。有一次……"

"别乱嚼舌头根子了！"夏太太低声喝道，"他们两个不可能！"

"别扯芳姑，还是说张慧真。"夏英奇忙道。

"就是，好好在说张慧真，扯别人干什么！"夏太太又横了银娣一眼，"那个周

/ 151 /

了安啊，跟张慧真，如果他们有什么关系，我还真是看不出来。不过也难保，周子安家里有那么个母老虎，有外心也很正常……"

"他们？"银娣嘟嘴摇头。

"也许他们不是你们想的那种关系呢？周子安有仇人吗？"

夏太太眼睛一亮，"有！两个月前，就是九月初的时候，有个女人在门口等着周子安，周子安一出门，她就抓住他不放，大哭大闹，我也不知道是怎么回事，后来连老爷都去劝架了。后来据周子安说，她几年前投资了他的女子浴室，亏了钱，可是合同上把风险都写明了，一切后果她得自负，所以官司也打不成……"

"这个女人会不会不甘心，想要报复？"夏英奇说出了自己的猜想。

"呦，听说这女人都四五十岁了，一个寡妇。她就算想报复，她怎么进来？说她翻墙我可不信。"夏太太道。

这时门开了，秀梅和梅琳走了进来。

"妈，你找我？"梅琳头发乱糟糟的。

"秀梅，你出去。"夏太太冷冷道。

秀梅快速离开了小客厅，银娣在她身后关上了门。

梅琳见母亲脸色不对，问道："什么事啊？"

"你说张慧真前两天还给你写信？"夏太太问银娣。

梅琳看看母亲，又看看屋里的另两个人。

"到底怎么回事？"

"你回答我的问题！"夏太太道。

"是啊！"

"去把她的信给我拿来！还有她走的时候留给你的字条！"

"你干吗要看这些？"梅琳大声道。

被偷走的秘密

"有什么不能看的？快去拿！"

"好吧。"

梅琳走出小客厅后，夏英奇提议："我们跟着梅琳去看看好不好？"

夏太太看了她一眼，"也好，去她屋子看看。"

她们一起出门，夏英奇又问夏太太："当初张小姐是怎么来你家的？"

"她是自己应征来的，当时我登了张广告，想给梅琳请个老师教她弹钢琴。她就拿了报纸自己来了。"

"那是什么时候？"

"十个月前。"

"那你知不知道她家在哪儿。她家里还有什么人？"

"她有张介绍信，但我打电话过去，人家已经搬走了。"夏太太步履匆忙，"我后来也问过她，她说她是本地人，父亲原来是做生意的，后来破了产，她才出来找工作的。她说她母亲十多年前就去世了，父亲则三年前病死。现在她就一个人在上海。"

"她不是还有个哥哥在南洋拍电影吗？"

"这个她也提过。是她表哥。谁知道是真是假！"

她们一路快走，上了二楼。梅琳房间的门半开着，夏太太猛地推门进去，却见梅琳正伏在桌上写字，她过去一看那信的开头：……梅琳，我已在广州，万事诸顺，勿念……

夏太太一下子便明白了。

"你在伪造她的信？"夏太太低声喝道，随即命令银娣关门。

梅琳的手里还拿着钢笔，她知道已经瞒不过去了。

"你干吗要这么做？你到底有没有收到她的信？"夏太太怒道。

"姐，如果她收到信，她就不用伪造啦。"银娣道。

梅琳白了二太太一眼，也不否认。

"这么说，她走的时候，也没给你留条子？"夏太太怒道。

"她当然留了条子了！"

"那条子呢？"

梅琳咬咬嘴唇不说话。

"你快说！"

"我烧了！"

"烧了？你为什么要烧了它？"

"她让我烧的！"

夏太太瞪着她。梅琳无奈，说道："她在信上说，让我看完之后就烧了！……"

"她到底在字条上跟你说了什么？干吗让你烧了字条？"夏太太逼问道。

"她怀孕了，再待下去就要显形了，她不希望别人知道这事……"

夏太太和银娣被吓了一跳。

"她怀孕了？"

梅琳点头，"我看见她吐过。这事她只告诉我一个人，因为这个家里只有我一个人关心她……这也是事实，"梅琳怨恨地看着母亲，"你对她太苛刻了！她在这里每天都度日如年！"

"她什么都没做好，还拿那么高的薪水，我当然要说她了！好了，先别管这些！"夏太太厌烦地挥了挥手，"……你为什么要伪造她的来信？"

"警察也要看那封信，因为梅琳说那天晚饭后，她是去门口拿信。"夏英奇插了一句。

夏太太看着她女儿。

"你到底在搞什么名堂？"

梅琳避开母亲的目光，不说话。

"你说话呀！"夏太太推了她一下。

梅琳知道自己是躲不过了。

"我那天晚上不是去拿张小姐的信。她走后没给我写过信。"

"那你为什么要撒谎？"夏太太惊道。

梅琳的回答很小声，"我要退婚。"

"你说什么？！"夏太太如同遭遇雷击。

"我要退婚！"

夏太太一时说不出话来。

"姐，她要退婚！"银娣大声道。

"你别插嘴！"夏太太怒气冲冲地盯着女儿，"你说，你为什么要退婚？这婚不是你死活要结的吗？为什么现在要退？！"

梅琳畏惧地看了母亲一眼，"我爱上别人了。"

"你说什么？你……"夏太太一口气差点没接上来。

"姐，先喘口气，"银娣拍着夏太太的后背，开始数落梅琳，"看把你妈气的！你这是怎么回事啊？当初不是你自己寻死觅活，硬要嫁给章少爷的吗？好不容易给你把事情办妥了，如今人家聘礼都送来了，日子也定好了，你要退婚，你让老爷怎么跟人家说？！"

"是！当初是我自己非要嫁给他！"梅琳昂起头，大声道，"可是妈！你也看见了，他根本不爱我，他喜欢的是希云！他连看都不看我一眼！"

"不管他喜欢谁，他都得娶你！这是两家大人商定的亲事！不是你们小孩子过家家！"夏太太道。

梅琳开始抽动肩膀，"妈，凭什么我要嫁给一个不爱我的人？我就这么贱吗？他根本不爱我！如果这样，我也得勉强自己跟他过一辈子吗？如果我明知道他娶了我之后，会把我像破沙发那样丢在家里，我也得嫁给她吗？妈，我一直以为你很疼我呢……"说到最后，她呜咽起来。

"哭什么哭！"夏太太瞪了她一眼，"他不可能把你丢在一边。就凭你爸给你的嫁妆，他也得礼让你三分！希云！希云除了一张脸还有什么？再说一张脸有什么用！过几年就老了！外面的莺莺燕燕多得是！等他看腻了，那时候，他才会像扔破沙发那样扔了她呢。你当夫妻相处，就只念着那几分感情吗？我告诉你，再深的感情，不出两年就能消磨光，你要让男人一辈子尊重你，把你放在心上，你就得自己有钱！没钱一切都是屁！我告诉你，你外公那时候有十个姨太太，可他到死都把你外婆当佛那样供着，你知道是为什么吗？！就因为你外婆的爹是山西大富户！别看你大姑整天颐指气使，我告诉你，要说嫁妆，希云不足你的十分之一。这一点，希云再怎么样都比不过你！章焱多看她几眼又怎么样？他还能真的娶她？他敢吗？他能吗？他脑子不好使，他爹可不是笨蛋！"

"反正我不要嫁他！"

银娣提醒夏太太，"姐，她刚刚说，她爱上了别人。"

夏太太听到这句真是气不打一处来，"爱上有屁用！他愿意娶你吗？他能娶你吗？"

梅琳用手背擦拭着眼泪，抽抽噎噎地说："只要你们同意，他明天就能娶我！他跟章焱不一样，他爱我！"

"他愿意也不行！我不答应！你爸也不会答应！"夏太太气道。

"那他是什么人哪？"银娣问梅琳。

夏太太不说话，等着梅琳回答。

　　"他，他就是经常来这里送信的邮差。那天晚上我不是去拿张小姐的信，我是去见他。"

　　"邮差！"夏太太惊叫了一声。

　　"如果你们非要知道他的情况……那我实话告诉你们，他家没有钱，他父母都在农村种地，三年前他才来的上海。别看他现在只是个邮差，他将来一定会有出息的！他很有上进心！"

　　"邮差！"夏太太一只手抓着胸前的衣服，好像要把心从里面抓出来。

　　梅琳胆怯地看了母亲一眼，"他现在是邮差，可他不会一辈子都是邮差！"

　　"住嘴！"夏太太指着女儿的脸，"我今天就把话给你说清楚，你要嫁给一个邮差，除非我死了！"

　　"妈，"梅琳跺脚，"那个章焱，我让他陪我去看场电影他都不肯，可骆宾说，他愿意陪我去世界上的任何地方！他是真的喜欢我……"

　　"住嘴！你还要不要脸！"夏太太喝道。

　　梅琳咬咬嘴唇，闭上了嘴。

　　夏太太一副头痛欲裂的神情，推门冲了出去。

8. 反咬一口

　　唐震云注意到女管家竺芳在竭力掩饰她的紧张，这让他更感觉她有所隐瞒。

　　"丢枪的那天下午，你是几点去收被子的？"在车上，他决定先问一个简单的问题。

　　"是下午四点半左右，也许是四点，总之就是那段时间。"她紧张地看了他一眼，马上又把目光移开，"我真的没见过太太的枪。"

　　"但你的确是最可能偷枪的人之一。"

　　"你可以去问问太太，我是怎么样的人！"她很生气，"太太了解我！我服侍她二十年了。"

　　"你是从太太娘家跟过来的吗？"

　　"那倒不是，"她假装整理了一下衣服，"她原本带来三个陪房丫头，其中一个让当时的大小姐，也就是现在的周太太赶走了，一个嫁人了，还有一个得病去世了，所以后来，我就变成了太太的贴身女佣了。"

　　"你当了管家后，仍然单独服侍太太？"

　　她傲慢地望着前方，"太太已经习惯我服侍她了，她不喜欢别人动她的东西。"

　　他决定要切入正题了。

　　"听说，你曾经给周子安织过一件毛衣？"

　　她一惊，"你怎么……"她脸色发白地看着他，又马上避开了他的目光，"你

是从哪儿听来的，我从来没有……"

"有人看见了。"他简短地说。

她顿时面如土色。

"怎，怎么……这，这……肯定是看错了，他们看错了，我从来没有……"她嘴唇颤抖，语无伦次，神情慌张，额头还在冒汗。

"你为什么要送他毛衣？"

"……"

"你最好老实回答我的问题。"他板着脸提醒她。

她双肩一颤，眼眶立即红了。

"我……我只是想感激周先生……他一直对我很好……"

"你们是情人吗？"他直截了当地问。

她惊恐地摇头。"不，不是，我真的只是感激他，他对我很好……他平时没架子，他对谁都很好……"

"我相信他一定对你很好，要不然，你也不会给他织毛衣。我听说在他结婚前，他跟你……"他故意没说下去。

她惊恐地抬起头看着他，"你……你怎么知道的？"她声音极轻。

"天下没有不透风的墙。"他朝她笑笑，见她仍在犹豫，便温和地说，"如果跟案子没关系，我是不会把那些陈年旧事扯出来的。"

"我……"她的眼泪扑簌扑簌往下掉，"我那是一时糊涂……"

"他跟你真的……？"

她用手绢捂住嘴，重重点头。芳姑承认她跟周子安在他结婚前有私情，但这跟他被杀又有什么关系呢？

"你恨他吗？"他问道。

她摇头，又点头，"我不知道，过去我恨过他，可后来，我觉得这就是我的命，我没有当他太太的命……"

"我再问你一遍。周子安出事那天晚上，你有没有去过墓地？"

她使劲摇头，"我没去过。我说过了，那天晚饭后我在厨房忙了一阵后就回房休息了。"

"周子安在出事前，有没有给你说过什么？"

"他没有。我们好几天没说过话了，我跟他也没什么可说的。我尽量避着他……让别人看见那就……"她一脸委屈地擦眼泪，忽然，她好像想起了什么，这神情立刻被唐震云逮住。

"你最好什么都说出来，要不然到最后，吃亏的就是你。"他马上道。

她把手伸进布包，磨磨蹭蹭地取出一张条子来，"这是那天我陪二太太去医院时发现的。"

那张条子的内容如下：

> "若要人不知，除非己莫为。我知道你的秘密。明早10点新新戏院门口详谈。"

"上面说的明早十点就是今天早上十点，我没去。我不知道对方是谁。"竺芳道。

他又看了一遍那张字条。

现在，只需要查询一遍，上午十点有谁离开过家夏宅就行了。不过，在他的印象中，好像谁都没离开过。

他又想到了阿泰。之前，他去那处颓墙的外面查看过。那里有几棵大树，附

近又都是浓密的草丛，所以，他相信任何人想要翻墙而入一点困难都没有。何况，阿泰还在学武术，到底他的功夫有多高这不好说，但学武必然要练基本功，攀爬应该就是其中之一。更何况，大少爷是开车走的，他只要把车开到墙下面，踩着车顶就能爬上来。人要想掩盖足迹，只需要换双鞋就行了。但一辆车呢？总不能用布把轮胎套起来吧？唐震云已经想好了，等会儿抽空，就去车库查验阿泰的汽车。他知道那辆车还没有洗过。

"周子安跟阿泰少爷的关系如何？"他又问。

她对他的问题很疑惑，"他们关系不错。"

"在周子安出事前，他们之间有没有发生过什么事？"

她摇头。

他对竺芳跟周子安早年的风流韵事并不感兴趣，因为首先，她不可能去偷烟士。其次，她似乎对周子安还有感情，他不相信她这样的女人能下决心杀人。何况真的要杀，她不是应该杀掉夏春荣才更合理吗？总之，杀了周子安，对她来说，没有任何好处，他活着，至少还能偷偷给她点小恩小惠，也许两人还能保持某种秘密关系。周子安一死，那就什么都没了，周子安的钱，她也拿不到半分，所以……

他在脑子里果断地把她从嫌疑人名单上划除。

夏秋宜想把公司今天早上送过来的文件再看一遍，但他怎么都静不下心来。他脑子里挥之不去的都是之前唐震云说过的话。很明显，唐震云是在怀疑阿泰。那阿泰到底有没有嫌疑呢？在跟唐震云谈话之前，他从没把阿泰和周子安的事联系在一起，可现在，不管他愿不愿意承认，在他的家里，在这栋房子里，他的儿子阿泰的确是最可疑的。

阿泰本来就不是什么规规矩矩的孩子，从小到大，闯祸不断。他给阿泰的零花钱从来都不够。他知道，阿泰有时候会找周了安周转。会不会就因为这层关系，两人之间产生了某些龃龉？会不会是周了安逼着阿泰还钱，而阿泰没钱还，结果铤而走险偷了他的烟土？这种事，他还真的没把握。阿泰可不是乖少爷，他太了解这个儿子了，每隔一段时间，如果他不闹出点事来，那简直就不是阿泰。

　　可这次，事情闹得可太大了。杀人！他连想都不敢想！然而他实在不明白，阿泰既然已经偷了烟土，那钱也还上了，又何必要杀人呢？

　　他现在真后悔和唐震云提起那批丢失的烟土。如果没有这些线索，唐震云应该不会这么快联想到阿泰，现在怎么办？

　　笃笃笃，有人敲门。

　　"进来。"

　　是汪妈。

　　"有什么事？"他问道。

　　"太太请您去她房间。"

　　"太太？你知道是什么事吗？"他皱眉，他的夫人沈玉清很少会请他去她的房间，一般有事找他，她都是自己跑到他书房来。

　　"我也不知道是什么事。我就知道太太刚刚跟梅琳小姐吵了一架，现在梅琳小姐在房里哭呢。"

　　梅琳！他忍不住叹气。人家都说女儿乖女儿贴心，他怎么半点也没看出来？梅琳这个女儿一点都没让他省过心。只怪他从小把她宠坏了。

　　他起身上楼。

　　敲门之后，太太耽搁了一会儿才来开门。

　　虽然四年前，他娶了丰满可人的银娣，但他的主卧室仍设在原来他跟太太共

/ 162 /

有的房间，他每周有两个晚上在太太的房里度过。虽然太太对跟他亲热兴趣不大，他当然也不会强求，但他觉得做人要公平，既然太太为他着想，他也得多少顾着太太的感受和面子。他认为这么做很明智，现在太太和银娣的和睦关系，他觉得这跟自己"一碗水端平"不无关系。

"你来了。"太太轻声轻气地说。

屋里只有她一个人，他看出她之前哭过。

"怎么了？"他关上门。

"小唐那边有新消息吗？"她反问他。

"还没有。"

"他有没有在怀疑谁？"她又问。

他不明白她为什么要这么问，不过他感觉她是有所指。

"你在担心什么？"他问道。

她盯着他的脸，"这事可能跟阿泰有关。"她轻声道。

"你为什么这么说？"

"上个礼拜阿泰向我要过钱，他要两千，我只给了他两百。"

"他要那么多钱干什么？"他紧张地问。

她将手绢紧紧捏在手心里，"我猜是因为张慧真。"

"张慧真？"他不明白。

"有好几次，我看见她在朝阿泰抛媚眼，现在那女人突然走了，你知道她留下什么字条给梅琳吗？她说她怀孕了……"

他明白夫人的意思了，"你是说张慧真肚子里的孩子是阿泰的？"

"我也希望是我猜错了。但我看见过她怎么勾引阿泰！她在桌子底下摸他的腿！这个贱货！"

他觉得很尴尬，很多事，他并不想让她知道，但是现在看来，有些事如果不解释清楚，可能会更麻烦。

"玉清，"他清了清嗓咙，"阿泰跟张慧真没关系，其实我……"他没说下去。

她竟然一点都不吃惊。

"我知道，那是她刚来不久的事。"她平静地说。

她竟然丝毫都不在意，夏秋宜心里真有点不是滋味。

事实上，张慧真来这里的第二天，他就看上她了。跟丰满迷人又顺从乖巧的银娣相比，文静清秀，又略带些文化人傲气的张慧真是另一番风情。他喜欢她的小腰身和她说话时那微微扬起的小下巴。她跟银娣不同的是，她没一开始就委身于他，她会吊他的胃口。直到他将一个翡翠镯子戴在她的手腕上，又为她还清了之前欠的债务，她才终于半推半就地从了他。他曾经想娶她当三太太，但不久之后就打消了这个念头。因为他发现，她比他认识的任何一个女人都贪心。有一次，她竟然要挟他，如果不满足她的要求，她就把他们的事告诉他太太。这让他极为扫兴，而且，他很快就厌倦了她干瘦的身材，这也是事实。

"她跟你，我不管，"太太看着他的样子，就好像他是一摊狗屎。"我知道她不是第一个，也不会是最后一个，可是，她胆敢勾引阿泰，她真的当我是死人！"她满脸怒气。

"你是说，她肚子里的孩子是阿泰的？"他还是觉得不可思议。他从来不知道张慧真跟阿泰还有这么一段，"这事你确定吗？"

"她给梅琳留了张条子，说她怀孕了，还让梅琳把条子烧了。"太太显得无比焦虑，"我也不知道这事是真是假，所以得赶快找到她。你知道她在哪里吗？"

"我怎么会知道？我早跟她没关系了。"

太太在冷笑。

"她真的没有告诉我。你知道我为什么要跟她分手？"他道。

"因为你吃腻了。"

他不否认也有这方面的原因。"主要是因为她想当太太。"他道。他想让沈玉清明白，他是为了她才跟小情人断了来往的。事实上，如果他把张慧真娶进门，当个三太太也没什么不可以的。他那么尊重她，难道她还要怪他？没错，她就是怪他，而且她的脸上还清清楚楚地写着"我鄙视你"四个大字。

"随你怎么说。"她道，"我没兴趣管你的烂事，我现在只想告诉你，就是这个张慧真偷了我的枪。"

他一怔，"你凭什么这么说？！"

她把之前夏英奇那番分析原原本本地说了一遍。

"姑姑说得很有道理。我想来想去，就是她偷的。"最后她道。

"可她为什么要偷枪？"他大惑不解。

"我怎么知道？所以才要你找到她！只有找到她，才能知道她跟阿泰到底是什么关系。那个警察有没有对你透露过什么！他现在怀疑谁？"

他看着她，"阿泰。"

她的身子一颤。

"我就知道是这样！不过烟土的事应该跟张慧真没关系，因为那时候她已经走了……"她叹气，"你知道我最担心什么？"

"什么？"

"这事是阿泰跟她合谋干的。还记得那些恐吓信吗？"

"你觉得也是他们？"

"你不觉得这挺像阿泰跟那个女人会做的事吗？——异想天开，胆大妄为，不计后果！他们之所以需要钱，也许就是因为这女人想生下孩子，她以为这样就能当你的儿媳妇了！"

他避开了她钉子般扎人的目光："如果只是偷了烟土那也就罢了，可现在还牵涉到周子安的命案，那才是最麻烦的。有什么天大的事，非得杀了周子安？有这个必要吗？"他无法相信自己的儿子杀了人。

她望着窗外。

"阿泰偷了烟土！不知道怎么的，就让周子安知道了，这是我的猜想，也许周子安是在敲诈他，他们两个过去就喜欢在墓地那儿偷偷说话……我当然也希望这一切都只是我的胡思乱想，可是说心里话，你能肯定我们的儿子是清白的吗？"

根据现有的情况分析，他真的不敢下这样的定论。

"所以，在了解真相之前，我们得做最坏的打算。"她显然已经都想好了。

"那你说怎么办？"

"把案子交给上海的巡捕房。就说，"她的语速慢了下来，"南京来的警察有可能杀了周子安……"

他大吃一惊。"你说什么？小唐？"

"为什么不可以？"她目光严厉，"夏漠也说了，周子安的死亡是发生在唐震云将他背回来之后。当时，唐震云把夏漠丢下后，就回到墓地去了。他是一个人去的，他身上有枪，你怎么能肯定不是他拔枪杀了周子安？至少他是有机会杀人的。"

"可动机呢？这，这也太荒唐了……"他喃喃道，他做梦也没想到太太会想出这样的办法。

"我只想告诉你，我们把他当作嫌疑人交给上海巡捕房，完全合情合理。"

"可他早晚会被放出来。"

"但这为我们的儿子争取了时间。趁他在里面的时候，有什么证据，该销毁的

就销毁，其次，我们得找到那个女人，别让人知道，偷偷地把她交给我父亲，他会处理的……我们还得安排阿泰尽快出国，等事情平息后再让他回来。"

他知道张慧真一旦落在岳父手里，绝不会有什么好下场。

"我们干吗不把张慧真也作为嫌疑人交给巡捕房？"

"如果她说出什么对阿泰不利的话怎么办？我怎么知道她是不是阿泰的同谋？"她盯住他问道。

"要不然给她一笔钱，送她走怎么样？"他轻声道。

"现在什么时候了，你还要维护她？"

他看着她，笑了出来。

"想不到你也会吃醋！"

她横了他一眼。

"那大姐那边呢？她会放过我们吗？"

她笑，"周子安已经死了，我可没办法再变一个出来。你能吗？"

他没法回答。

"到时候送她跟希云去法国玩一次，我出钱。我会再给她买些上等的料子，也许再给她买两件首饰，她一辈子不就在乎这些东西吗？"她微微扬起头，冷漠地看着他，过了一会儿才问，"——你要送那女人去哪里？"

他走近她，"我向你发誓，我会让她远走高飞，绝对不会让她影响阿泰，对我来说，"他拉住了她的手，"你才是最重要的人。"

"你最好别让她再回来了。"她的口气软了下来。

她是真的在焦虑担心和着急。这是他们相识那么多年来，她第一次表现出对某个人特别在乎。因为是她的儿子吗？不知为何，他发现自己竟然有点妒忌阿泰。如果同样的事发生在他身上，她会这样吗？他还真的没什么把握。

"秋宜，"她挣脱他的手，反过来双手抓着他的胳臂，"阿泰是你唯一的儿子，是我们唯一的儿子。你得尽快给巡捕房打电话！"

"你这么做，有没有想过梅琳的婚事？"

"现在阿泰才是最重要的。"

"玉清，现在还不能确定阿泰就是……"

"秋宜。"她没让他说下去，当他认真看她的时候，发现她的眼眶红了，自从嫁给他后，她好像从来没哭过，即使当年她母亲去世，她也没流过一滴眼泪，她一直是那么满不在乎，好像对什么都看透了，看腻了，可今天，他忍不住得多看她一眼。他过去只觉得她感情凉薄，任何东西都不会让她动心，他也知道，她为他娶二房，不是大度，只是为了摆脱他，但今天就好像是淡泊的水墨画被染了颜色，他忽然发现她原来也是个人，一个有血有肉的女人，他觉得她很美，"只有让上海巡捕房的人拖住唐震云，阿泰才能脱身……我求你了，秋宜……你是他父亲……"她低声道，眼泪像断线的珠子掉了下来。

在那一刻，他忽然作了决定。

"我知道怎么做了。"他道。

她霎那间泄了气。

他用手替她抹去脸颊的泪水。

"你别担心，我会把事情办好的。"他低声安慰她。

她点点头。

他顺势将太太揽在怀里，她非常温柔地靠在他身上，她的嘴唇近得几乎亲吻到他的脖子。他感觉晕乎乎的，他跟这个女人结婚已经二十六年了，而她从来就不算什么大美人，也许她只称得上清秀。她十七岁嫁给他时，还扎着辫子，可现在，跟四十三岁的她拥在一起，竟然有种新婚的感觉。他从未真正认识她。他想。

他还记得，当年第一次在朋友家里看见她时，她才十六岁，她不像别的女孩那样羞涩，即使他挑逗她，她也只是淡淡地笑，她没有脸红，也不惊慌，更为重要的是，她从没仰视过他，跟她在一起，他觉得他们两个是平等的。她让他感受到一种别的女人从未给过他的感觉，那是一种美好的久远的，用金钱无法买到的感觉，那就是"恋爱"的感觉。

他离开妻子的房间后，又想起了张慧真。忽然之间，他明白当初自己为什么会被这小女人吸引了。虽然他猎艳无数，但过去他从未意识到，也许他只是在这些女人的身上寻找他妻子的影子，那个总在他身边，却让他觉得无比遥远的女人。他想，如果她允许他进入她的生命，让他干什么他都愿意。何况只是牺牲一个小小的唐震云？

如果唐震云已经把这栋房子的所有房间都查过了，那是不是意味着那包烟土已经被运出夏宅了？夏英奇独自在房里思考这个问题。之前的那杯茶好像很提神，原本下午她总得小睡一会儿，可今天，她却丝毫都没有睡意。

听说离主楼不远的地方有一堵墙倒了一部分，她打算去看一下。

等她信步走到那里时，忽然听到客厅门口一阵喧哗。她回头一看，居然是两个男人架着唐震云在往外走。

"这一定是误会！这一定是误会！"唐震云大声道。

"是不是误会，等回去再说。大家都是混这口饭吃的，我们也不会为难你的。"那两个男人中的一个四平八稳地说。

"现在看起来，当时的情况，你的确有嫌疑。"另一个说。

她走过去想看个究竟。夏秋宜就站在客厅门口。

"对不起了，小唐。有些事我的确想不明白，我觉得你还是先洗脱自己的嫌疑再说。"夏秋宜彬彬有礼地说。

那两个男人已经带着唐震云走出了几十米,听见夏秋宜的话,唐震云回转身朝他笑,好像在说,"得了吧,我知道你在打什么主意"。这时,他忽然看见了站在大树下的夏英奇,一抹羞愧在他脸上闪过。他随即转身朝前走去。

也许是之前哥哥的话起了作用。今天,她竟然忍不住打量起他来。事实上,她好像从来没有好好看过他。过去是因为害羞,不好意思正视他,后来因为弟弟的事,她太过愤怒,虽然看着他,心里却完全没有他,而现在,她已经不想再看他了,对她来说,他只是敌人,唐家的人,仅此而已。

她看着他,禁不住想起了几年前发生的一件事。

那次纯粹是偶然,她和他在街上碰到,结果没说两句话,他就突然朝她身后跑去,等她反应过来后,才发现原来他是在追捕犯人。那个犯人的模样,她现在想来仍会汗毛直竖。那人高出他大半个头,身材魁梧得就像一堵墙,满脸胡楂,眼睛大得像铜铃一般,他们两人当时就在街上厮打起来。她一开始还为他捏把汗,想着要不要上去帮忙,偷袭那头蛮牛,可没想到,他只用了几分钟就把那人制伏了。她还记得,他当时一边搜索犯人的口袋,一边还跟她说话。

"他是开肉铺的,杀了他弟弟一家后就一直逃在外面,想不到今天让我遇上了……"他笑着从犯人的口袋里拿出一把弯刀来,"想不到,你还留着它呢!"他用那把刀拍了一下犯人的脸,犯人发出一声野兽般撕心裂肺的吼叫:

"我操你妈——臭警察——"

她吓得禁不住后退一步。

"别怕!他的腿折了,伤不了人了。"他道。

这时,她发现他的脸上有一块淤青,嘴角还在流血。她连忙掏出手绢递给了他。他却摇摇头,"别把你的手绢弄脏了。"接着,他用袖子擦了擦嘴角。那时,

她忍不住多看了他一眼，他虽然不算英俊，但跟那些油头粉面的男子不同，他自有一股军人特有的粗犷的男子气。那天他走的时候，她发现他穿着长筒皮靴。那时她想，皮靴可是比布鞋硬多了，只要稍微用得力，也许就能一下子踢断对方的骨头。后来几天，那双皮靴多次出现在她的梦里。她意识到，她可能已经喜欢上了那个穿皮靴的男人。

从小到大，她一直盼望能找一个有能力保护她的男人，因为哥哥太软弱，弟弟太小，父亲又年迈。在三个不中用的男人身边生活，她常常觉得力不从心。但之前，她只有一个模糊的概念，直到唐震云出现，她才发现，她只不过是想找个会打架的男人。如果没有这件事，她想她恐怕不会那么快就答应这门亲事。

当年，她也曾迷恋过他，也曾经为他织过围巾，但现在，无论他有多好，他都是她的敌人。有时候，当她想起过去的事，她就会忘记他姓唐，所以她得不断提醒自己，他是她的敌人，是她哥哥的敌人。

然而，当她看着他远去的背影，还是忍不住会心痛，不知道为什么，虽然他们没有多少机会深谈，他又有一大家子亲戚，她有时候还是觉得他生活得比她更艰难更孤独，虽然他是男人，她还是感觉，他们俩之间，是她抛弃了他。

周希云满脸惊慌地从客厅里奔了出来。

"唐警官！唐警官！"她喊着他，一路追了出去。但跑了几步，又停了下来，"这是怎么回事？舅舅！这是怎么回事？"她回身问夏秋宜。

夏秋宜没有回答她。

是啊，这究竟是怎么回事？那两个人显然是巡捕房的人，因为不远处的门口停着巡捕房的车。听夏秋宜的意思，他在怀疑唐震云。

他在怀疑唐震云？

那天晚上唐震曾经一个人去过墓地，他回来后说，在那里发现了尸体。谁也不知道究竟发生了什么。这的确是个疑点。

不过夏秋宜应该不会真的怀疑是唐震云杀了周子安吧？他一定是在保护某个人。保护谁呢？毫无疑问，梅琳、夏太太、阿泰，这三个人中，阿泰最像是那个会偷烟土的人。

假设就是阿泰偷了烟土。除非他已经将它带离这栋住宅，否则，如果东西还在这里，他就很难再把它带出门。因为案发第二天早上大门就被封，谁也不许进出了，并且早上就开始了搜查。

假设东西还在他手里，他会放在哪儿呢？

他是早上犯的案，而他昨天回来的时候，两手是空的。如果他放在车库，那必然得乘今早唐震云搜查车库之前把东西移走。

唐震云怎么都没想到有一天自己会被当成嫌犯接受审问。这当然是夏秋宜的计策，这也更加坚定了他对阿泰的怀疑。试想，夏秋宜还会为谁这么大费周章地诬陷一个警察？不用问，等他回去的时候，很多证据都已经消失了。

其实，他对这件案子是否能真相大白，并不十分在意，因为这毕竟不是他的辖区，他跟死者也不认识，真的是无头案也不管他的事。但在夏英奇面前，他像个卑微的罪犯那样被人带走，让他觉得无地自容。

她现在应该很高兴吧，她如此讨厌他，鄙视他，搞不好，她早就等着这一天了。

她站得有些远，虽然只是短短的一瞬，他仿佛还是看到了她眼睛里幸灾乐祸的神情。他被深深地刺痛了。因为愤怒，他的一边脑袋剧烈地疼痛起来，耳边嗡嗡响，以至于他根本没听见有人在向他提问。

"笃笃笃"，坐在他对面的上海警察敲了敲桌面。

他抬起了头。太荒谬了，他心想，我竟然在这里接受同行的审问。

"唐警官，我们已经联系了你们南京巡捕房，他们说没有派你来过上海。"

是的，他是利用他的假期自行来上海的，他的上司和同事对他的这次远行都一无所知。他也没打算告诉任何人，因为他无法解释自己的行为。在南京巡捕房，没有人把夏家姐弟当成嫌疑人，在人们眼里，他们只是两个纠缠不清的死者亲属。他从未把对他们的怀疑，以及他对那些"怪病"的怀疑告诉任何人。他不知道自己将来是否会把这一切报告他的上司。也许永远不会。实际上，那些案子，只是他接近她的一个借口。

不然，他还有什么理由去找她？他们的婚约已经解除了。他一个警察有什么理由总是去找她？他也是爱面子的人，死乞白赖地求她，他也做不出来。再说，那些案子的确应该是下毒案，他怀疑就是夏漠干的。而他想把夏漠带回南京，是因为夏漠回去，她也会回去。

不过，他现在突然觉得当时情急之下，想出的这个策略可能是弄巧成拙。很明显，如果他针对她的哥哥，她只会更恨他。现在，正所谓是前仇未清，又添新仇。从她看他的眼光就知道，她完全把他当敌人，她可没看出他有什么别的用意。他意识到，他自己可能把事情给搞糟了。

他觉得最好的办法是开诚布公地和她把话说清楚。但在这之前，他自己必须把有些事情想清楚。首先，他得作个决断，今后他跟他大伯是什么关系，其实那次他打伤堂哥后，他大伯就没再理过他。两家人现在形同陌路。

其次是夏漠。他还要不要继续查那些下毒案？

还有她弟弟的死，他该怎么处理？要不要重新调查？

但不管怎么说，还是得先离开这里。

"我要打个电话。"他提出了要求。

他相信只要请出他的上司，他一定很快就能脱身。他的上司曾是他父亲的学生，按理说，不管发生了什么事都会替他说话。再说，他本来就不认识周了安，把他定为杀人凶嫌，实在是太可笑了！

夏秋宜有没有想过？诬陷警察可不是什么好玩的事。

周希云独自站在走廊的窗前发呆，她实在不明白唐震云怎么会突然被当作嫌疑人，被警察带走。尽管舅妈说得很清楚，"她把夏漠送回来后，一个人去了墓地，谁知道是不是他杀了你爹"，其实这也只能表明，他有机会行凶。但仅仅是有机会而已，要说是他杀了父亲，实在是太荒唐了，他根本不认识父亲。

"希云。"她听到有人在叫她，一回头，发现姑婆已经站在她身后。眼下她真的没心思应付这些亲戚，她连招呼都懒得打。

"能麻烦你一件事吗？"姑婆说。

真不知道又有什么事找她，该不会现在让她去照看什么叔公吧。

"什么事？"她不太起劲地问。

"能帮我去看看我哥哥吗？他好像有点发烧。"

果然！其实王医生晚上就会来。

"叔公在发烧？"她没动弹。

"是啊。"姑婆大概看出她不太情愿，"如果你有事的话，就别管了……"姑婆急匆匆下楼。

"你去哪儿啊？"她问道。

"我去厨房拿点烧酒，想给他擦一下，发发汗。"

"我来吧。"

"啊，谢谢你。"姑婆忙道。

她下楼的时候，无奈地叹气，谁让自己从来就不懂得拒绝别人呢？

她从厨房拿了瓶烧酒，回到二楼姑婆的房间。

屋子里挺安静。姑婆坐在沙发上正在做针线活。

"他睡着了。你把烧酒放下，一会儿我来吧。"姑婆对她说。

她点点头，走到床边，果然发现叔公睡得正熟。

"他昨天才开了刀，按理说，是会发几天烧的。你别急，姑婆，王医生医术高明，应该没事的。"她安慰道。

姑婆朝她笑笑。

"刚刚我看到那个警察离开，带走他的人是谁啊？"姑婆问道。

"是上海这边巡捕房的人，舅舅说他有嫌疑……可是这怎么可能啊，他根本不认识我爹。"她本来不想说的，但还是没忍住，她现在很希望找个人聊聊。

"如果他是冤枉的，那他早晚会回来的。"姑婆像是在安慰她，"我看他是空着手走的，他的行李应该还在这里吧。"

"应该是。"

姑婆看了她一眼，"他是警察，这里的巡捕房也是警察，警察多半会帮警察的，我看没多久，他就会被放出来——对了，他今天有没有跟你问起阿泰？"

"他问起过。我跟他说，阿泰不可能是凶手。阿泰跟我爹关系一直就很好。"她脑了好乱，她觉得不该为一个素不相识的警察瞎操心，但想到他被冤枉，还是忍不住心疼和焦急，"舅舅一开始对他那么客气，现在忽然变脸，这叫什么事啊！舅舅怎么能这样！"她觉得自己又失言了，她不该在本来就不熟悉的姑婆面前评论舅舅的行为。毕竟舅舅是他们家的大恩人，如果没有舅舅，她真怀疑自己还能不能上学。照母亲的意思，三年前，她就得出嫁了。

"我觉得你舅舅也未必是错的，"姑婆轻声道，"如果这个警察真是凶手，他很可能会为自己找个替罪羊……"

听到最后三个字，她顿时火了，"我真不知道你们这些人是怎么想的。"她的声音一下子提高了，"他昨天才来这里，在这之前他根本不认识我爹，无冤无仇，他为什么要杀人？"

"哎呀，你真的在为他着急啊。"这是叔公的声音。

她脸红了，禁不住捂住嘴，"对不起，我声音太大了……"她慌里慌张地说。

姑婆笑了起来，"没关系。"她走到叔公床边，"你在发烧，希云给你拿了烧酒来了，等会儿我给你擦背吧。"

"还是先让我喝口水吧。"

姑婆倒了杯水，递了过去。

"我刚刚只是说有这样的可能性，"姑婆道，"如果唐震云想找个替罪羊，他就会把嫌疑引向某个人……比如说——阿泰。"姑婆接着说，"还有另一种可能，他不是凶手，他只是在怀疑那个人，只不过他不太聪明，把这个想法透露给了他最不应该透露的人。"

她明白姑婆的意思，"你是说我舅舅怕事情牵连到阿泰，所以就索性把他推了出去，舅舅怎么能这样？！"她觉得他被人陷害了。

姑婆看了她一会儿，才开口：

"阿泰跟张小姐关系好吗？"

"张小姐？"她不明白姑婆为什么突然会提起她，"他们挺好的。阿泰当然有时候说话是没什么分寸，但他对谁都一样，姑婆，你跟他处久了，就会知道他是什么样的人了。"

"张小姐跟阿泰是不是特别谈得来？"

奇怪，姑婆又问了一遍几乎相同的问题。不过这次，她终于明白姑婆究竟想

问什么了。

"我不知道谁在瞎说，不过，我觉得阿泰跟张小姐没什么……关系。"

"真的吗？"姑婆好像不太相信，"我怎么听说，她是阿泰的情人。"

"没有的事。阿泰说她是披着白兔皮的狐狸精。当然，他是笑着说的。"

"我们都觉得是张小姐偷了你舅妈的那把枪。"姑婆慢悠悠地说。

她大惊，"张小姐偷的？"

"是的，所以她也可能就是凶手。"姑婆意味深长地看着她，"如果你能找到张小姐，你就能帮他摆脱嫌疑。你知道她去了哪里吗？"

她摇头："我，我不知道。"

"她跟你爹的关系……"

"她跟我爹？没有的事。"她站了起来，"姑婆，我突然想起还有封信要写，我先走了，如果有什么事，你叫我，我就在自己的房间。"

"好的。谢谢你。"姑婆朝她笑笑，"你知道阿泰现在在哪里吗？"姑婆又问。

"他在舅妈那里。"不知不觉，她的语气变得很生硬。现在再清楚不过了，他们为了保护自己的儿子，不惜陷害一个好人！姑婆说得对，只要找到张慧真，就等于找到了线索。是她偷了枪？她偷枪干什么？她要对付谁？

不管她要对付谁，张慧真都应该是第一嫌疑人，应该让巡捕房的人知道这一点。

夏英奇透过窗子，看见阿泰和夏秋宜父子急匆匆穿过大道，走出大门。

他们要去哪里？火车站吗？

夏秋宜的下一步打算是不是要尽快将这个惹事的儿子送走？送得越远越好？

他们应该是想通过这个方法为阿泰争取时间吧。乘着唐震云不在的时候，他们会消灭所有阿泰犯案留下的证据，比如，清洗阿泰的汽车，买通附近的小店主为其作证，夏秋宜还可能会去弄一包烟土，藏在什么地方，然后谎称烟土已经找到了，是他自己忘记放在哪里了。

希云对于这件事很积极，那样的话，唐震云应该最晚明天就能回来。她得乘今天有空去张慧真的房间看看。

"你得帮我个忙。"她走到床边。

哥哥翻了个身，看着她。

"说吧。"

"我想到一个地方可以藏烟土，我需要顶楼房间的钥匙。"

哥哥用下巴指指他的箱子。

"在那里。"

哥哥早在十年前就学会打造万能钥匙了。这也是为什么他能出入别人的房子，毫无障碍的原因。

她打开哥哥的竹箱，笔盒就放在最显眼的地方，里面并排放着三支毛笔。她取出中间那支，拧下笔头，露出一个铁制的小东西。

"你小心着点。"哥哥道。

"当然。"

她把那个小东西拿出来的时候，哥哥又说话了。

"你干吗让周希云去救他？"

她不吭声。

"把他推到别的女人面前，你就高兴了？"哥哥又道。

至少，她不觉得这是一件坏事。如果因此能撮合他们两人，她也为他感到高兴。

半夜一点，夏英奇悄悄溜上了楼。

顶楼被隔成了一大一小两个房间，她一看便知，那间大的应该就是储藏室，而旁边的那扇小门，应该就是原先张小姐的房间。她把万能钥匙插入锁孔，按照哥哥教的用法，轻轻一转，再一转一推，门锁吧嗒一声开了。

她推门进去。

她本以为这里应该空无一人，她也做好了看不见一个人的准备，所以，当她打开灯忽然看见床上的那床被子里有东西在动时，禁不住吓了一大跳。她赶紧将那把万能钥匙藏在袖子里，随后，她一边拼命想着如何解释自己的行为，一边慢慢朝床边移动。

她才刚到床边，忽然，床上坐起一个人来，她吓得往后退了一大步。令她惊讶的是，她看见的是个光着身子的陌生男人。

那男人一坐起来，被窝里就传来一个懒洋洋的声音。

"怎么啦！"

是梅琳的声音！她顿时明白是怎么回事了。

她赶紧关上了灯。陌生男人正在推身边的梅琳。过了会儿，梅琳坐了起来。

"她是谁？"年轻男人问梅琳。

梅琳看着她，猛地瞪大了眼睛。

"姑婆！"她叫道，随即就用手捂住了嘴，现在她已经完全清醒了，"你怎么会来这里？"虽然屋里很暗，但她还是能看出梅琳此刻脸红耳赤。

"我听见很吵的声音，就上来看看，"她定了定神，问道，"他就是你说的邮差？"

梅琳没回答，开始慌里慌张地穿衣服。

"姑婆，你不能告诉我爸妈，如果他们知道，阿宾就完了。"这是梅琳现在最担心的事了。

"反正他总要见你爸妈的，干脆，现在就……"夏英奇作势要去开门。

"不要！"梅琳从床上跳下来，抱住了她的腿，"姑婆！求求你，你千万不能告诉我爸妈今天的事，如果他们知道，他们一定会对付阿宾的……"

她再看看那个男人，他正在穿衣服，对梅琳的举动视而不见。这男人还真傲。

"好吧。"她想了想道，"我不会告诉你父母。不过我有几件事要问你。"

梅琳一听说她不会告发自己，立刻眉开眼笑。

"没事，没事。姑婆你尽管问。"她继续穿起衣服来。

"昨天晚上，你们也在这里？"

梅琳难为情地点了点头。

"你有这里的钥匙？"

"是啊，张小姐走后放在信封里了。"梅琳道。

"除了你，谁还有这里的钥匙？"

"还有我哥，"见她面露惊讶，梅琳忙道，"姑姑，你别瞎想，他跟张小姐没事，这钥匙是我给我哥的。"

"你有两把钥匙？"

"是啊。其中一把是张小姐走后放在信封里的，另一把是她原先放在花瓶里的。原本我以为她给我的钥匙就是原来放在花瓶里的那把，可后来又在花瓶里找到了钥匙。一开始没找到花瓶。它不在原来的地方。"

"所以说，是张小姐给你留了两把钥匙？"她觉得这很奇怪。

梅琳点头。"……阿宾……"梅琳朝她的小情郎招手，阿宾已经穿好衣服了，"快谢谢姑婆，来嘛！"她大声撒娇。

她连忙示意梅琳说话声音轻点，梅琳心领神会地点头。阿宾慢腾腾很不情愿

地走上前在黑暗中给她鞠了一躬。

"你为什么要把其中一把钥匙给你哥？"她又问。

梅琳笑着耸肩。"他问我要的。"

"他为什么要这里的钥匙？"

梅琳耸耸肩，"他没告诉我。我正好有两把，就给了他一把。"

"你说你们昨晚就在这里？"她提醒道。

梅琳又点头。

"你们整个晚上都在这里？几点到几点？"

"实际上只有两个小时，阿宾两点到，他上夜班后过来，凌晨四点走的。那时候园子里的人都睡着了。其实那堵墙就是他弄坏的。他聪明吧？哈哈！"

夏英奇朝阿宾看过去，他始终低着头，不吭声。她心想，如果让夏太太知道那堵墙是他弄坏的，那八成会让他去坐牢。这恐怕也是让梅琳离开他的最好方式了。梅琳这样的富家千金，等新鲜劲一过，估计就忘记他了吧。

"你再跟我说说张小姐，她是什么时候走的？"

"就是 11 月 1 日，前一天，她拿薪水还请我出去吃了一碗馄饨呢，第二天又是大姑搬家，所以我记得很清楚。那天她在我的钢琴里留下一封信就走了。信，就像我之前说的，已经让我烧了，因为是她让我这么做的。她怀孕了，怕人发现。她走得好匆忙，连留在我这里的一箱东西都没来得及带走。"

"你觉得她肚子里的孩子是谁的？"她悄声问。

梅琳撇撇嘴，又回头看看她的情郎，"我不知道。她从没对我说过她在跟谁好。"她娇滴滴地说。

"她跟你姑父，关系好吗？"

"他们好像从来没说过话。我不知道。我哥哥有时候会跟她开开玩笑，不过，她好像不喜欢我哥，说我哥是纨绔子弟，不牢靠。"

阿宾背起了他的包。

"你要走了？"梅琳惊问。

阿宾没说话，走到窗前朝外看了看。

"小心点。"梅琳低声提醒。

阿宾打开窗小心翼翼地爬了出去。

梅琳站在窗前，直到阿宾走得无影无踪，才放下心。

"姑婆，我也走了。"梅琳道，"对了，您刚刚是怎么开的门？"

"你还问我呢！"她假装嗔怪道，"你们没把门关上。"

梅琳朝她吐吐舌头。

她跟梅琳一起离开张小姐的房间，等她把梅琳送回房，她又返身上楼。刚刚她也在窗前，只不过，她没去看阿宾，她看的是窗前的那棵大树。只要把手一伸就能够到树枝。身手灵活的人，应该很容易就能爬到树顶吧。

她想起梅琳说的话。

"昨晚鸟叫声真吵，吵死我了。"

9. 针锋相对

对于夏秋宜来说，昨晚令人难忘，尽管他跟夫人已经是多年的夫妻，但她如此主动殷勤，倒还是生平第一次。虽然他明白，她这么做全是为了她那个宝贝儿子。但他还是觉得很满足。昨天晚上，他觉得自己好像回到了二十多年前的新婚之夜。

"玉清。"他醒来时握住她的手，放在唇边亲了亲，"你是说，今天就让我把阿泰送去广州？"

"是啊。我昨晚上给我哥打了个电话，他说他都安排好了，阿泰到广州后，就直接送他去香港，我姑姑姑父一家都在那里，他去了也有个照应。"她收回了自己的手，却温柔地捋了捋他的头发，"让他走得越远越好，等这事的风头过了，让他再回来。"

"可是我问过阿泰，他说他什么都没干。"

她坐到镜子前，开始擦粉，"你也不是不知道这孩子，不到最后关头，他是不会说实话的。就跟我们小时候一样。你干过什么荒唐事，会当着你父亲的面承认吗？"

夫人是有所指。他们成亲后一年，他曾经包养过一个女孩。后来那女孩死了，这件事，他父亲一直都不知道。

"谁没有年轻过。"他笑道。

她站起身，"是啊，谁没有年轻过？"她轻声叹着气，替他扣上衬衫扣子，"所以，你也得原谅你儿子，他只是太年轻了。"

　　"你句句话离不开你儿子。"

　　"我可是十月怀胎把他生下来的。他有什么事，我都得替他担着。"她拍拍他的胸口，"一会儿，你得想想怎么跟希云和梅琳解释那个警察的事。"

　　"有这个必要吗？"

　　"我看希云很需要你的解释，她昨天很激动。"

　　"希云？"

　　她笑着叹气，"我看她是有点喜欢那个警察。"她坐到镜子前，梳起头来，"昨天忘记提醒你了，你得趁早去打听一下他在南京的家世背景，到时候也好有个准备。"

　　"我昨天晚上就托人去问了，今天就会有消息。我想好了，不管他有没有背景，到时候，就说这是一场误会，再把张慧真的名字告诉他。他的行李还在这里，我估计他最晚明天就能出来。"

　　太太注视着镜中的自己，"你还可以告诉他，这案子交给上海巡捕房去办了。他来上海的目的不是要把夏漠带回南京吗？那让他把自己的事做好，其他的事，不用他管。"

　　砰砰砰，砰砰砰，有人在急急地拍门。

　　"谁啊。"太太打开门，是竺芳，"阿芳，什么事这么急？"

　　"是周太太。她跟春兰打起来了。"竺芳心急火燎地说，"老爷，太太，您快去看看吧，要不然得出事。"

　　"她到底是怎么回事？！"太太厌恶地皱起了眉头，"她们在哪儿？"

　　"在厨房。"竺芳道。

"她怎么会跟春兰打起来？"他问道。

"周太太说，昨晚上她肚子饿想叫春兰拿吃的给她，可是怎么也找不到春兰……"竺芳快步在前面走，夏秋宜和太太跟在她身后。现在每次看到竺芳，他都禁不住会想起之前大姐说过的话。他实在无法从竺芳那张苍老衰败的脸上看出任何女性的特征来，也实在难以想象她还曾经"追求"过死去的周子安。会不会又是大姐在捕风捉影？

他们来到厨房，还没进门，就听见他大姐夏春荣的嚎叫声。

"小贱货！眼里没我是吧？我打死你个小贱货！贱胚！小赤佬！"接着是两声清脆的啪啪声，和春兰的尖叫声。

"啊——你凭什么打我！你凭什么打我？我的工钱又不是你付的！雌老虎！穷婊子！给你脸叫你声太太，要不然，我呸！"

啪又是一声脆响。

"雌老虎！雌老虎！"春兰发狂般叫了起来。

他冲进厨房，正好看见春兰朝她大姐冲过去，他一脚飞去正好踢中春兰的腹部，春兰捂着肚子就弯下了身子。

"你翻了天了！"他喝道，"还敢打主人！你今天就给我卷铺盖滚蛋！阿芳，马上给她算账！"

"老爷，是她打我！"春兰捂着肚子哭道。

"她打你，你也不能打她！"他怒道。

这下他大姐哭了出来，"我命好苦，在这里处处受气，连佣人也欺负我！"她哭喊着奔出了厨房。

他赶紧朝旁边的汪妈使眼色，"快去看着点。"

汪妈不太情愿。

"快去啊。"

汪妈这才追了过去。

"到底怎么回事?"他问道。

"她这是在向我示威呢。"他太太在旁边冷冷吐了一句。

他困惑地看着她。

"昨天晚上,我让春兰去做别的事了,所以,她没叫到人。"太太低声在他耳边道,"我吩咐她把车库偷偷擦一遍。"

原来如此。

"再说,是你大姐自己说不吃饭的。谁知道,她后来又到处找吃的。"他太太瞄了一眼跪倒在地板上抽泣的春兰,"春兰,你以后跟秀梅换换,让秀梅去服侍周太太。"

春兰匍匐在太太的脚边磕了三个响头,"谢谢太太,谢谢太太。"

竺芳扶起春兰:"这两天,你少在周太太面前出现。"

"我也不想见着她。"春兰小声说。

"好了,把这里收拾一下。"他太太指着春兰吩咐道。

春兰含泪点头。

"就这么完了?她打我大姐,你还要留着她?"离开厨房的时候,他有点恼火。

他太太笑道:"我可没看见春兰打你大姐,我就看见你大姐打她了,还有你,那一脚怎么踢得过去!"她白了他一眼,"别把丫头不当人。现在可不比过去了。早几十年,你杀个丫头就像杀只鸡。可现在呢?人家也有说理的地方。这丫头要是一时想不开投了河,你说这事传出去好听吗?小报会怎么说?她家里人到时候找你要钱的话,你说你给不给?"

"好吧，好吧，我不管了……"太太这一串话说得他头疼，他本来也不想管这些家长里短的破事，"总之，你看着办。我不希望再发生同样的事。"

"得了，我会好好安抚你大姐的，你去办正经事吧。"太太道。

他们来到客厅，他大姐蓬头垢面地趴在沙发上痛哭。银娣在一边安慰她。

"大姐，别哭了。小心把眼睛哭瞎了。"

"你还咒我！你这小老婆，给我滚远点！"大姐咆哮道。

他和太太听见银娣的话，都忍不住想笑。

"银娣，你闪远点，你大姐要是发起火了，你肚子里的孩子就遭殃了。她刚刚还把春兰打了一顿。"太太道。

银娣忙闪到了一边。

"大姐啊，"太太走到了他大姐身边，"你何必跟一个下人过不去。希云呢？"

"不知道！今天一大早就没见她。她爹死了，她还怪我，你说她是不是脑子有病！"大姐气哼哼地说。

"大姐，子安的尸体昨天送到上海巡捕房的停尸房去了，他们检验过之后，就会把尸体还给我们，到时候我们就给他下葬。这几天我们也该好好想想怎么给子安办丧事了。他死得那么惨，总得给他办得风光点。"他太太道。

这几句话让大姐眼睛里的怒意消散了一些。

"过会儿我就去打电话，到时候要是送棺材样本来，大姐，你可得一起过来看，我可不知道你中意哪一个。"他太太又道。

大姐轻叹一声，"人都死了，什么样的棺材还不都一样！"

"话是这么说，可总不能随便给他裹张席子吧？我们还是……"太太话说到一半，忽然停住，两眼盯着玻璃窗外。他顺着她的目光往外看，也是一惊，阿泰？他怎么又回来了？"……这是怎么回事？"太太问他。

他没法回答，但他并不觉得有多惊讶。阿泰从来就不是那种安安分分听父母话的好孩子。

"我哥回来了。"梅琳不知从哪儿跑出来，她走到客厅的落地窗前，打开了门。

阿泰进了门。没人想到会有接下去的事发生，大姐忽然站起来，劈头盖脸就给了阿泰一个耳光。

"小瘪三！杀人犯！"大姐嘴里咬牙切齿地吐出这几个字。

阿泰被打懵了。

"姑妈！你这是在干什么！"阿泰怒道。

"以为我不知道！小赤佬！"大姐的声音震耳欲聋，"他们突然找人把那警察给抓起来！为什么？当我是瞎子？他们真的在怀疑那个警察吗？他们会为了谁干这种事？就是你！你个小瘪三！杀人犯！你把子安还给我！"大姐一边说话，一边上来拉扯阿泰的衣服。

这几句话听得他心头火起。别说家里的下人讨厌他大姐，有时候，他自己也想亲手掐死她。她说的这叫什么屁话！而且当着这么多人！连南京的姑姑也在场！

"大姐，你闹什么闹！"他怒道。

"我闹？你们耍阴的，还不许我说话了？我告诉你希云去哪儿了！我让她去巡捕房了！我让她把你们干的这堆烂事一五一十去跟警察说！你们等着吧！"大姐冷笑，"你们以为把他送走，就万事大吉了？别做梦了！我夏春荣可不是傻子！"

啪！一声脆响，没人想到，竟然是他太太给了他大姐一个耳光。

"夏春荣！你吃错药了！"

"玉清。"他立即上前拉住了太太的手。

她恶狠狠地甩脱了他。

"你没听到她说什么吗?! 我看她是疯了!"

大姐捂住脸,充满仇恨地望着她太太冷笑,"沈玉清,你瞧瞧你这狗急跳墙的模样!你瞧瞧你自己!我告诉你,你打我这巴掌,我给你记着!到时候一百倍还在你儿子身上。"

太太脸色铁青地盯着大姐,忽然,她转头朝他看来。

"你大姐疯了!"她缓了一口气道,"赶紧让她回房休息去吧。"

"说我疯了!我才没疯!你们干过什么,你们自己心里最清楚。"大姐还在咆哮。

太太也不说话,默默走到大姐身后,忽然,她操起一个花瓶就朝大姐脑后砸去。

"玉清!"他喊道。已经来不及了。

大姐"啊"地惨叫一声,倒在了地上。

"赶紧!把她扶回房里去!把门锁上!什么地方也别让她去!"现在是太太在咆哮了,她将那砸坏的花瓶,随手丢在地上,"阿芳,去打电话让王医生来一次。"

几个佣人七手八脚地把昏迷不醒的大姐抬了出去。

他禁不住掏出手绢擦汗。

"她醒后,你打算怎么做?"他把太太拉到一边。

"不是我打算怎么做,是她打算怎么做!"太太余怒未消。

"好了好了,你别生气,这事我来处理。我去跟她聊聊,看看她想怎么样?"

"聊什么聊!直接捆了送疯人院!"太太别过头去,盯着她儿子,"你跟我来!"

阿泰一副不情愿的样子。

"你们这是在干吗?真的当我是……?"

"闭嘴!"他喝道。要不是这个混球,也不会有那么多事。他想到这些,真恨不得一掌劈死这个逆子。

刚刚还吵闹不堪的客厅里转眼就只剩下了一脸沉思的夏英奇和茫然无措的银娣。

"姑姑，我们还是去吃早饭吧。我看他们是不会吃了。"发了一阵呆后，银娣终于回过神来了。

"你还好吧？"夏英奇看银娣满脸通红，还在不断喘着粗气，"要不要先坐一会儿？"

银娣摇头，"刚刚孩子踢了我一脚，我……刚刚……他们究竟是怎么回事……"

"别管他们了，你快坐一会儿。"她连忙扶银娣坐下。

这时候，汪妈带着一个女人走进了客厅。

"朱小姐，你在这里坐一会儿。我去问问太太。"汪妈道。

银娣看见那个女人，向她招手。"朱小姐来啦。"

女人唯唯诺诺地点着头，走了进来。

夏英奇好奇地打量着这个女人，三十多岁，身材矮胖，剪着清汤挂面的学生头，脸上则架着一副黑框眼镜。她拎着个大包袱，匆匆走过夏英奇身边时，眼镜从鼻子上滑到了地上，夏英奇连忙替她捡了起来。

"朱小姐！你怎么会来？"银娣问那女人。

"公司已经关门了。今天是我最后一天上班。有些周先生的私人物品，继续留在办公室也不是个事，我就送过来了。"朱小姐回身看了看客厅外的走廊，"可我好像来的不是时候。"

"可不是！刚刚这里吵架了……"银娣小声道，忽然看见了身边的夏英奇，连

忙热情地作介绍，"这是朱小姐，周先生的秘书。"她又拍拍夏英奇的手臂，"这是我们家从南京来的姑姑。"

朱小姐听到银娣叫夏英奇"姑姑"，好奇打量起她来。

她笑着解释："我父亲跟这里老爷的爷爷是同一辈，所以我也成了长辈了。"

朱小姐客气地朝她笑笑。

这时，汪妈走进了客厅。

"朱小姐，太太现在正忙着，让你把东西留下就是了。"

朱小姐点头称好，将她拎着的大包袱放在了茶几上。

"朱小姐，这都是些什么啊？"银娣问道。

"都是周先生平常用的东西，杯子、毛巾和衣服之类的，昨天警察来过后，我就把它们整理了一下。总不能就这么留在那里，这些东西虽然不值钱，但周太太也能留个纪念。"她掏出手绢擦了擦眼睛，随后朝她们点了点头，算是告别，就走了出去。

夏英奇连忙跟上去，"朱小姐，你吃过早饭吗？"现在才早晨七点多，"朱小姐你来得真早。"

听她这么说，银娣也捧着肚子走了过来，"我刚刚还想问呢，叫姑姑抢先了。朱小姐，你好不容易来一趟，干脆吃了早饭再走吧。"

朱小姐摇头道："不麻烦了。我还是走吧。"

朱小姐可能是最了解周子安的人了。夏英奇可不想让她这么快就走。

"要不咱们到草坪那边的亭子里去坐会儿吧，去饭厅吃也拘束。"她提议。

银娣马上表示同意，"好，我这就去跟厨房说。让他们把点心送到那里去，你们等等我。"

朱小姐想谢绝，银娣忙道："朱小姐，你别客气。你来一趟不容易，怎么着也得吃碗圆子再走。"

朱小姐听她这么说，也就不坚持了。银娣快步走向厨房。

"二太太，你慢着点。"夏英奇在她身后提醒她。

银娣朝她摇摇手算是回复。

"二太太真是个热心人。"朱小姐颇为感伤地说。

她等着朱小姐说下去，但后者却只是叹气。她也不好追着问，回头正好看见了茶几上的大包袱。

"朱小姐，你说公司关门了？"

"是啊，周先生都不在了，公司还怎么开得下去？"朱小姐苦笑。

这时银娣从厨房里走了出来，"我已经跟他们说好了，让他们做点酒酿圆子和桂花糯米糕送过去——来，咱们走。"

她们三人一起离开客厅，跨入草坪，向宅院西边的小亭子走去。

"朱小姐，你为周先生工作多久了？"在路上，夏英奇问朱小姐。

"整整八年了。"

"朱小姐过去是学校的老师。"银娣在一旁道。

朱小姐点点头，侃侃而谈起来。

"那时候我教小学国文，希云是我的学生，有一次周先生去学校接希云，也是凑巧吧，我们聊了会儿天，那时候我丈夫刚刚去世，我还有两个儿子要养，生活挺拮据的，他就问我想不想多干一份工作补贴家用。这对我来说真是求之不得。从那以后，我就周末去周先生的公司上班，后来第二年，学校那边裁人，可能也是某个校长亲戚看中了我这么个位子吧，他们就把我辞了，这以后，我就干脆到周先生公司来了。他给我的薪水不算多，但这工作不累，他又是个非常好的老板……真没想到……真没想到，他会被人……这太可怕了……太可怕了……"朱小姐说到伤心处，眼泪不自觉地掉了下来，她连忙掏出了手绢擦拭起来。

"这事真的很怕人！"银娣跟着说，"昨晚我给我妈打电话，她一开始还不相信呢。"

亭子就在她们前方。

"来，我们坐下慢慢说。"夏英奇首先走进了亭子，"昨天是我第一天来这里，真没想到会发生这样的事。"

朱小姐用手绢擤擤鼻子，"周先生是个好人，他对谁都很好，每个人都很喜欢他，我真不知道谁会做这种事……"

"可是我听说，在过去的一两年中，常有人写恐吓信给他。"她道。

朱小姐愕然地抬头看着她。

"恐吓信？"

她的反应让夏英奇十分意外。如果朱小姐不是演技太好，就是周子安从头到尾都瞒着她。可作为周子安的女秘书，公司的事真的能瞒得住她吗？

"听说是因为投资亏本才引起的纠纷。朱小姐，如果你不了解。那也许公司别的职员知道这些事。"

"可公司只有我一个员工啊。"朱小姐道。

"只有你一个员工？"

"是啊。"

这一点夏英奇更没想到。看起来，这个公司也就是个小小的皮包公司。不过这样的话，周子安如果有什么事想瞒着朱小姐，就更不容易了。

"那朱小姐你一定在公司身兼数职。请问你平时都做些什么？——你别嫌我多事，我就是好奇，你怎么会不知道那些恐吓信的事。"

朱小姐笑了笑："我平时就是起草文件，打打字，接接电话，有时候也做一点私事。"

"私事？去百货公司给太太买生日礼物？"她笑道。

"不止，有时候还陪他的朋友去医院看病，还有，有时候会帮他收房租，或者去看一下房子。"

"房子？他有房产？"银娣插嘴道。

"房子是他朋友的，他代为出租。我们用出租房子的中介费来支付公司办公室一部分的租金。"朱小姐说到"我们"两个字的时候，加重了语气，这让夏英奇禁不住多看了她一眼。朱小姐相貌平平，衣着保守而朴素，看起来也不像是会跟有妇之夫有私情的人。不过周子安或许对她没什么感情，那她对周子安呢？

"朱小姐，我接着要问一个问题，你可别生气。"

"没关系，你问吧。"

"你看你们公司就你们两个人，我猜周先生平时一定特别信任你，包括有些话，他不跟太太说，也会跟你说，所以，你跟周先生在一起的时间也许还超过他跟他太太在一起的时间，他对你也许比对他太太更好……"

朱小姐变了脸色。"你是在怀疑我跟周先生……"

"不是我在怀疑，是周太太，你也知道她是哪种人——她难道就从来没怀疑过你们？"

朱小姐似乎被点到了痛处，"她脑子有病！"她的脸微微有些泛红，"我跟周先生是最普通的工作关系，他雇用我，是因为一方面我家里困难，他想帮帮我，另一方面，那时候他公司刚开张，也请不起全职雇员。当然，我想他也是看我人老实吧。他信任我，这是真的，我也信任他。至于那个女人，她要怎么想就怎么想吧，我也没办法，反正今后也不会再见面了。"

"朱小姐为人正派，才不是那种人！"银娣道。

朱小姐感激地朝她点点头。

"不过，我看周太太也不是无中生有。因为她这脾气，难保周先生不另找安慰。"夏英奇道，"朱小姐，你是周先生最信任的人，我们悄悄问一句，他有女朋友吗？"

朱小姐露出被冒犯的神情。

"我为他工作那么多年，从来没见过比他更正派的人了！他从来没找过什么女朋友，他对他太太最忠诚了！可惜……"她又叹气。

这时，喜燕正好端了点心过来。

"来，来，先吃点心吧。"银娣招呼道，"这是我们家刘妈做的，刘妈烧菜一般，但做点心手艺是一流的，你尝尝这桂花糕。"

朱小姐边道谢边举起筷了，夹了一块软糯的桂花糕放入嘴里。

"好吃吧？"银娣问她。

朱小姐点头微笑，"真的好吃。"现在她心情看上去好多了。

"姑姑你也吃啊。"银娣又招呼夏英奇。

"我之前刚刚吃过东西，就不吃了。"

银娣朝她皱皱鼻子，"姑姑一定是怕发胖。其实你已经够苗条了，女人也不能太瘦，瘦了容易显老。"

她朝银娣笑笑。多年前，母亲对她的家训之一就是，"少吃一口健康长寿"。所以从小到大，她都没贪吃过什么，即便再喜欢的食物，也最多三口。

见她们吃得开心，夏英奇又把话题引向了周子安。

"朱小姐，你们在公司工作，平时的午饭是怎么解决的？"

"我平时都自己带饭，公司里有个蒸炉，要吃的时候就蒸一下。周先生平时不在公司吃。公司旁边有个馄饨摊，他有时会去那里，还有时候，他会去朋友家吃。

他不是个很讲究吃的人。"

也就是说，周子安不跟朱小姐一起吃饭。这段时间朱小姐既不知道他在哪里，也不知道他在干什么，更不知道他跟谁在一起。

"他也经常回家吃饭的。"银娣一边吃酒酿圆子，一边说，"他不讲究吃的菜，但他讲究吃饭的环境。他喜欢在园子里吃饭。就是这儿，他经常中午一个人在这里吃饭。"

"是吗？"夏英奇禁不住环顾四周。

这是一个颇为精致的小亭子，四边是草坪，后面则是一个人工挖凿的小池子。

"他一个人在这里吃饭？那他太太不说他吗？"

"他直接从厨房拿了饭菜来这里的，根本不经过餐厅。要不是有一次厨房的刘妈跟我提起这事，我们还都不知道。后来太太跟我说，他肯定是想一个人清净清净，我们说好了，都不告诉他太太。所以我估计，他太太现在都还不知道有这种事呢。"

"他为什么不跟他太太一起吃饭？"

"大概是懒得看见她吧……"银娣道，"过去服侍过我的丫头告诉我……"她下意识地朝两边看看，"希云不是亲生的，是他们抱来的。那女人就因为生不出孩子才跟婆家处不好的，后来她假装怀孕，让周子安出去给她找了个孩子……"

夏英奇听到这里又是一惊，"希云不是亲生的？"

朱小姐也十分意外，"二太太，这种事可不能乱说啊！"

"我哪有乱说。周太太当年让她婆婆赶回家，就是巧云的姐姐服侍她的。有一次，她偶尔听见那女人跟周先生说的话，这才知道，原来她嫁到周家后，怀孕过，但不知怎么就掉了，医生看过后，说她宫寒，生不出孩子。巧云她姐听得清清楚楚，那女人让周先生去找个孩子来冒充是她生的。后来过了一个月，周太太突然

说自己怀孕了，接着她就抱怨刘妈烧的菜太油不合她的口味，吵吵闹闹几天后，就搬走了，听说也没去婆婆家，就是在婆家附近租了个房子，请了个娘姨，本来这边的夏老太爷听说她怀孕了，想把巧云她姐派去服侍她的，可她偏偏就不要，也不准别人去看她，她说她心烦，不想看到任何人，所以，她大肚子的那段时间，压根儿没人见过她。她什么时候生的，也没人知道。直到孩子快两岁时，老太爷才见到孩子第一面。巧云的姐姐说，因为这件事，老太爷挺生气的，那女人带着孩子来磕头，老太爷故意躲在屋里不出来，后来那女人在门口跪了一个小时，又大哭了一场，老太爷这才原谅了她。那时候，她是隔三差五回来住几天。希云六岁的时候，她又跟她婆婆大吵一架，之后她家三口才正式搬回来住。"银娣吃了两口酒酿圆子后，接着道，"她回来后没多久，就找了个借口把巧云的姐姐给打发回去了。"

虽然未经证实，但夏英奇相信银娣的话中至少有七八分是真的。

"这可真没想到……"朱小姐非常震惊，"不过希云小姐又漂亮又能干，脾气又好，也的确不像是她生的！我听周先生说，他太太对女儿很凶！也不怎么肯在女儿身上花钱。"

"听来听去，周太太好像对谁都不怎么样。"夏英奇道。

银娣挤挤她："她有个干娘。她对她干娘还不错。每年11月4日都去苏州给她过生日，还送很多东西。只不过，从前几年开始，她就不让周子安去了，每次就她一个人去。"

"这是为什么？"夏英奇道。

"她这么做当然是为了钱了。太太跟我说，她一个人去拜寿就是不想让周子安知道她干娘留给她多少钱。她干娘好像已经八十多了，这几年身体一直不好。"

"连丈夫都防，她算得真精。"朱小姐道。

"她是死要钱的那种人。其实我看周子安一点都不喜欢她。"银娣撇撇嘴。

"既然如此，他就没想过离婚？"夏英奇直截了当问。

"我看他是不会离婚的，他怕他太太，估计离婚两个字一出口，就要挨耳光了。再说，他也怕得罪他太太的弟弟。当初开这家公司的钱，就是这里的夏先生资助的。他也不是忘恩负义的人。听说那时候，夏先生跟他说，只要他好好照顾他姐姐，他就会永远支持他。后来，夏先生就给他一笔钱做生意，你们也知道，男人以事业为重嘛……"朱小姐无奈地摇头。

"周先生最近有没有提起他太太？"夏英奇道，"我在想，如果他们吵架吵得很凶，那没准也许凶手就是她……我哥哥说，他们进入墓园的时候，听见一个男人在大声说话，好像在骂人……"

"姑姑，周子安是没胆量骂他太太的啦。"银娣提出了异议，"说句实在话，那个女人就算有一百个不是，对周子安还是一心一意的。你们想，赶走了周子安，她找谁去啊！巧云告诉我，她说当年那女人回娘家向夏老太爷哭诉，说她婆婆要害她，要老太爷替她作主，让周子安上门当招女婿，当时她就被老太爷劈头盖脸一顿骂。老太爷问她，如果子安不肯呢？如果他就此把你休了怎么办？老太爷还问她，你是不是想被休回家，一辈子让人笑话？后来她大概想想老太爷说得也对，就没再提这事了。所以我说，她很怕周子安离开他。如果周子安走了，你们说，还有谁要她？"

银娣说得振振有辞，夏英奇也承认她说得有道理，但她还有个疑问。

"如果周先生去世，他身后的遗产应该是归他太太和女儿所有吧？"

"周子安有遗产吗？"银娣反问她，"如果他真的有钱，为什么老爷每个月给周太太两百块零花钱？那可是跟我一样多呢。"

"周子安有没有钱，朱小姐肯定知道。"夏英奇看向朱小姐。

被偷走的秘密

"钱的事,我是不太清楚,账目不归我管。但老实说,我不觉得他很有钱,他平时都很节俭。当然,我也不觉得是他太太杀了他。"朱小姐放下了筷子,"尽管我不喜欢他太太,可我觉得,他们就是一对普通的夫妻,一辈子吵吵闹闹的,但骨子里还是相互依赖的。周太太如果不是那么在乎周先生,她也不会吃醋,对不对?"

"朱小姐把我想的也说了。"银娣笑道。

"如果不是他太太,那又会是谁呢?"夏英奇自言自语,接着又问,"看起来,他好像也没什么仇人。对了,朱小姐,你最后一次看见周先生是什么时候?"

"是前天傍晚。"

"前天?昨天他没去公司吗?"

朱秀云摇头。

可据她所知,周子安昨天一早就离开家时去上班了。如果他没去公司,那他去了哪里?

"昨天他有没有跟你联系过?"

朱秀云再次摇头:"就是快中午的时候,跟我打了个电话,让我先别把公司要关闭的事告诉别人。所以这里的夏老爷来电话,我也没说。"

"那前天呢?他是几点来上班的,又是几点离开的,他有没有见过什么特别的客户,或者那天是否发生过什么特别的事?"她问完一连串的问题,觉得有点不妥,连忙又补充道,"你别怪我问得多,通常在发生这种事之前,总会有些征兆的。你是她最信任的人,也是唯一的员工,你好好想想,也许能想起什么来。"

"警察也让我好好想想,我真的是已经想破头了。"朱小姐显得十分无奈,"那天公司没有客户,他早上八点多到了之后,就在他自己的办公室整理文件,要说那天发生过什么怪事,那就是下班前,他把这个月的薪水都付给我了,他还另外多付了我一个月的薪水。"

"这是为什么？"

"他说他打算结束这家公司。另外再开一家公司。他让我回去休息几个月，等他安排好了，就通知我。"

"可你昨天也去上班了，是吗？"夏英奇问道。

"是啊。他让我做些整理工作。"

"什么是整理工作？"

"他让我把公司的文件都烧了。"

"烧了？"

朱小姐点点头，"都是过去五年来签的合同，还有些有往来的信件，我昨天上午就按照他的吩咐都烧了，他说到时候会重新开始，想不到……"

"他要关了公司？"银娣也很惊讶，"他在家里可是一个字也没提过。他太太肯定也不知道。"

"也许是生意好，要扩大经营吧。"夏英奇道。

朱小姐苦笑，"才不是呢。公司的生意其实一点都不好。"

"是吗？"

"我不知道公司究竟是不是赚钱，但就我看到的生意，我觉得这公司能撑到现在也不容易了……在这种情况下，他还付我两个月的薪水，我真是……不知道说什么好……"朱小姐哽咽道。

"你真的从来没见过恐吓信？"夏英奇又提起了之前的话题。

朱小姐摇头，"从来没人寄过这种信来。"

"在生意上，周先生有没有跟谁发生过矛盾？"

朱小姐几乎是不假思索地说："租赁业务能有什么矛盾？"

这下她就更不明白了，"租赁业务？"

银娣也很吃惊。"他不是一直在做外贸生意的吗？他不是一直在卖美国的奶粉、还有什么泰国的榴莲吗？上次他还带回家给我们吃呢。"

朱小姐显得很茫然。

"我们公司其实就是只做租赁业务。"她强调。

银娣和夏英奇面面相觑。

"你说租赁业务，到底是指什么？"

"什么都做。房子、汽车、自行车，有时候也租人，我刚刚说过吗？有时候我会陪人去看病，这也算业务。所有这些都是现钱业务，一手交钱一手交货，没有谁不满意过。"

如果是这样，那恐吓信又是怎么回事？

"可我听说，两个月前，有个女客户找过他麻烦，据说是投资失败了，有没有这件事？"她追问道。

"是啊是啊，"银娣也跟着说，"这女的还吵到家门口来了，后来怎么样了？"

朱小姐这次倒没否认，"刚刚警察问了，这个女人的事我知道，可她没有投资过什么项目，我们公司也没有什么项目可给她投资的……"

"或许你不知道呢？"

"那怎么会？这个客户最初还是我接待的。这个女人的事我记得蛮清楚，她是想租辆车……"朱小姐弯身从她的手提包里取出一张报纸，"她是看了这个广告后过来的。"她把报纸递给夏英奇。

报纸上的角落里登着一则广告：

"及时雨公司提供各类租赁业务，价格公道，随叫随到，欢迎来电咨询。"

"她来我们公司，是想租辆车给她儿子开。"朱小姐解释道，"她儿子十七岁，一直很想要一辆车，可她觉得买车还早。她答应儿子，只要他考试拿第一名，就在他生日那天，租辆车让他开一个星期过过瘾。结果他儿子很争气，果真考了个第一名。这样，她也得遵守承诺啊。她看了广告后，联系我们公司，不出几天，就上门付了押金，接着，当天晚上就把车取走了。可她儿子技术不行，大概也才学会不久吧，车开了两天就出了车祸，连人带车掉进了河里。车捞上来后，都报废了。周先生没办法，答应赔钱给车主。车也不是我们的。既然车没了，当然得没收她交的押金啦。就这样，一夜之间，她儿子没了，钱也没了。我很同情她，可我们也没办法，我们还得赔钱给那车主呢。"朱小姐重重叹气，"人要是倒霉起来，那真是老天爷也没辙。后来周先生还是赔了她几百块钱才算把事情解决了。"

　　"原来是这么回事啊！那他干吗要跟我们说，她参加了什么女浴室的投资，结果血本无归……"

　　"我猜是周先生不想让你们知道他在干租赁吧……"朱小姐声音低了下来，"他也是个爱面子的人，周太太又特别计较，有些事他也不想让他太太知道……"

　　"那倒是，如果让他老婆知道，一定要骂他没出息。他老婆最势利了。"银娣道。

　　"那辆车的车主是谁？"夏英奇又问。

　　朱小姐很意外她会这么问，但还是很快回答了她："那是周先生的朋友，我不认识。"

　　"出事之后，这个车主来过吗？"

　　"没有。但我听到周先生给那个人打过电话说这件事，周先生在电话里答应对方，要赔钱。挂完电话后，周先生对我说，他朋友也很生气，当时他还跟我商量，以后遇到类似的事，要不要先买个保险。"

"这是发生在什么时候的事？"

"几个月前吧，她儿子 8 月 2 日出的事。那天的事我还记得很清楚，当时我在办公室，接到巡捕房的电话，吓得不知道该说什么才好。我也是第一次碰到这样的事。"

"这个女客户叫什么名字啊？"她又问。

"哎呦，姑姑，你问得真多啊。"银娣拍了她一下。

她不好意思地笑："我就是好奇啊。她叫什么名字？"

"沈素珍。"朱小姐又从包里掏出一张纸来，"这是她当初签的合同，我处理那些文件时遗漏了，原来它一直被放在周先生的抽屉里，今天早上警察检查的时候我才发现，现在也不知道该怎么办，要是没用，我也打算烧了。"

夏英奇一看，那果真是一份合同。上面不过寥寥数字，说明了租赁的物品名称，租赁期限，押金数目，归还日期，以及如果车辆损坏，租赁者需要赔偿的金额等等。合同的最后有人用毛笔写了三个字"沈素珍"，甲乙双方都按了个手印。

"她跟我一样，是个寡妇。"朱小姐道，"她老公原先是做粮米生意的，去世后给她留了栋弄堂房子。她虽然没工作，但靠出租房子过得也不错。但谁知道，儿子突然没了，也不知道她后来怎么样了呢。"

"你后来没跟她联系过吗？"

"周先生说，他出了两百块钱给她，为她儿子做了个大法事。她后来就没再找来了。我想她也是自己想明白了吧，她找我们也没用，人死不能复生哪。"朱小姐深深叹了口气。

"那后来周先生到底赔了多少钱给那个车主？"

"这我也不清楚了。但周先生有天告诉我，他已经把这件事都处理好了。"

"再问个问题，你说你们是租赁业务，那你们平时出租的东西，都在哪里？汽车在办公室肯定放不下吧？"

"平时我们办公处不存货的。"朱小姐道，"就那么两间屋子，哪有地方放啊。是客人提了要求，周先生才去找东西。一般他们会先打电话来咨询。比如有人要租车，他会先打电话来问，我们这里有没有车，租金和押金是多少。我们根据原先做好的价格表报价，等在电话里敲定之后，周先生再去找车子。"

"你说那辆车是他朋友的。那周先生用他的车，有没有合同？"

朱小姐摇头，"这是周先生弄来的，我也不清楚。我也没看见那些合同。估计他朋友也是看他的面子才给他的。"

"那个车主的名字你还记得吗？"

"我不知道，周先生没说过。"

"那对方的电话呢？"

朱秀云脸上闪过一丝犹豫。

"你是不是碰巧看到过那个电话号码？"

"是。"朱秀云低头看着自己的包，隔了会儿才抬起头，"现在周先生不在了，我说了也没什么关系了。那个女的有一次来我们公司，她在我面前哭哭啼啼的，她说周先生不回来，她就不走。那天周先生不在，我被她哭得心烦意乱，可我也没办法啊，后来我想起来，周先生说，他去找车主谈事情了，他出门前给那个车主挂过一个电话，"她说话时，有些心虚，"我那时候急着想找他回来，就让接线员帮我查一下之前往外拨的那个电话……"

"然后呢？"

"接线员给我拨了那个号码，可接电话的是……乔云小姐。"

"乔云？"银娣吃惊地问。

朱秀云点头，"她有几次打电话来公司，所以我听得出她的声音。那次我问她是不是希云，她也承认自己是。我问她，周先生有没有在她那里？她好像很奇怪，她说，我爸去上班了，怎么会在家里？"

"你是说，周先生实际上是打了个电话回家？"

朱小姐点点头。

"你问过他吗？"

"我没问过他，他也没跟我提起过。我想也许有些事，他不想让我知道。"

夏秋宜坐在大姐的床边，等了二十多分钟后，大姐才慢慢苏醒过来。

"沈玉清！"大姐一睁开眼睛就咬牙切齿地叫着他太太的名字，这让他再次肯定，他是不能让大姐继续在这里住下去了。

"大姐，王医生已经来过了。他说你的伤口不大，其实只有很小的一个口子，他给你敷过药，休息几天就好了……"

"很小的口子！"大姐朝他瞪眼。

"你也真是的，你知道玉清最在乎的就是阿泰，你还这么乱说话，她怎么可能不急？"他尽量好言好语。

大姐白了他一眼，"我管她在乎谁！她儿子杀了子安，她现在还想来杀我……"她想坐起来，但脑后的伤口迫使她立刻躺了下来。

"你快躺下吧！"他嫌恶地看着她，这女人要不是自己的亲姐姐，他早就把她扔到大街上去了，"你要不是胡说八道，她也不会这么对你！你说阿泰杀了人，这话能乱说吗？"

"就是他！不然你们为什么一头把警察送到巡捕房，另一头又把阿泰送走？"

"那警察是有疑点，出事那天晚上，有一段时间，墓地那里只有他一个人！谁告诉你我把阿泰送走了？我是让他去广州见一个客户！"

"你爱说什么就说什么！反正我是不信！"

"大姐，我再说一遍，阿泰不是凶手，你说他怎么可能杀了周子安？他们关系一直都很好……"看到大姐在冷笑，他清了清喉咙，"好吧，我长话短说。大姐，你没有证据证明阿泰是凶手，就光凭我们送走他这一点吗？那也太薄弱了，哪个警察会信你的话？"

"南京来的那个警察，他会信的，他也是这么想的。如果他没这么想，如果他没有怀疑阿泰，你们不会惊慌失措地把阿泰送走，还说什么让他到广州去见客户的鬼话，好，我也承认，我没证据，"大姐笑，"但只要我活着，我会一遍一遍向我认识的每个人重复我的想法，只要我活着。当然，看你老婆的架势，她是不打算让我活了……"她指指自己受伤的头，"要证据吗？这就是证据！我要是死了，人人都知道她是在杀人灭口。我已经把我的想法告诉希云了，你们除非连她也一起杀……"

"什么杀不杀的！谁要杀你！"他恼火地打断了她的话，"是你自己说话没分寸！惹火了玉清！好了！我明说了，你不能再在这里住下去了。等你好了，你就搬走。"

"让我搬走？我住哪儿去？"

"我给你买房子！不过……"他再度靠近她的床，"如果你在外面胡说八道，别说房子没了，连女儿都没了！"

"哎呦，还威胁我！什么叫女儿都没了？"

"我会把你关进疯人院，让你一辈子待在里面。你别想出来，更别想再见希云。"他走到窗前，背对着她，"两条路，你自己考虑吧。"

一阵长时间的沉默。

他几乎以为她已经睡着了，但当他转过身来时，发现她的眼睛睁得很大。

"我要带花园的洋房。"她道。

他笑了笑，"可以。"但他还是不放心，"你得保证以后不再胡说八道。"

"好吧。等我走了，你就可以让那两个穷亲戚留下来了。"她阴阳怪气地说。

"那我们就算谈妥了。你好好休息。"

他去拉门的时候，她又叫他。

"夏秋宜。"

他转过头来，一只鞋子扔在他身上。

"你这个怕老婆的废物！滚！"

大姐用尽力气吼出这句话后，倒在了枕头上。

朱小姐才刚走出夏宅，就听到有人在身后叫她，她一回头，发现是之前一起吃过早点的夏家姑姑。

"原来是姑小姐。"她停下脚步。她对这位年轻的长辈印象很好，不仅漂亮文雅，而且平易近人。希云也漂亮，但总有点高高在上的感觉。

"你好，朱小姐。我想问你一件事。"姑小姐走近她。

"什么事啊？"

"你有没有听说过张慧真这个名字？"姑小姐问道。

这个名字她完全没印象。

"我没听说过。"

"那你知不知道，那个沈素珍原来住在哪里？你刚才的那份合同里并没有写明她的住址。"

这位姑小姐特意追出门来，就是为了问这两个问题吗？她为什么想知道这些？她为什么如此热心？真奇怪。

姑小姐大概看出了她的疑惑。

"朱小姐，不瞒你说，我跟哥哥到这里之后，周太太就没给过我们好脸色。周先生的事，她怪在我们头上，说是我们带来了霉运。"

"胡说八道！"她完全相信姑小姐的话，因为她自己也有亲身经历，"你别理她！她也这么说过我。自从她知道我是个寡妇后，就一直让周先生解雇我，说只要有我在，公司就不会有发展。每次看见我，她也一样没好脸色。唉，现在还让她说中了！真是的！"她想想就生气。

"所以啊，"姑小姐道，"我想尽快找到周先生被杀的原因……"

"可周先生被杀的事，不是应该巡捕房来管吗？"

姑小姐笑，"我是想找找线索，然后告诉巡捕房，如果他们能快点抓到凶手，那我也能出口气了，你说是吗？"

她听到这句，马上道："姑小姐，你想问什么尽管说，我能帮你的一定帮。周先生已经死了，那女人也不是我的老板娘，我才不怕她呢。"

姑小姐笑着朝她点头。

"那你先告诉我沈素珍的地址。"

"地址我是不知道，但我有她的电话号码，我给她打过电话，但从来没去见过她。"朱小姐翻开手提包，从里面翻出一本线装簿子出来，翻了一会儿，找到了她要找的电话号码，"就是这个。"她毫不犹豫地撕下那张纸给了姑小姐。

阿泰火冒三丈地看着自己的母亲，他实在不明白，母亲怎么会把他当成杀人凶手，她就这么看待自己的儿子？是！他过去是闯过几次祸，也曾经把人打伤过。但这并不意味着他就会去杀人！而且还是周子安，不管怎么说，撇开亲戚关系，他们也算比较投缘。他怎么会杀他？

"我再说一遍，我没有杀人。"他耐着性子说道。

可惜母亲根本不相信他。

"那你说。你向我要那两千块是干什么用？"母亲问他。

"我缺钱了。就这么简单。"

"那你跟张慧真是什么关系？"

他笑着摊手。

"我跟张慧真？我跟她能有什么关系？好吧，她对我是有点意思，她对谁都那样，我可不想跟她这种女人有什么关系……"父亲正好进来，阿泰抬眼看看母亲，他知道母亲明白他在说什么，"总之，我跟张慧真没有任何关系。"

"她怀孕了，你知道吗？"母亲的眼睛直勾勾地盯着他。

"是吗？这跟我有什么关系？我连碰都没碰过她。"

母亲看着他，"有一次，我看见你开车带她一起回来。你们有说有笑的！"

"这算什么？她出去见朋友，我在街上正好碰到她，就把她带回来了。"

"她去见朋友？她去见什么朋友？"

"我怎么会知道？她又没告诉我！"

母亲叹气。

"阿泰，如果你不跟我们说实话，我们怎么帮你？"她走到沙发边坐了下来。

他看看母亲，又看看父亲。他觉得再争辩也是白搭。

"你们问我的话，我都回答了，我也告诉过你们了，我没杀过人，也没偷过什么烟土。我跟张慧真也没任何关系。我当然更没写过什么恐吓信！我都说完了，随便你们信不信。我现在累了。我要回房休息。"他去拉门，还没等母亲叫他，他就大声喝道，

"别烦我！"

他随即开门走了出去。

夏英奇回到夏宅后，便拨通了朱小姐给她的那个电话号码。电话铃响了一阵，一直都没人接。她现在很想见见沈素珍，核实一下周子安的说法。从朱小姐的叙述可以知道，周子安从没告诉过家里人沈素珍找他闹事的真正原因。

当然，朱小姐的解释是"他怕太太怪他没出息"。可事实真是如此吗？显然，这多半都是朱小姐的臆测，而且周子安也不会把实话都告诉朱小姐。所以，她觉得了解真相最好的办法就是直接找事件中的主角去核实。她有没有租过车？她为什么吵上门来？周子安是不是真的用两百块钱为她儿子做了法事。这些都是她想知道的。

但是电话没人接，是不是沈素珍出去了？

她找接线员查了一下这个电话的地址。

"东门路冬晋里 23 号。"

夏英奇打算亲自去一趟。这个女人似乎是唯一跟周子安有过节的人。如果唐震云没有被关起来，应该也会去找这条线索，现在却让她占了先机——不知道他在巡捕房过得怎么样，第一次被当作犯人滋味一定不好受……

"姑婆，你在做什么？"

她放下电话时，梅琳进了客厅。

"打电话给房东太太，问问她房子租出去了没有。"她随口撒了个谎。

梅琳走到她跟前，轻声道："你现在不用去找房了，大姑这下可是真的得罪我妈了，我看不久之后，她就会搬出去。"她四下看看，轻声道，"我刚刚路过小客厅，听到我爸跟我妈说，他要给大姑买个带花园的洋房。她如果搬走，你就不用再搬出去了。"

夏英奇心头一喜。人穷就是志短，这是没办法的事。她也想硬气一些，接到逐客令后立即就提起行李走人。但想到哥哥的伤，想到以后每个月都要付出去的房租，她就犹豫了。人人都有自尊心，但太把自尊心当回事，就只能是自讨苦吃。尤其她现在的情况，也实在没资格谈什么自尊心，活命才是最要紧的。

"你哥哥跟你父母谈得怎么样？"她问道。

梅琳朝她皱皱鼻子："我不知道，应该没什么事吧。我大姑真的是脑子有病！居然说我哥是凶手！我哥怎么会杀人？"

他至少偷了烟土。她心道，至于他是不是杀了周子安就不得而知了。

"姑婆，姑婆，"梅琳推了推她，"你千万不能把昨晚的事告诉我父母。"梅琳提醒她。

她点点头。

"你这里有没有张小姐的照片？"她问道。

"我有啊。"

"能不能拿来给我？"

梅琳困惑不解地看着她，"姑婆，你要张小姐的照片干什么？"

"昨天是谁跟我说，只要愿意替她保密，就什么都答应我的？"她笑着反问。

梅琳撇撇嘴："好吧。这是小事一桩。我去拿给你。"

她跟梅琳一起走向二楼梅琳的房间，在楼梯口，正好碰到阿泰匆匆奔上顶楼。

他回来就是来拿他的宝贝的吧。不知道他发现那东西已经不翼而飞，会是什么反应。想到这里，她禁不住心头一紧。

唐震云翻遍整栋房子都没找到那批烟土，他怎么会想到，那东西其实根本不在房子里，而是被捆在树杈上。只要站在顶楼房间的窗台上，手朝上一撩，就能拿到那东西。昨天半夜她站在窗台上朝下望的情景，她现在想来都有些后怕。

"找到了吗？"一想到阿泰去了顶楼，她就紧张得连话都说不利索了，她现在急于要离开这里。

梅琳终于从抽屉的最里面找出一张张慧真的单人照来。

"谢谢。"她的心怦怦跳，她听见楼梯上传来脚步声。她的手心开始出汗了。

他一定是发现了！他一定是发现了！他就是偷烟土的人！毫无疑问！但他会是凶手吗？如果他不是？夏秋宜有必要买一栋房子来堵住夏春荣的嘴吗？

她拿了照片离开梅琳的房间时，差点跟阿泰撞个满怀。

她来不及细想，连招呼也没打，就从阿泰身边走过，飞快地下楼，直奔花园。

她要以最快的速度离开夏宅。她没想到他会这么快回来。她对他的了解实在太少，她唯一知道的就是，他确实偷了烟土。然而他到底有没有杀人，这一点她不确定，所以现在还不是跟他狭路相逢的时候。她虽然从未敲诈过谁，但她知道，干这种事，如果准备不充足，很可能会玩火自焚。

她奔出夏宅，叫了一辆黄包车，"去东门路。"她知道那地方离夏宅并不算远。

黄包车夫吆喝了一声，开动了。

她坐上黄包车后，忍不住回头望。谢天谢地，阿泰没有追出来。

阿泰砰地一声关上了梅琳的房门。

"哥，怎么了……？"梅琳看着哥哥，后者的怒火让她莫名其妙。

阿泰瞪着她妹妹。说实在的，他不相信他这个娇生惯养，肥硕又任性的傻妹妹会爬上窗台，偷走他藏在树杈上的烟土。她没这胆子，更没这份聪明才智。但他还是要试试她。

他打开妹妹的衣柜，"这里面哪件衣服，你最喜欢？"

梅琳困惑地看着他，"怎么突然想起问这个？好吧。是那件红色的，张小姐说

我穿了像茶花女。"

好吧，茶花女！他从衣架上拉下这件衣服，转身就走。

"哥，这拿着我的衣服去哪儿？"

阿泰一言不发地上了楼。

梅琳跟了上来。

"哥，你干吗拿我的衣服？你要把我的衣服拿到哪里去？"她在他身后不住地问。

他没回答，一脚跨入张慧真的房间，等梅琳进门后，他在她身后关上了门。

梅琳茫然无措地看着他。

"哥，你在搞什么名堂？为什么把我的衣服拿到这里来？"

他没搭理她，打开窗户把那件衣服往外一丢，那件衣服正好挂在了树杈上。

"好了，去把它拿回来。"他对她说。

她看着他，一股怒气涌上了她的脸。

"这个家的人是怎么回事？都疯了吗？！你为什么把我的衣服丢出去？你的脑子是不是灌粪了？"

他不由分说，一把将她拉到窗前，"看，你最喜欢的衣服在那里，如果你不去拿，没多多久，上面就会沾满了鸟屎……"

"你为什么要这么做！"她尖叫。

"去拿回来！去！"他推了她一下。

"你干吗？！"她怒道，"我要去告诉爸妈，我……"

"如果你敢去告状，我就把这件衣服撕成碎片！"他站在她身后，把她往窗外推，她吓得脸色发白，双脚拼命踢他。

"你干什么！你放开我！放开我！"

他仍把梅琳往外推。她就算再肥硕也是个女流之辈，眼看着她的半个身体已经在窗外了。

"你干吗不站上去？你的裙子就在那里？为什么不去拿回来？"他问她。

"啊——妈，妈——"她吓得尖叫起来。

他把她拉回来时，她已经泪流满面。

"切！没用的家伙！怕成这样！你不是踩上去过吗？"他笑话她。

她抬起眼泪纵横的脸，愤恨地看着他："神经病！你这神经病！谁说我踩上去过？我干吗要踩上窗台？我有病是不是？"她一边说，一边冲上来拼命捶打他，"混蛋混蛋！神经病！赖麻皮！十三点！臭瘪三！"

他把她一下子推开，笑道。

"我来的时候，发现了脚印。不是你？还会有谁？"

"脚印？"她好像被吓了一跳。紧接着，她惊慌失措地跑到窗台前查看，"没有啊，哪来的脚印？"

妹妹的反应告诉他，她一定有秘密。他决定激她一激。

"可能是我猜错了。如果不是你，就是有小偷来，我去告诉爸。"他说着就要去拉门。

"别……"她拉住了他的手。

他看着她，"不是你，就是小偷。家里出了小偷，当然要告诉爸妈。你说呢？"

"哥……"她眼里的愤怒消失了，取而代之的是害羞和恐惧。

"你是不是有事瞒着我？"他缩回手，走到屋子中间。

她犹豫了片刻，才咬着嘴唇点了点头。

他在床边坐下。

"什么事？"

"我……我有个朋友来过……但他不会偷东西的,他不是小偷……"

"你说的朋友,意思是——情郎?"

她害羞地点头。

他压抑着怒火,叮着他妹妹,谁能想到,他妹妹这样的肥女也会有秘密情人。她真是不知羞耻!

"你怎么知道他不是小偷。你知道我为什么这么激动吗?我在那棵树上藏了件东西,可今天进门,突然发现不见了。这个房间只有你有钥匙……"

"还有芳姑。"她急不可待地提醒他。

"张慧真走后,我记得你让芳姑不要随便来这个房间。我看她是不敢来的。"他叮着她的脸,迫使她只能灰溜溜地低下头,"所以只能是你和你的朋友。告诉我,他是什么人?"

"他是邮差。"

"邮差?"

"他不会偷你的东西。他不会偷任何人的东西。他是个诚实的人。他妈生病了,买不起肉,我想给他钱,他都不肯收……"妹妹急于要为自己的情郎辩白,"哥,他真的不会偷东西的。"

笃笃笃,有人敲门。

他打开门,母亲站在门口。

"什么事啊,吵吵嚷嚷的!"母亲怒道。

"没什么。我跟她开玩笑呢。"他挡在门口,不让母亲进来。

"你胡闹什么!"母亲瞥了一眼他身后的梅琳,"没事欺负她干什么!"

"谁让你们冤枉我的!"

母亲白了他一眼。

"你要是隔壁人家的儿子，我才懒得管你！别闹了！还嫌家里不够乱吗？"

母亲又小声骂了他两句，作势打了他两下，才离开。

他关上门。梅琳可怜巴巴地坐在床上看着他。

"你在这里跟他见面，他是怎么瞒过门卫的？"他问道。

"……他爬墙进来的，然后再爬树上来……但他不会偷任何东西。其实张小姐走后他才来，他来的时候，我都在这里，我得给他开窗，要不然他怎么进来啊。我是看着他从下面爬上来的，也是看着他走的，他没有爬到树上面去过。哥，你为什么要把东西藏在树上面啊？"

"这你别管。现在除了你们两个之外，就没别人来过这房间。所以不是你，就是他。告诉我他的名字。"

梅琳一副不情愿开口的样子。

"你想让爸妈来问你吗？"

她连忙摇头。

"他的名字。"

"骆宾。"

"他在哪里上班。"

"他就是我们这带的邮差。啊！"梅琳忽然眼睛一亮，抬起了头，"哥，还有一个人来过这里！"

黄包车行进了一段路后，夏英奇忽然想起一件事来。大多数黄包车夫好像都会习惯在固定的地方等生意，她决定赌下运气。

"停一停，停一停。"

黄包车夫停了下来。

"爷叔。我有个事要问你。你平时都等在夏家门口的吗？"她客气地问道。

黄包车夫用毛巾擦着脸上的汗，"是啊。我每天早上都在那里等生意的。"

"夏家有个周先生乘过你的车吗？"

"当然乘过。他经常乘我的车。不过，这两天没看到人，他是不是出门去了？"

她叹气。"周先生过世了。"她道。

黄包车夫脸一呆，"过世？得了什么病？我前天看他还好好的嘛！"

前天？那不就是他出事的那天吗？

"他是得了急病去世的。你前天看到他了吗？"

"看到了！他一大早出来，坐了我的车到前面的药铺去逛了一趟，买了两包药后，又让我给拉了回去。"

"买药，他给谁买药？"

"我也问他了。他说是给门卫的，好像这药很贵，门卫的儿子在生病。周先生是个好人哪。"

可她却在想，周子安这一趟，是单纯跟门卫见面，还是有别的事要办？如果他有恩于门卫老李，一旦他有事想让老李隐瞒，老李一定会照办的吧。

"他让你等了多久？"

"两个多小时后，他才出来。"

"两个多小时？那时候大概是几点钟啊？"

"十点半了。"

"你记得还挺清楚。"

黄包车夫笑着从口袋里掏出一个怀表来，"因为我有这个。这也是那个周先生送我的，他说这个值点钱，让我急用钱的时候，把它当了。也不知道能当多少钱。"

"我家过去开过当铺，你让我瞧瞧。"她道。

黄包车夫把怀表递给了她。

"这外壳是金的。至少可以当个二百来块。"她仔细看过之后，还给了他。想不到周了安会送这么贵重的礼物给一个黄包车夫。

黄包车夫听说是金的，兴奋地直挠头。

"金的？金的！哎呦，真不好意思，没想到周先生送我那么重的礼。真是没想到啊，我回家就给周先生上一炷香去……"

她也觉得这挺稀奇。

"他是什么时候给你这个表的？"

"就是前天。他让我十点半在前面路口的树荫下面等他，他来了之后，就把这表给了我，说让我留着——哎呦，真没想到，真没想到，哈哈。"黄包车夫咧开嘴开心地笑起来。

"他把表给你的时候，有没有跟你说过什么？"

"他说给我留个纪念。"

留个纪念？这分明是告别的话。

"那天十点半他见到你后，他让你把他带到哪儿去？"

"就前面，地址我说不清，但什么地方我知道。"

"你把我拉到他那天让你去的地方。"

"好咧！"黄包车夫吆喝了一声，拉着车朝前奔去。

阿泰跟梅琳一起快步来到客厅。

"你说她刚刚在打电话？"

梅琳点了点头。

"我来的时候，她刚刚挂上电话。"

他走到电话机前，眼前却晃过姑婆的脸。她刚刚看到他时非常紧张，只不过他那时急着找梅琳，没太放在心上，现在回想起来，她步履匆忙，这应该就是所谓的做贼心虚吧。

"你知道她在给谁打电话吗？"他问道。

"她说给之前的房东太太打的，问房子有没有租出去。"

他拿起电话机，问接线员："请给我拨个号码，就是这个电话最后打出去的那个电话。"

接线员接通了那个电话，但是电话响了一阵竟然没人接。

房东太太出门了？

"能告诉我这个电话所在的地址吗？"

"东门路冬晋里 23 号。"

"请问登记人的名字。"

"抱歉，我这里查不到你要的资料，请到电话局去查。"接线员说。

他挂上了电话。

"谢谢你，周小姐。"唐震云说道。

他没想到，救他的人竟然是几乎素昧平生的周希云。虽然他的上司也曾给这里的同行打过电话，但这事发生在他的休假期内，上司对他在这里的情况一无所知，所以也不敢担保什么。因此，如果不是周希云来巡捕房为他说话，他至少还得在那里面待上一整天。

"杀死我父亲的凶器是我舅妈的手枪。这把枪是在一个月前被人偷走的，这说明凶手杀死我父亲是有预谋的。而唐警官是在案发当天才到我家的，他过去跟父亲根本不认识，也不可能在一个月前潜入我家偷走那把手枪。所以，他绝对不是凶手。"她说的应该就是这些话。

最终，经过半个小时的商量，上海巡捕房的同行终于答应放行。审问过他的警察还把他送到门口，向他道了歉。

"只能说是巧合。你正好在那个时间，一个人出现在案发现场，又没有目击证人，所以也难怪人家会怀疑你。"

他本想提一提夏秋宜这么做的动机。但仔细一想，还是决定先找到阿泰的犯罪证据再说。

"谢谢你，周小姐，今天多亏你帮忙。"

"你已经说过很多遍了，别客气，这是应该的。"周希云朝他羞涩地笑，"不过，我舅舅舅妈是不会故意诬陷你的，他们也因为你是陌生人，不了解你才会那么做，所以你等会儿见着他们可别……"

"当然当然，"他连忙道，"我不会对他们怎样的。再次感谢你。"

"又来了……"她笑。

他们两个下了公共汽车后，一路朝夏宅步行。眼看着夏宅就在前面了，他忽然听见周希云在身边说："这是阿泰的车子。"

果然，他看见一辆熟悉的黑色轿车从他们身边开过。

"他去哪儿？"他问周希云。

她摇摇头。

黄包车夫把夏英奇送到了目的地。

"就是这里？"这是一条有些冷清的小街。

黄包车夫用毛巾擦拭着额头的汗，"是啊，就是这里。他下车后，直接进了那里。"他指指斜对面的一家咖啡馆。

"你是说前天上午他就去了那家咖啡馆？"

"不止前天，他经常来这里的，所以这条路我比较熟悉。有时候，他还让我在咖啡馆门口等他，他办完事，我再把他再送回家。"

"他一个人喝咖啡吗？有没有同伴？"

黄包车夫笑笑，"这我就不知道了。他总是一个人进去，一个人出来，我从没见他跟谁在一起。"

"好，那你能不能在这儿等等我？我进去一会儿，马上出来。"

黄包车夫把车在路边放下。

"你去，我在这儿等着。"

"要不要现在就付你车钱？"

"不用不用。呵呵。"黄包车夫笑着说。大概是因为之前，她看出那个表是金表，黄包车夫一直高兴到现在。

她下车，穿过马路，走进了那家咖啡馆。

"小姐，里面请。"一个金头发的外国女招待操着不流利的中国话，热情地迎了上来。

"我是来找人的。"

"找人？"外国女招待好奇地看着她，"找谁？"

"我找我叔叔。他姓周，戴着金丝边眼镜，前天还来过，他平时经常来，因为前天晚上没回来，我婶婶就让我来看看。"她显出焦急的神情。

外国女招待马上就想起了她说的人，"你说那位戴金丝边眼镜的客人啊，我不知道他姓什么，不过他确实是这里的常客。"

"啊，太好了。请问前天你看见他时，他是一个人吗？"

"他是一个人。"外国女招待神情认真，"他很喜欢我们这里的罗宋面包和咖啡。你要不要尝尝？"

"啊，不必了！"她连忙摆手，"他每次都一个人来，吃完东西就走？"

"不，只有那次他是一个人。平时，他都是和一个女孩在这里见面，两人一起吃饭。"

"一个女孩？大约多大年纪。"

"二十多岁。"

她连忙拿出张慧真的照片，"你看是这个人吗？"

外国女招待立刻点头，"是她是她。平时都是她先到一会儿，然后你叔叔才来，他们一般会在这里坐一会儿。哦，你说你叔叔姓周？"女招待好像想起了什么。

"是啊。"

"是不是叫周子安？"

她连忙点头。

"他常有信寄到我们这里。"

"有人把写给他的信寄到你们这儿？"

"是啊。前天，他还收到一封信。"

"那你知不知道是谁给他写的信？"

女招待笑着摇头。

"那……"她显出难以启齿的样子，"你看……我叔叔和你说的那个女孩……他们在这里时，是不是很亲热？"

外国女招待回头看了一眼，吧台里一个老年外国妇女正在打电话，没留心她们。"按理说，我们不能说客人的是非。"女招待把声音压得很低，"但他们看上去是很亲热。有一次……我送汤过去的时候，还看见他们手拉着手呢。"

原来周子安跟张慧真是情人。

他们遮盖得好严实，夏家的人居然没有一个看出他们的关系。

夏英奇从咖啡馆原路返回，黄包车夫还在墙角欣赏他的金表。她走到他跟前时，他才注意到，连忙把表收了起来。

"爷叔，这东西贵重，你可别老拿出来！叫坏人看见可糟糕了！"她提醒道。

黄包车夫笑着点头。

"我知道我知道。小姐，你接下去要去哪里？"

"我还是想去之前说的地方。"

"就是东门路是不是？离这儿不远，一拐弯就到了。"黄包车夫说。

"周先生去过那里吗？"

"他没有。他平时就是到那家咖啡馆来。"

车行了大约五六分钟，果真东门路就在眼前了。他们沿着东门路又行进了几分钟，来到冬晋里的门口。这是一所新式里弄。

"就这里了。"黄包车夫道。

她下车时，又想起一件事来，"你有没有见过这女人？"她掏出张慧真的照片。

黄包车夫看了一眼照片，"她啊，我知道啊。她是夏家的那个什么家庭教师。有两次，周先生正要走，她也正好出来。周先生就把车让给她坐，说让我带她走，车钱以后一起结。周先生人好啊。唉，这么好的人，怎么就死得那么早！"他重重叹气。

"她通常让你带她去哪里？"

"她啊，一般是邮局，有一次还让我送她到一家书店门口。我拉她不多。她为人也蛮客气的，总是笑嘻嘻的。不过，她没跟我说过什么话我把她拉到目的地就走了。对了，小姐你要我等你吗？"

"不用了。一会儿我自己回去。"她可不想付双倍车钱。

唐震云和周希云到达夏宅时，正赶上梅琳在向她的女佣汪妈哭诉自己的遭遇。

"哥哥神经病！他把我的衣服都弄破了！我最喜欢这件衣服了，他真是神经病，神经病！"梅琳将手里的一件红衣服塞在了汪妈的手里，"你看哪，你看！"

汪妈找了一会儿，才发现衣服上的两个小洞。

"这怎么弄的啊！好了，别哭了，今天晚上我给你补起来。"

"你要补得看不出来才行！要不然我让我妈扣你工钱！"

"那我不补了！"汪妈把衣服又塞回到梅琳的手里。

"你不补也得补！要不然就滚蛋！"梅琳威胁完汪妈，又哭了起来，"哥哥神经病！我要他赔！我要好好敲他一笔！你补好了，到时候让我哥给你钱！"

这句话汪妈听得挺顺耳。"那也成。"她又把衣服拿了回来。

周希云上前安慰梅琳："一件衣服而已，让舅妈再给你买件新的吧……"

梅琳想说话，忽然瞥见唐震云。

"你还真的听你妈的话，把警察带回来啦！"

这句话让唐震云颇为惊讶。不过眼下，他没心思研究这些，他只想知道另一个人的行踪。

"阿泰去了哪里？"周希云问道。

梅琳抬起眼泪模糊的眼睛，看了一眼周希云，又看看唐震云，"好！我告诉你们！谁让他把我衣服弄坏的！他去追姑婆了！他刚刚在电话里问到了一个地址！"

阿泰远远看见姑婆下了黄包车，他不动声色地坐在车里，直到她走进冬晋里，

他才下车，偷偷跟了上去。她真的是来找之前的房东太太的吗？不，显然不是，如果她曾经在这里住过，就不用一家一家地核对门牌号码了。

她手里只拿了一个小布包，烟土不在她身边。她来这里干什么？

"姑婆！"他在背后叫她。

她正专注于寻找门牌号，一转头看见他，先是一愣，随即一丝惊慌掠过她的脸。但姑婆跟梅琳不同，毕竟是在当铺当过女掌柜的，转眼之间，她就镇定了下来。

"真巧啊。"她道。

他可没时间跟她客套。他直接走到她跟前。

"姑婆，你拿了我一件东西，我希望你能尽快还给我。"他开门见山地说。

"应该说是你丢了什么东西。"她道。

"你这么说也对。如果你拿了，请你还给我。"

她思考了片刻才说话。

"我……我确实捡到了一些东西……"她语气略带歉意，他朝她笑笑，她接着说，"可是，如果我在街上捡了什么东西，我捡到后，一般我就会认为，那已经属于我了。如果失主把东西随意扔在街上，那就表示，他不重视失物，或者他跟失物没有缘分。"

没有缘分！这句话听来可真刺耳。

"我是捡到了某件东西。我认为那就是我的。"她道，口齿非常清晰。

他没工夫听她说这些废话。

"你怎么定义自己的行为我不管，我只想要回我的东西。"他盯着她的脸。

她朝他笑了笑。

"那你得用钱买回去。"

他早料到会是这种情况。

　　唐震云心急如焚。离开夏家后，他立即叫了一辆黄包车直奔东门路。

　　幸亏那地方离夏宅不远。上了车后，他一路担心，先是担心她的安危，虽然他没证据证明阿泰是杀人凶手，但至少是个嫌疑人，一个凶杀嫌疑人盯上了她，能有什么好事？其次，他担心自己扑空，谁知道等他到那里之后，能不能遇到那两人。如果找不到他们，他该怎么办？

　　他一路祈祷。幸运的是，等他到达冬晋里对面的时候，他发现阿泰的车就在弄堂口。他才刚要下黄包车，阿泰就出现了。他拉着夏英奇的手臂，两人一前一后别扭地从弄堂深处走出来，虽然他看不清她脸上的神情，但从她不断往后退的步伐，就知道她是不情愿的。

　　阿泰是要强行把她拉上车吗？他想干什么？！他要带她去哪里？

　　他大喝一声想要叫住阿泰。但此时，正好有一辆马车停在了弄堂口，遮住了他的视线。马的嘶鸣声也盖住了他的怒吼。而等他穿过马路，想要冲过去阻止阿泰时，阿泰的车已经启动了。

　　无奈，他只能叫上那辆刚下完客的出租马车。

　　"我这是马车，人家是汽车。老板，我可追不上。"车夫想拒绝他。

　　"你别管了，尽量追就是。"他也没别的选择，至少马车要比黄包车快多了，"这个给你。快走！"他塞了几张纸币给马车夫。

　　马车夫这才笑嘻嘻地吆喝了一声，挥起马鞭朝前跑去。

　　"你要带我去哪里？！"夏英奇问道。这是她第四次问同样的问题了。

　　阿泰的回答永远是："你到了就知道了！"

她心里忐忑不安，充满了恐惧。从这个男人的脸上，她看不出任何预兆。一开始她担心他会杀了她。但转念一想，阿泰如此缺钱，以至于要偷父亲的烟土，那他肯定不会白白杀了她。他会不会把她卖了？想到这里，她忍不住朝车把手看过去，有那么几分钟，她一直在考虑，要不要突然打开车门跳下去。

她想，如果跳下去真的被路过的车撞死，倒也是一了百了，从此解脱了，只怕到时候没死成，却缺了胳膊断了腿，苟延残喘，还得让哥哥来养活她，那可是比死还难熬。她告诫自己，英奇，像你这样没有依靠的人，尤其得懂得护着自己，千万不能冲动，即使要逃跑，也要等他把车停下来再说。

阿泰一路把车开得飞快，她如坐针毡地等了大约十来分钟，终于，他的车速慢了下来。

"这是什么地方？"她朝车外望，这是一条很深的巷子，巷子里有好几个门牌前挂着红灯笼。她大致猜到这是什么地方了，一种不祥的预感笼罩了她。他是想把她卖到这种地方吗？也对啊，把她卖了，谁会在乎？也许哥哥会在乎，但他又能怎么样？她想到了包里的枪。她从没想过自己有一天真的会用它。谁让她碰上了呢！她没有第二条路可走。如果当时弟弟能有一把枪，会不会一切都不一样了呢？她想到弟弟，鼻子就发酸。

阿泰把车在巷口停了下来，正当他打开车门要下车的时候，她抢先一步，推开另一边的车门一溜烟地冲了下去。幸亏她没裹过小脚——这是她母亲干过的最好的事了，幸亏她从小就喜欢像男孩子一样四处奔跑，幸亏她从来没让体重成为自己的负担，要不然她不可能跑得那么快！

"姑婆！夏英奇！夏英奇！"阿泰在身后叫她，她只当没听见。

"夏英奇！夏英奇！"

你叫吧，你有本事就追上我！不过追上我，对你来说可不是好事！因为我会请你吃枪子！我不想杀你，也不想弄伤你，但如果你真的逼我太甚，我也管不了那么多了。话说回来，你死了或者你受伤了，对我又有什么损失？当然如果我杀了你，我就得先把你的尸体丢在这里，然后回去想个办法把哥哥弄出夏宅……

她一头朝前猛冲，忽然，一个粉色的人影出现在她面前，她想躲开对方，但那人却不知怎么的，竟非要挡在她面前。

"喂！"她嚷道。

当她看见眼前这个人的脸时，她感觉霎那间好像有谁掐住了她的脖子。

母亲！母亲怎么会在这里？！她怎么会在上海的花柳巷？！她不是在唐家当姨太太吗？

"我听见有人在叫你的名字。还以为听错了呢！没想到跑过来一看真的是你……"母亲朝她讪讪地笑着。

她忘记逃跑了，她忘记自己在干什么了，她甚至忘记了自己在哪里，她只是怔怔地看着母亲，她的脑子嗡嗡响个不停。

母亲穿着粉色镶金边的大褂子，头上戴着朵快要凋谢的蔷薇花。胸前挂着两串珠子，但一看就知道是假的。她那些发簪呢？她的首饰又都到哪儿去了？

"阿义对我不好……"母亲吞吞吐吐地解释起来，"我就跟着他的一个跟班到了上海，结果那混蛋拿走了我的首饰不算，还把我卖到了这里……"说到伤心处，母亲抹起眼泪来，"我就在这里的王家里 14 号，你以后可以来看我，我今天都没吃过饭……"

"夏英奇！"阿泰在后面喊。

霎那间，她不知道该怎么做，她不知道该继续逃跑，还是该留下来听母亲接着说她的遭遇，其实她真的什么都不想听。她根本不想再看见她，她只想把这个人从她的生命里抹去！她从包里快速拿了两个铜子塞在母亲手里，随后什么话都

被偷走的秘密

没说，就朝前快步走去。

行走的速度显然比不上奔跑，不一会儿，阿泰就追上了她。

"夏英奇！干吗乱跑？我又不想害你！"

他拉住了她。当他把她扳过来，他忍不住吓得后退了一步，因为一个黑漆漆的枪口正对着他。

"喂，有话好说！——我想你可能是误会了。"他朝她嬉皮笑脸。

"误会！你为什么带我来这里？"她正在火头上，可没兴趣跟他磨嘴皮子，而且，她脑子里不断回响的都是母亲刚刚说话的声音。还有女人比母亲更贱吗？背弃自己的孩子和前夫，嫁给仇人不算，没多久又背弃了第二个男人，也活该她碰到个小白脸骗光她的钱，又卖她到窑子！活该！真是一枪毙了都觉得浪费子弹！

"喂喂！你别冲动！"大概是以为她要扣动扳机，阿泰本能地朝后退了两步，双手作出投降的姿势，"有话好说。你肯定是误会了。我现在说实话，烟土是我偷的，我之所以偷那东西，是因为我要为一个女人赎身，我带你来这儿本来是想让你看看她的惨状的。"

这是真的？她将信将疑地看着阿泰。

"千真万确。我要给她赎身，老鸨要我出三千块，实际上，她根本不值那么多钱。我本来是想让你看看她，然后请你可怜可怜她，把烟土还给我……"

如果他说的是事实，她愿意成全他，但问题是，得先让他证明自己没有说谎。

"你把她叫过来。"

"那家窑子就在前面，你要不要跟我一起去看看？"

她才不会上这种当。

"如果你不去叫她，我就走了。从此以后，你别再想看到那批烟土。为了防止你继续烦我，我还会去报告巡捕房！"

/ 229 /

"要是你趁我去找她的时候跑了怎么办？"

她想回答，忽然脑子里又冒出一个念头来。

"你刚刚说那个女人不值这笔钱？"

"你看到她就知道了。"

"这条弄堂是王家里？"

"没错。"

"你那个女人在几号？"

"13号。"

母亲在14号。

"好，我跟你一起去看看。"她道。

他嘴一歪，笑道："好吧，这是你自己要求的。"

跟汽车相比，马车的速度还是嫌慢。尽管马已经跑得飞快，但跟了半路，阿泰的汽车还是跑得无影无踪。马车夫本想就此放弃，但唐震云不甘心，一定要他接着往汽车行进的方向继续追赶。于是他们又走了一段路，终于在一条小弄堂口发现了阿泰的车。

车是空的。

他急忙下车结账让马车夫先走。随后，他急急忙忙走进这条弄堂。令唐震云心惊肉跳，又急又气的是，他发现这里有多家正在经营中的小窑子。狭长又四通八达的弄堂里，光他看见的，就有三四家。阿泰把她带到这里来干什么？难道他是想……

他不及细想，前方某家窑子的门突然开了，一个男人冲了出来。他一看，正是阿泰，跟在他身后的是夏英奇。她的衣服被撕破了，头发散乱，两个人慌里慌

张好像在逃命。紧跟在他们身后是两个五大三粗，打手模样的男人。

"喂！怎么回事？"他拦住了阿泰。

"别问了，快走！"阿泰朝他吼。

正好有个大汉冲过来，他一个扫堂腿将对方绊倒在地，在他身边的夏英奇用枪把猛地给了那男人的后脑一下子，那个男人惨叫一声坐倒在地上。

"快走！"她嚷道。

他不知道出了什么事，但他觉得现在最明智的做法就是跟着他们一起逃命。

他们用最快的速度跑到街上，跳上了阿泰的汽车。他还没坐稳，阿泰就启动了汽车。等他们开出十几米远时，他才从汽车后窗看见那几个打手追出弄堂。

"到底怎么回事？"他问道。

"你问她！"阿泰没好气地回答。

他朝她看过去。她却尖叫道："你自己说她不值这个价，那为什么就不能用这个价赎两个人？"

"小姐！你当这是在商店买东西？你说两个就两个？我跟他们说好这批烟土只能赎一个人的！你凭什么突然加一个？你说！另一个你要赎的女人是谁？还是你自己只不过想吞了另一半钱？"

她似乎是自知理亏，不说话了。

"啊……"阿泰开了一会儿车，忽然发出一声呻吟。

"你受伤了？"唐震云这时才发现阿泰的后背衣服上有一条长长的口子，很像是被人用大刀砍的，那条口子还在渗血。

"是——这都是拜她所赐！啊……"阿泰又呻吟了一声。

"一开始当然不能接受！"她很不服气，"他们是很生气。但等我们一走，他们就会觉得这是笔划算的买卖！他们会越想越后悔！你不信三天之后再来问问他们！一千五百块赎身，他们到哪里去找这种好买卖？你的情人只不过晚几天自由罢了！"

"情人？"阿泰大声道，"我告诉你，她是我过去的乳母！我也不知道她怎么会沦落到这种地步！"

她脸上一呆。

"所以说，你拿了他的烟土？"唐震云问她。

她不否认。

"她所说的烟土，就是你从你父亲那里偷来的，是不是？"他又问阿泰。

"是，不错。我是偷了烟土，可我没杀人。"阿泰瞥了他一眼，"随便你信不信，反正现在烟土不在我手里。"

"对不起。"她轻声道，语气带着几分沮丧，"它就在张慧真房间的隔壁，就是那个储藏室里。我把它放在摇篮的下面。"

阿泰回眸看了她一眼。

忽然，他把车停到了路边。

"我们最好把事情说清楚。我只偷了烟土，我才没有杀什么周子安。我那天正在书房里偷烟土，门缝里塞进来一封信，就是你看见的那封恐吓信，是我把它放在我爸书桌上的。"

"你知道是谁把恐吓信塞进来的？"

"我也很想知道，但那时候我怕暴露自己，所以没开门。"说起这件事，阿泰很是懊恼。

"我现在也觉得你不是凶手。"这时候，她开口了。

"为什么？"唐震云问。

"因为如果他是凶手，他应该不会在自己家的墓地动手。他们两个都是经常外

出的男人。如果他在外面某个地方杀了周子安，谁会知道？"

他不得不承认，她说得有道理。

刚刚还火冒三丈的阿泰现在在朝她微笑了。

"不错。我为什么要在家里动手？"

"假如周子安抓住了他的什么把柄，要敲诈他，也不会选择墓地这种没有灯的地方，他就不怕自己出意外吗？他面对的可是一个比他年轻二十多岁的年轻人。"

阿泰在一旁不住点头。

"而且，那把枪是一个月前被偷的，这显然就是有预谋的。而枪肯定不是他偷的。"

"你怎么知道不是他偷的？"

"因为枪是下午丢的，而那天下午他不在家。他吃完午饭就跟他朋友一起去无锡了，一直到第二天才回来。这一点，你可以跟夏太太核实。我也是刚刚才把事情想清楚。"她说话时，他注意到她好像心事重重。

阿泰朝她笑，"姑婆真精明，原来早就调查过了。"

10. 一次冒险

夏英奇以为哥哥还睡着，因为她开门时，发现他仍跟她离开时一样躺在床上，可等她准备关门回自己房间时，哥哥却突然从床上坐了起来。

"你回来了！"哥哥道。

"是啊，刚回来。"

"干吗站在门口？"

她的衣服破了，头发乱蓬蓬的，她不想让哥哥看见自己的狼狈相，但听见哥哥这么说，她还是走了进来。

"你怎么啦？"哥哥看着她的脸。

她把之前的经历简单地说了一遍。

"原来他偷烟土是为了给一个妓女赎身，那倒是让我对他刮目相看。"哥哥一边说，一边下了床。

"你的伤好些了吗？"她看哥哥的状况似乎比前一天好多了。

"还有低烧。不过这是正常现象，过个几天就会好的。倒是你，"他关切地看着她，"你没事吧？你的脸色很差。是不是伤到哪儿了？"

她摇头，哥哥是真的关心她，只要想到这些，她觉得为哥哥做什么都值得。

"我只是跟他们拉扯的时候，脸上被划了一下。"她都懒得查看自己的伤口。现在，她只想找个地方坐下来，好好喘口气。

哥哥慢悠悠踱到她面前，"这么说，你打算把烟土还给他了？"

"是的。"她轻声道。

"所以说，到手的钱又没了。你是不是在担心这个？"哥哥凑近她的脸，左瞧右瞧。

她推开他，"别问了，你别操心这个，把伤养好就行了。"

"车到山前必有路。其实，如果我能找到一份工作，就能解决我们两人的开销问题了。这几天我会好好想想我能干什么工作。"

她笑，哥哥愿意为她分担压力，她当然求之不得，然而，谁知道他能不能做到发薪水的那天？哥哥不仅不善于跟人相处，而且大部分时候，他都我行我素。他不会因为对方是他的老板就听命于对方，这才是最让人头疼的地方。

"不过……阿泰既然跟妓院的人都说好了，用三千块换那个妓女，那你们怎么又会打起来？"哥哥踱到窗边忽然停住。

"这得怪我。"

哥哥眼神诙谐地看重她，"你压价了？"

"差不多吧。不过……不是你想的那样。其实，其实，我碰见了一个人……"她本来不想把遇见母亲的事告诉哥哥，但此时，她急需找人倾诉，所以也顾不上这些了，"我娘，居然在那里。"

哥哥惊愕地看重她。

"你娘？——她不是在唐家当姨太太吗？"

"我不知道，我们只说了几句话，她说那个男人对她不好，所以她就跟着他的跟班到了上海，结果那个跟班偷走了她的钱，还把她卖到妓院……"她摇头，"她真是个贱人！贱人！"

哥哥意味深长地看着她。

"你别管她的事。"过了一会儿，他才开口。

"我没说要管她，"她抬头凝视他，但她觉得她更像是在对自己说话，"可是，她毕竟是我娘，我怎么能把她丢在那里？我怎么能？"

"为什么不能？当年她是怎么丢下你的？她是怎么对你的？再说，你拿什么赎她？你真的把她赎出来，打算怎么安置她？"

她摇头，"我不知道，我没想过。我只是不想看着她，一把年纪，还在那里……"她痛恨自己心太软。

哥哥走到窗前，望着窗外。

"你拿什么去赎她？你赎了她后，又打算怎么安置她？"他又说了一遍同样的话。

她眼圈红了。

"难道你打算把爹给你的金算盘卖了？"

"不……"

哥哥又沉默了片刻。

"其实真要弄钱也不难。只要下点药，这个楼里的人就都完了，别的不说，那些太太们的首饰金条……"

"别说了！"她怒道。

哥哥笑了起来，"所以说，你要是打算当一辈子好人的话，就别多管闲事了，你已经没有娘了。她走了，明白吗？"

也许哥哥说的是对的。但是，她不知道能不能真的做到袖手旁观。

"是我偷了烟土。"

这是阿泰的开场白。这着实让夏秋宜和他太太吃了一惊，太太第一反应就是赶紧转身把门关上了，"现在谁也别进来。"他听见太太在对佣人说。

"阿泰，你在胡说什么！你怎么……"太太回到儿子床边后，马上急着为他辩白，但她还没说完，就被阿泰打断了。

"这事我已经跟他说过了。"阿泰扫了一眼站在床另一头的唐震云。

唐震云朝太太点了点头。

"但是我没杀周子安。我偷烟土的时候，有人把恐吓信从门缝里塞了进来。"

夏秋宜转头去看太太，"你相信他说的吗？"他用眼神问她。她似乎无法确定。

"得了！我干吗要杀周子安？"阿泰吼道，"我要杀他有一百个一千个机会，干吗要把他弄到自己家里来杀？我有毛病是不是？"

"哎呀，你轻点！"他太太嗔怪道，"小心被人听见！"

"我最后说一遍，我——没——杀——人。"

"好了，好了，相信你就是了。你还是好好休息吧，伤成这样……"太太摸了摸阿泰身上的纱布，心疼无比，"这种女人的事，你去管她干吗？你就算替她赎身又怎么样？还能照顾她一辈子吗？"

"要不是当初你开除她，她也不会沦落到这种地步！"阿泰怒道。

"别说这些没用的，现在烟土在哪里？"她问道。

阿泰不说话。

"好啦，我出钱去赎她，行了吧？你把东西先交出来。"夏秋宜道。

阿泰跟唐震云快速地交换了一个眼神。

"它被我放在储藏室里了，让他带你们去拿。"阿泰道。

阿泰跟唐震云本来应该是敌人，但夏秋宜发现，这两人之间不仅没有敌意，反而还有某种默契。看来有些事，他们早已经谈妥了，这应该算是件好事。

"小唐，那就请你……"面对唐震云，他多少有些尴尬。

"没问题。"唐震云边说边拉开了房门。

他们两人一起走出阿泰的房间，顺着楼梯走向顶楼。

两人谁也没说话，直到进入储藏室后，他才开口道：

"小唐，上次的事十分抱歉，不过你也知道，当时墓地就你一个人……"

唐震云淡淡一笑，"我想过了，你们的怀疑也不是没有道理。"

"你理解就好，你理解就好。"他一迭声地说。

唐震云走到储藏室的角落里，在梅琳用过的那张旧摇篮边蹲下身子，伸手向里摸索，不一会儿，就从里面拉出一包东西来。夏秋宜一眼就认出，那正是之前他丢失的那包烟土。阿泰这个混球果然偷了烟土！可之前，唐震云搜查整栋屋子的时候怎么会没找到？

"这是你的吗？"唐震云把东西交给了他。

"是的是的。"他担心唐震云会提议把这包烟土交给上海的巡捕房当作证据，但后者却什么都没说。

他们拿着那包烟土从顶楼下来时，太太仍在阿泰的房间。

"好了，现在烟土找到了，你们打算怎么做？"阿泰问道。

"我会托人去给她赎身。我说到做到。"夏秋宜道。

阿泰似乎放下了心。

"那这批烟土，能不能物归原主？"他问的是唐震云。

后者朝他笑笑："可以先留在你这里。我现在也觉得，也许偷烟土这件事跟谋杀案没什么直接关系。只不过两件事凑巧发生在同一天而已。"

太太听见这句，径直走到唐震云跟前。

"小唐，上次的事真是太抱歉了，主要是因为你……"她想解释，却被唐震云打断了。

"不必再说这些了。现在最重要的还是早日抓住凶手。"

太太频频点头。

笃笃笃，笃笃笃，有人在急急地敲门。

太太打开门，竺芳在门口。

"刚刚汪妈告诉我，周太太出门了。谁也不知道她去了哪里。"

太太立刻紧张起来，"她没说她去哪里吗？"

"她没说。我们也不敢问。她还说谁跟着她，她就撕了谁的脸。"阿芳显得心有余悸。

"那她什么时候走的？"

"她走了几分钟了。我也是刚刚才知道。"

"赶紧叫人去追！就说她身体不好，把她拉回来！让她好好休息！"太太大声道。

竺芳唯唯诺诺地答应着，正要退下，他叫住了她。

"别追了！我知道她去哪里！她是去医院了！她说现在连王医生也不信了，说怕你让王医生给她下毒，所以她要去医院检查王医生给她用过的药。"

太太冷笑，"我要下毒也不会等到今天！"

"都十二点了，什么时候开中饭？"竺芳又问。

"现在少爷也回来了，马上就开饭。"太太道。

竺芳退下了。

他才把门关上，太太就急急地对他说：

"赶紧让大姐搬走吧，我再也不想看到她了！"

"房子已经在找了。她也想尽快走，她说怕我们谋害她。"

"你们打算让夏春荣搬走？"唐震云问道。

"我跟她实在合不来。等把这个瘟神送出门，我想，我们就可以不再管什么周了安的谋杀案了。本来嘛，他被杀关我们什么事？再这么下去，我们还过不过日子了？"

　　"如果能撇清关系当然好，可谁知道巡捕房的人怎么想。"他说道。

　　"枪是张慧真偷的，让那些警察去找张慧真吧！"她大声道，"反正我是不想再掺和这件事了。你就跟警察说，那批烟土找到了——"

　　他很惊讶他太太会当着唐震云的面说这些。不过她显然知道自己在说什么。

　　"小唐，你也说烟土跟谋杀案没关系。既然如此，何必用烟土来干扰那些警察办案呢？干脆让他们忘记这件事，不是更好吗？再说这本来就不是你的辖区。"

　　唐震云想了一下，"好吧，我可以暂时不说。但这是有时限的，如果一段时间内，仍然抓不到凶手……"

　　"三个月，你就保密三个月怎么样？"她道。

　　"一个月。"

　　她朝他看过来。

　　"好吧。一个月就一个月。"她道。

　　他希望在这一个月内能找到张慧真。

　　不管她是不是杀死周了安的凶手，至少现在看来，最有可能偷枪的人就是她。所以找到她，也许就能了结周了安的命案。这对大家来说都是一个交代。跟太太一样，夏秋宜也希望自己的生活能尽快恢复平静。

　　唐震云吃完午餐后，又跟夏秋宜在书房聊了一会儿，才回到二楼夏漠的房间。他没敲房门就走了进去。

　　夏漠站在窗前，背对着他。

"好了，我回来了。你妹妹应该已经告诉过你了吧？"他说道。

夏漠没说话，仍然站在那里出神地望着窗外。

屋子里有几秒钟的冷场。

"现在几点了？"夏漠问道。

他看下钟，"两点了。"

他走到夏漠身边，朝窗外望去，发现夏春荣正站在主楼下的林荫道上跟夏英奇说话。夏春荣好像是刚刚从外面回来，手里提了一大包中药。当她侧身的时候，他注意到她的后脑上还贴着一块小小的白色纱布。这一次她应该不是在找夏英奇的麻烦，从她的表情和动作看，她更像是在向后者诉苦。有趣，真不知道她们在说什么。

"你妹妹是要出门吗？"他注意到夏英奇随身拿着她的小布包。

夏漠若有所思地看着窗外，过了好一会儿才开口。

"你好像很关心她。"

他确实关心她，但他觉得没必要同夏漠讨论这件事。

"我只是看见她随身带着包。她要出去？"

夏漠叹了口气，没说话。他感觉夏漠今天有点忧郁。

"你是怎么了？"他道。

夏漠注视着窗外，一言不发。

窗外，夏春荣在抹眼泪，但似乎，她终于把话都说完了，她快步走向主楼，而夏英奇则朝相反方向走去。她真的是去大门，她要出去？

"她去哪儿？"他又问道。

夏漠回过身来神情忧郁地看了他一眼，接着，他在沙发边慢悠悠地来回走了两圈，"你喜欢英奇吗？"当他停下来后，突然问道。

唐震云十分错愕，"呃……你为什么这么问？"

"我只想知道这一点。"夏漠正视他，"如果你不喜欢她，那有些话，我就不必跟你说了。说了也是白搭。"

他不知道该不该如实说出自己的心里话。因为夏漠仍是他的嫌疑人，而最重要的是，他在内心看不起这个寄生虫般的男人。

"这个问题很难回答吗？"夏漠面无表情地看着他。

"我只是不明白，你为什么要问这种事。这跟你有什么关系？这是我跟她之间的事。如果我喜欢她，我会跟她说，而不是跟你说。"

夏漠朝他笑了笑，"好吧。"他再度叹气，"也许我想错了。你只不过是一个警察。哦，对了，你还姓唐。"他踱到沙发边坐了下来。

"我刚刚问的是，她去哪里，你只要回答我就是了。不过，也可能你根本不知道。"他不打算再跟夏漠纠缠下去了。

"我当然知道，她是去当掉她的金算盘。你查过她的箱子，应该看到过那东西。那东西是我父亲特意为她打造的，应该值点钱。那是她现在身边唯一值钱的东西了。"

他愣住，"她要去当她的金算盘？"那个金算盘用绸布层层叠叠包裹着，她一定非常非常珍惜它。"为什么？她为什么要当了它？"忽然，他想到了她这么做的原因，"夏漠！如果你是个男人，她就不用费尽心机为生计而操心！你应该为此感到羞耻！"

夏漠笑，"哈，如果你们唐家没有骗走我们的当铺，她也不会走到这一步。"

他顿时说不出话来。

"你们唐家懂得骗光别人的钱，怎么连个姨太太也看不住？不过也好，你大伯也终于可以尝尝当绿毛龟的滋味了！呵呵呵……"夏漠鄙夷地低声笑起来。

"你，你是在说英奇她娘？"他好不容易才反应过来。

"怎么，这事你不知道？"

"我怎么会知道？我早就搬出去住了。"

夏漠对他的回答很是惊喜，"啊！原来你已经从你大伯家搬出来了！"

"是的。"

"也就是说，你已经跟你大伯断交了？"夏漠笑着问。

"这不用你管！"其实实际情况也差不多。

夏漠频频点头，"好吧好吧。看来，我还是全告诉你吧。"夏漠的语气突然变得热情而急切起来，"简单地说，那个女人嫁给你大伯后，嫌你大伯对她不好，跟另一个男人跑到了上海，结果钱被那个男人骗光，她又重操旧业。不过，算她运气好，居然在今天你们去过的那个地方遇见了英奇，英奇现在想卖了金算盘为她娘赎身……"

"有这种事?!"他大惊。怪不得今天阿泰说她突然变卦，想用那批烟土换两个人，原来另一个女人就是她娘，"她现在是去当铺了吗？"如果她是要救她娘，他倒也不便阻拦，不管怎么说，那都是她娘。尽管他觉得这笔钱，多半就等于扔在了水里。

"是的。"

"你应该拦着她。"

"那是她的金算盘，她想怎么样就怎么样。所以我才问你，你到底喜不喜欢她？"夏漠声音高起来。

他还是不明白，夏漠为什么要这么问。

大概是看出了他疑惑，夏漠道："如果你喜欢她，我就把她嫁给你。但条件是，你必须帮她搞定她娘。那个女人，就算替她赎身，她以后也会重蹈覆辙，但金算盘卖了，以后就回不来了。那是我父亲给她的最重要的遗物，我不想她因为一时冲动，做出她将来会后悔一辈子的事。"

夏漠的这番话，让他又惊又喜。她嫁给他，这不正是他梦寐以求的事吗？他当然愿意帮她搞定她娘。实际上，只要能得到她，让他做什么都愿意。

"你说话算数吗？"他问道。

"我可以给你打一张欠条。到时候，为了还债，她会嫁给你的。其实，这也是给她一个理由，这样她就可以告诉自己，她是逼不得已才嫁给你的……"夏漠笑起来。

他怔住了。难道夏漠的意思是……她也喜欢他？

"怎么样？"夏漠问他。

"我，我有一些存款，不知道够不够……"因为太激动，他说话有点不利索了。

"她娘这样的老女人，应该一千块最多了，"夏漠露出嫌恶的神情，"不过，你们替她赎身之后，恐怕还得留一笔钱给她作以后的生活费。有一点你别担心，英奇不会跟她一起生活的，为她赎身已经是仁至义尽了……"夏漠走到书桌前，拉开抽屉，取出一张纸来递给他，"这是欠条，上面具体金额没写，等你今天办完事，就来找我，我们两个把这件事办了。"原来夏漠早就把一切都准备好了。

"好，就这么说定了。"他从没想到有一天会跟夏漠作交易，"现在你告诉我，她去的是哪家当铺？"

"应该就是最近的那家顺德当铺。从这里走过去大概二十来分钟。这点路她舍不得乘车。一定是走过去的，你有足够的时间追上她。"

唐震云离开夏宅时，心都快飞起来了，他真不敢相信自己居然还有娶她的可

能。虽然他觉得那张欠条有点卑鄙，因为那等于是逼她为哥哥偿债，但她应该明白，他是喜欢她的，他是因为喜欢她，才会愿意参与这件事。而且夏漠说的也没错，他是长兄，长兄为父，为她定亲是天经地义的。现在只希望她能乖乖履行他们两个男人之间的协定。

他在夏宅门口叫了辆黄包车，不出几分钟就到了夏漠所说的顺德当铺，正巧看见她从当铺里出来。他的心顿时往下一沉。她不会已经把金算盘当了吧！

"英奇！"他跳下了车。

看见他，她有些惊讶。

"你怎么会……"但她马上就猜出来了，"是我哥告诉你的吗？"

他可没时间跟她寒暄。

"东西当了吗？"她还没得及回答，他就接着道，"这是你爹给你的遗物，你真要当了它，去救你娘？"

她的脸腾地一下红了，"他连这个也跟你说了！"

"他让我来阻止你，因为他向我借了钱，他让我来帮你！"

"他向你借钱？"

"他不希望你把东西当了。他认为你可能会后悔一辈子，他是在为你着想。"

她诧异地看着他，笑起来，"你居然替他说话，你们两个什么时候变成了朋友？"天哪，她多久没对他笑了。

"别管这些，你东西当了吗？"

"还没有……"她回头看了一眼那家当铺，"他给的价格太低，我想再找一家。"

"别找什么当铺了，我有三千，虽然不多，但应该够了。我能帮你！英奇！"他热切地看着她。

她看着他，似乎在思忖他说的话是真是假。

"你真的要当了你父亲的遗物吗？那东西当了可能再也回不来了！"他说道，"欠我的钱，以后可以慢慢还。我又不会逼你！"说出这句话时，他觉得有点汗颜。

她仍显得犹豫不决。

"英奇，你不相信我，也应该相信你哥哥，我们都是为你好……"

她又挣扎了一会儿。

"那……好吧。"她终于点头。

谢天谢地！终于还是让他抓住了帮她的机会。

"要不，我们现在就去那地方探探路？"他道。

她没有反对。

他们叫了辆黄包车，一起来到之前他们去过的王家里。

他原本还想建议，由他进去跟老鸨谈，她一个弱女子进出这种地方毕竟不好。但没想到事情就那么巧，他们才下黄包车，就看见夏英奇的娘从弄堂里走出来。

"哎呦，英奇。"老女人见到女儿又惊又喜，"我刚才还在想，不知道什么时候才能见到你呢。"老女人拉着她就往弄堂里走，他急忙跟上。

"我想给你赎身。你去问问老鸨，要多少钱。"他听见夏英奇语气冷淡地对她母亲说。

老女人拍拍女儿的手，"到底是我生的！心里就是有我！"

"你快去问！"夏英奇停下了脚步。

"好，那你在这里等我。"老女人点着头，快步走向弄堂深处。

他们等了七八分钟，她才慢慢走出来。

"她让你进去跟她谈。"老女人道。

"她让我进去谈？"

"是啊。你别担心，里面就她一个人。她人不坏，挺好说话的，"老女人横了唐震云一眼，"你就别去了。你去了，她反倒不高兴。"

"如果不让我进去，那你也别去了。"他劝夏英奇。

夏英奇显得举棋不定。

老女人见状，马上哭了出来。

"我在这里的日子，每天都度日如年，好不容易女儿来赎我，你们唐家人还来阻拦，要不是你们唐家人，现在我还是夏家的太太呢！"她一边哭，一边推了唐震云一把，"你给我滚一边去！我们母女俩的事轮不到你管！"

"你干什么！他是来帮你的！"夏英奇挡在了他面前，"这种地方，本来就不该我进去！好了，等你家老鸨肯出来见我时，我再来！"说完，她转身就走。

"英奇！英奇！"老女人一路追出来，"你说好要赎我，你这样是要害死我了……"

他正想弄明白她说这话的意思，弄堂里忽然窜出两条大汉来，不由分说就拦住了他们的去路。

"你们想干什么！"他吼道。

"姑娘！姑娘！你别急着走！"一个小脚女人一路嚷嚷着，不知从哪儿冒了出来。

他不知道这女人在叫谁，结果发现她走到夏英奇面前就停了下来，她一边喘粗气，一边上上下下地打量她，"呵呵，你娘说得没错，你长得真标致，要是在我们这儿，保准挂头牌，真的！"

"你在胡说什么！"夏英奇厌恶地后退了一步。

女人笑了，"呵呵，我有话就直说了，你娘已经把你卖到我这里了！她也年纪大了，客人也不多，你留下来，就当孝顺你娘了，以后她就能享清闲了，呵呵。"

他几乎不相信自己的耳朵，天下竟然有这样的母亲！怪不得这老鸨让她一个人进去，原来是在里面设了陷阱。再看夏英奇，她早就气得脸色铁青。

　　那个老鸨又掏出一张按了手印的纸出来，"你瞧，这是她刚刚签的，白纸黑字都写在上面了，她还按了手印了。你可不能赖啊。姑娘！"

　　夏英奇回头瞪着她娘，"你就是这么对我的?!"她厉声道。

　　她娘低着头不敢吱声。

　　他不想再继续待下去了，他掏出了枪，"什么狗屁契约！"他吼道，"谁跟你们签的，你们找谁去！我是警察！你们要敢拦我们！我让你们吃不了兜着走！滚开！"他冲那两条大汉吼道。

　　那两条大汉朝老鸨望去，后者努努嘴，他们不甘心地退到了一边。

　　他们逃也似的朝前走去。

　　"行！你走你的！"老鸨在他们身后高声道，"给我打！"

　　那两条大汉开始踢打夏英奇的母亲。那老女人嘤嘤地哭泣哀求着，又一路叫着女儿的名字，"英奇，英奇！"

　　他们一直走出十几步远仍听见她的哀嚎。

　　他再回头看身边的夏英奇，她脸上竟然没有半点表情。

　　忽然，她停了下来。

　　"再这么下去，她会被打死。"她道。

　　她说完就转身原路返回。

　　"你还想管她的闲事?"

　　"她是我娘。我也没办法！"她一边走一边说。

　　那个老鸨看见他们回来，嘴角漾起一丝冷笑。唐震云低头看着那女人，早已经头破血流，满脸是伤。

"怎么着，想好了吗？"老鸨说话时，又低头拧了一下那老女人，后者发出一声惨叫。"啧啧啧，"她摇头叹息，"瞧你娘可怜的，你怎么也得为你娘想想啊。你那么年轻，干几年说不定碰到个好客人……"

"闭嘴！我现在要带她走！你要多少钱？！"夏英奇怒道。

老鸨指指她的脸，"你留下！她爱上哪儿就上哪儿，我才不管呢！她这身烂肉，早就不值钱了！"

"她不值钱是不是？——把枪给我。"她对唐震云道。

"你要干什么？"老鸨道。

他也想问同一个问题，其实他还想问，她自己的枪呢？但他最终什么都没问，就把枪递给了她。她拿着枪对准了那个老鸨，后者朝后退了退。

"哎呦，你可别乱来啊！"老鸨道。

"我现在就一枪打死她，"她的枪口突然移向地上的母亲，"他是警察！这是警察的枪！到时候他会说，你的妓女企图谋害他，被他一枪击毙……"说到"妓女"这两个字的时候，她的眼泪流了下来，但她的语气还是又狠又冷，"然后他会申请查封你的破窑子！到那时候你就自求多福了！别说钱丢了，也许你的命也会搭在上面！"话音刚落，砰地一声，她朝她母亲的腿上开了一枪。

"啊——"那老女人惨叫了一声晕死过去了。

老鸨和那两个大汉都吓得朝后退了两步。

"贱货！你倒真下得去手！"老鸨吼道。

唐震云也惊出一身冷汗。他没想到她真的会开枪。

"你身上有多少钱？"她忽然问他。

"大概……一百块。"其实他也不确定到底有多少。

"好，现在有两条路摆在你面前，"她抬头盯着那老鸨，"第一，我打死她，让你惹一身麻烦；第二，我们现在带走她，给你五十块！你自己选吧！"

"五十块？"老鸨脸都气歪了。

"我数到三，如果你没决定，我就打死她！然后把这烂摊子丢给你！我才不在乎她的死活呢！你也看见她是怎么对我的了！如果你娘这么对你，你大概早把她弄死了吧！"

最后那两句好像触动了老鸨的心境，她低头望着昏死过去的老女人，发了一阵呆，过了好一会儿，才叹了口气，说道：

"好吧。算我晦气！但要给一百！你得把这女人给我弄走，我可不想让她死在门前！"

唐震云从口袋里掏出钱包，还没数清楚，就被那老鸨一把抢了过去，她用极快的速度从里面掏出所有的纸币，然后蘸着唾沫数了数，共一百二十块。

"得了，就当多给我二十块喝茶了，咱们走！"老鸨把钱包往地上一丢，故意踩在上面，走了过去，两条大汉恶狠狠地回身瞪了他们两眼。

直到看不见他们的影子，夏英奇才跟他说话："麻烦你去叫辆车，我们得马上送她去医院。"她说话时把枪还给了他。

他看出她已经精疲力竭。可他知道现在还不是安慰她的时候，确实如她所说，现在该立刻把她母亲送到医院。

他奔到街上，正好一辆马车路过，他急忙招手叫下了它。

马嘶叫着，停在了他们面前。

他和她一起将那女人扛上了车。"去最近的医院！"他大声命令车夫。

等马车启动时，他感觉她长舒了一口气。

"等会儿你先送她去看急诊。我去钱庄拿点钱。"他低声对她说。

她微微点头。

"谢谢你。"她仰起脸看着他，这一次，她看着他的时候，终于不再带有仇恨，"谢谢。"她又说了一遍。

这时，他发现她的手就放在她的膝盖上，不知哪来的勇气，他忽然握住了她的手。他紧张得心都几乎跳出来了，他真担心她会生气。她会不会把手收回去，她会不会觉得自己受了侮辱，打他的耳光？她会不会命令车夫立刻停下，把他赶下去，或者她自己要下车？到时候他该怎么办？他该怎么收场？求她留下吗？还是一切都依着她？就在那一秒钟，千百种担心和害怕涌上他的心头。然而他终究还是做了。因为有一点他很清楚，无论后果是什么，他都不会后悔。

令他意外和异常兴奋的是，她竟然没有表示出任何反感。

一开始，她一动不动，任他握着她的手，接着，不知过了多久，他觉得自己的手都出汗了，都快不好意思再握着她了，她忽然转过脸凝视着他。她的眼睛黑白分明，像山里的湖水一样清澈。

她慢慢靠近他，等到近得不能再近时，他一度以为她是想接近他，然后给他一个耳光。然而，她却忽然在他脸上亲了一下。

霎那间，他整个人都燃烧了起来。他侧过身子，用手臂毫不犹豫地环住她的腰，嘴唇狠狠地压了下去。他不太清楚自己在做什么，他只是跟着本能走。之前，他们从未如此亲近过，她的身体对他来说是如此陌生，又如此新奇。

她的嘴唇温润柔嫩，他一开始只敢用自己的唇摩擦着她，他把她当成娇嫩的花瓣，生怕一用力就弄破她，但随着他体内的火越烧越旺，他的力量也在不断加大，很快，他就把她当成了一只不肯就范的母狼，而他是头狂暴的公狼，他必须彻底压垮她，才能完全征服她，让她听命于他。他的手臂像铁箍般环住她的腰，这迫使她紧贴在他身上，她的身体软绵绵的，他感觉自己可以毫不费力地把她揉进自己的身体。他用力吸住她的嘴唇，不让她有一丝呼吸的余地，接着他突然放开，把鼻梁顶住了她的脖子。

他的脸拼命地往她的皮肤里钻，她的气息笼罩着他，他狂暴地亲吻起她的颈项来，她在喘息。英奇，英奇，他心里在不断喊她的名字，他的手在她的背上摸索着。就在这时，他感觉有什么东西掉在了他脸上，他一惊，忽然意识到那是她的眼泪。我伤害她了吗？她愿意我这样吗？他的身体骤然冷了下来，他放开了她。

他发现她眼里噙满了泪水。

"英奇，我……"

没等他说下去，她便一头栽倒在他怀里，抽泣起来。

英奇……

他心里深深叹了口气，顺势将她搂在怀里，他知道她这几年经历过什么，他不想多说什么，也不知道该怎么安慰她，他只是很庆幸，这一次在她最痛苦的时候，他总算在她身边。至少他今天帮了她。可她知不知道，这几年，不是他不想帮她，而是他被她推得远远的，他根本帮不了她。当然，她这么对他，有充分的理由，他不怪她。但他希望她能明白，他姓唐，并不代表他就是她的敌人。

他吻了吻她的头发。

"我爱你。英奇。"他在她耳边轻声说。

后来，一路上，这句话他不知道自己说了多少遍。他只希望这三个字能深深烙印在她的心里，将来不管发生什么，她都能记得他今天说过的话。他更希望，在她最受伤的时候，她能明白，她并不是一个人。他就是她的依靠。

11. 一场火灾

夏英奇醒来时发现哥哥就站在她的床边。

"你终于醒了。"哥哥道。

"现在几点?"她懵懵懂懂地问。

哥哥拿来一个小座钟,那上面的指针清晰地告诉她,现在是早上十点。

"你们昨晚回来得真晚,唐震云回房的时候都十点了。那些事我都听说了。"哥哥叹了口气,"我早就让你别管她的事。幸亏唐震云跟去。"

她勉强坐起来,只觉得头痛欲裂,又立刻躺了下去。不知道为什么,今天她浑身没力气,怎么都起不了床。

"你怎么了?"哥哥担忧地看着她。

"我想休息一下……"她有气无力地说,脑海里掠过唐震云的脸。几乎整个晚上,她都隐约听见他在耳边说过的话,我爱你,英奇,我爱你,英奇……他的声音令她心痛。他们能在一起吗?如果以后她坚持与他大伯为敌,他该怎么办?他会站在她这边吗?

"怎么了怎么了,好好的,哭什么啊……"哥哥惊慌失措地回身找来手绢递给她,"别难过了。至少现在你娘的事算是解决了。你们给她付了医药费又给了她五百块生活费,够她过一阵子的了。"

她想擦干眼泪,眼泪却一个劲地往下流,"唐震云在哪里?"她哑着嗓子问。

现在，她很想见见他，她不知道能对他说什么。在那种时候，他的声音，他的皮肤，他有力的臂膀，以及从他身体里迸发出的男人气息，都让她觉得他就是她唯一的依靠。然而现在，她已经回到了哥哥身边，一切好像都已经过去了。她爱他吗？她想跟他在一起吗？她真的不知道。所以她想见见他，她想知道"现在"自己对他的感觉。

哥哥似乎很高兴她能提到他，"他帮着夏秋宜在找张慧真，好像一大早，他就去巡捕房查张慧真的户籍登记了……"他摸了摸她的额头，"你有点发烧。昨天折腾太厉害了，这几天你就休息一下。对了，我听说昨天的全部费用都是他付的，是不是？"

"对。"她虚弱地说，她还记得他一再让她放心，一切包在他身上。

"多少钱？"

"大概七百来块。我不知道，你问他就是了。"

"好吧。"哥哥从床边站了起来，"我想跟你说一件事。"

哥哥难得有这么一本正经找她商量的时候。

"什么事？"

"我和唐震云签了一张欠条。他借钱给你娘赎身，你嫁给他。"

她愕然看着哥哥，一时不知该说什么才好。她隐约感觉一丝喜悦在心里涌动。

哥哥重新在她床边坐下，"现在不管是多少钱，总之是我欠他的，我答应他了，我得履行承诺，再说，昨天要不是他在，你也知道会是什么后果。另外告诉你一件事，他跟他大伯已经断交了，他早就不住他大伯家了。我觉得这至少表明，他有一半站在我们这边。"

"这些是他告诉你的？"她道。

"是啊是啊，他不像在撒谎。我还答应他，你们结婚后，我不跟你们一起

/ 254 /

过……"哥哥拿出一份报纸来，"我有办法养活自己。这是今天的报纸，你看这个。"他把报纸移到她面前，指指其中的一个方框。

她一看，那是一张招聘启事。

"他们在招外语老师。"他道，"我觉得我可以胜任。"

"可当老师要讲课，还得跟很多人相处，有同事还有学生……"

"哎呀，这些你别管了，我先试试再说……"哥哥叹息着站起，"唐震云说得对，我也不能总让你养着我……"

她朝他笑。不管哥哥是什么人，不管他有多没用，他永远是她的哥哥。他们才是真正的一家人。

"他有没有提起把你带回南京的事？"她忽然想起了这件事。

"他没提起。如果你肯嫁给他，他应该不会这么绝情吧！"哥哥像是在开玩笑，她却禁不住周身发冷。他会罢休吗？他言词凿凿，说得那么清楚要把哥哥带回去！难道就因为他们在一起，这事就了结了？而且，那毕竟是个案子，照他自己的说法，案子还不小，即便他想放手，他能作主吗？

她能为了自己的婚事，毁了哥哥吗？

她决定静下心来好好算算，她欠了他多少钱。

"哎呀呀，你怎么又哭了。"哥哥道。

"没什么，我只是太累了。你让我休息会儿吧。"她一边擦眼泪，一边笑着对哥哥说。

"那你跟他的事……"

"让我想一想好吗？"

唐震云从巡捕房出来后，跟夏秋宜一起在附近的咖啡馆随便吃了点东西。趁着上菜的间隙，他去吧台给夏漠打了个电话。夏漠磨蹭了半天，才来接电话。

"你跟她说了吗？"他忧心忡忡地问。

"说了说了。"

"她什么反应？她生气了吗？"

"她没生气，她说要考虑一下。我看应该没什么问题。"

他暂时放下了心。至少，她愿意考虑，这表明，她并不抗拒这件事。夏漠有一件事没说错，那就是她也许真的没那么恨他。他现在甚至相信，她还有点喜欢他，要不然她应该不会主动亲他。

"她什么时候能考虑好？"他问道。

夏漠在电话那头笑起来，"这不应该是你决定的吗？"

他不明白夏漠的意思。

"你干吗让她考虑？"夏漠道，"你直接把她领走不就得了？还让她考虑？如果她这辈子都没考虑好，你准备等她一辈子？"

"那你的意思是……"

"我又不是情圣！我怎么知道该怎么做？"夏漠道。

他倒是真的想像夏漠说的，就这么把她直接领回家。可要是她不肯怎么办？

"我不想逼她做任何她不想做的事。"

"可你怎么知道她是真的不想还是假的不想？"夏漠反问她，语气极为不耐烦，"我告诉你，我们中国女人从小到大，什么都不学，就在学怎么装！我妹妹也不例外，但这不能怪她，因为从她开始识字起，就有人向她灌输三从四德，那些东西已经深入她的脑髓。她就算心里爱你爱得要死，也会假装不喜欢你。我今天跟她说这事的时候，她哭得很伤心，你知道她为什么会这样吗？"

"为什么……"

"因为她觉得她应该拒绝你，但实际上她又很爱你。所以说，如果你想要她，就得速战速决，别给她什么考虑的机会。要不然，她脑子里的孔孟之道就会不断提醒她，应该尽快从你身边逃开。"夏漠语速极快，"好了好了，我得挂了，她的粥好了，我得送上去。顺便告诉你一声，她病了，这对你来说，是个好机会。"

"她病了？"

"发烧而已。谁经历过昨天的事，都会生病。"夏漠叹气，停顿片刻又开口，"去买份礼物给她……"

"你是说向她求婚？"

"你真是够笨的。如果求婚被拒绝怎么办？不要求婚！不要给她拒绝你的机会。"夏漠的声音忽然低了八分，"……那个，她的房间只有一个人。我妹妹实际上很传统，如果你们有那种关系，她就会嫁给你——明白我在说什么了吗？"

他当然听懂了，但他不敢相信，夏漠让他"速战速决"竟然是这个意思。

"你自己考虑吧。——啊，谢谢，"夏漠在跟别人说话，"我自己端给她就好了。她有点受凉了，我已经给她看过了，没什么大碍，休息几天就会好……"过了会儿，夏漠的声音又回到电话里，"好了，就这样。拜拜。"

电话挂上了。他还拿着电话机发愣。直到夏秋宜走到他身后，他才蓦然醒悟。

"你在给谁打电话？"夏秋宜问他。

"夏漠。我想问问他妹妹的情况，听说她病了。"他压抑住内心的狂乱答道。

"她怎么会病了？听说你们昨晚很晚才回来，你们去哪里了？"

"我……是在半路上碰到她的，她在找房子，那个房东不在，所以等了那人一会儿，后来，后来去了另一个地方看房子……"

"实际上她不用再去找什么房子了，如果我大姐离开，她就可以住下来，我和太太都很欢迎她。"夏秋宜道。

从巡捕房出来后，夏秋宜就显得有些心事重重，大概是因为发现张慧真是假名的缘故吧。这个曾经在夏家当了近十个月家庭教师的女人居然用了假名，现在没人知道她究竟是谁，她去了哪里。唐震云猜想不久的将来，梅琳就会接受上海警察的询问。在夏家，毕竟她是跟张慧真最接近的人。如果梅琳不知道她的来历，那就没人会知道了。

但眼下，他实在没心思考虑什么张慧真。他脑子里想的只有她还有夏漠刚才说的话。

他到底要不要接受夏漠的建议？

不管怎么说，还是先买份礼物再说吧。

夏英奇又昏睡了几个小时，等她醒来时，她发现哥哥还站在她床边。

"你喝完粥已经睡了四个小时了，"哥哥道，"刚刚夏太太和那个小姜来看过你，她们见你睡着了，让我别吵醒你。你现在觉得怎么样？"

"我不知道。"她勉强坐了起来，她感觉自己的衣服都湿了，头颈里也都是汗，"我出汗了……"她懵懵懂懂地说。

"是啊，这说明你在退烧。你睡觉前喝了两大杯热开水，一大碗粥。现在你要不要去方便一下？"

她点点头，同时掀开被子，下了床。她的房间本来就有盥洗室，她扶着哥哥的肩膀进了盥洗室。

她仍然觉得身体软绵绵的，但脑子却好像没之前那么昏沉了。

"现在觉得怎么样？"从盥洗室出来后，哥哥问她。

"好点了。我不想睡觉了，睡得太多了……"她披上衣服，在沙发上坐下。

"要不要吃点东西？"

她摇头。她一点胃口都没有。

"他们厨房有苹果。你应该吃点苹果。苹果能帮你恢复。"

"那……好吧。"

"我给你去拿。"哥哥走到房门口时，回过身来朝她笑，"唐震云半小时前回来，他说会来看你。"

"他要来？"她忽然意识到自己衣衫不整，起床后，她还没洗过脸。

哥哥没回答她，开门径直出去。

她立即用最快的速度换了身干净的衣服，又去盥洗室洗了把脸，把头发梳好，还略微在脸上扑了点粉。这一动弹倒是令她的精神好了许多。

等她重新回沙发坐下后，外面响起了敲门声。

"进来。"她道。

有人推门进来，原来是哥哥。哥哥发现她已经打扮好了，朝着她笑。她白了哥哥一眼，他退回到门口，对着走廊道："她换好衣服了，你进来吧。"

她心头一阵紧张。

唐震云走了进来。一看见他，她就禁不住脸红心跳，她匆匆看了他一眼，连忙把目光移开。

"好了，你们聊。"哥哥把水果盘放在桌上，又退了出去。

"哥，你去哪儿？"她想叫住哥哥，但后者已经关上了门。

现在，屋里就只剩下了他们两人。

"听说你病了。"唐震云首先打破了沉默。

"哥哥说，我只是发烧，我很快就会好的……"她快速看了他一眼，心里想着，该跟他说些什么，"呃……听说，你在帮夏秋宜找张慧真？"她终于想起了一件事。

"是啊，去巡捕房查了她的名字，结果发现是假名。"

"假名？她为什么要用假名？"她有点吃惊，"当家庭教师也需要隐藏自己的身份？"

唐震云在她身边坐了下来，"的确有张慧真这个人，但她几年前得肺痨病死了。她用了张慧真的资格证书和留学证明。"

"那她一定是那个张慧真认识的人。"她道。

唐震云朝她笑笑，她感觉他似乎并不想跟她谈什么张慧真。她禁不住紧张起来。他不会向她求婚吧！如果他真的求婚，她该怎么办？

"英奇……"他开口了。

她不敢答应，只是等着他把话说下去。

"英奇，我……"他不知从什么地方拿出一个纸袋来，"我今天路过笔店，给你买了一支，你看看是不是喜欢……"他从里面拿出一个长条形的小盒子递给她。

她接过盒子打开后，发现那里面是她一直想买的钢笔。她惊喜地看着他。

"你怎么会知道……"

"我看你一直在用毛笔，钢笔方便多，这里有墨水……"他又从纸袋里拿出一盒墨水。

她朝他一笑，"谢谢你。"

他温柔地看着她不说话。她知道，他暂时不会走，她也知道他一定是有话说才来的，只不过现在还不知道该怎么开口。

"我想问你件事。"她决定先开口，有些事她必须得问清楚。

他好像很高兴她能打破僵局，"你说你说。"他忙道。

"等这里的案子结束了，你会不会带我哥回南京？"

他被问住了，脸上的表情有些尴尬。

"英奇，我是个警察，你哥哥确实有嫌疑……"他才开了个头，她就立即站了起来。这回答已经说明了一切，她不需要再听什么了，"英奇，你听我把话说完好不好？"她的反应令他着急起来，他走过去挡在她面前，"英奇，我也问你一句话，好不好？"

"你说。"她道。

"你哥哥是不是下毒犯？"

她倒是没想到他会这么问，如果她说不是，他会不会改变主意？好吧，他也许会改变主意，但是这个疑问会一直在他心里，不管他有多爱她，以后，这件事就会变成一根刺一直扎在他心里，总有一天他会为了拔出它而做点什么。那到时候就晚了。

她正视他，"他不是。"

看他的表情，她就知道，他并不相信她说的，但是他决定让她以为，他相信了。

他点了点头，"好吧。既然他只是个嫌疑犯，那我不一定非得把他带回南京。因为证据不足，没法抓人。"

她朝他微微一笑。

"那谢谢你了。"她拿起了那支钢笔。

"那……英奇……"他犹豫再三才开口，"你也知道我跟你哥之间有……呃……有个协定……"他显得十分紧张，"我知道你需要时间考虑，但是，你应该知道我对你……"

她看着他，昨天在马车上经历的一切在她眼前闪过，刚刚硬起来的心又软了。他当然是真心的，她知道，但是他们之间的阻碍太多了。今天看到的麻烦也许只是像芝麻那么小。再过几年，也许他没有像现在这么爱她了，这颗芝麻会不会变成西瓜？

"英奇……我觉得，你应该相信我……"他接着道，"我不会害你，我跟我大伯一家已经没关系了，以后我们自己生活，你不用再为生计操心，我的薪水虽然没那么高，但养家是没问题的……"他忽然又想起了什么，"如果你非常希望你哥跟我们生活在一起，我也不反对，我发现……他也不是那么难相处，我至少不会让他挨饿……"

听到最后两句，她鼻子有些发酸，眼圈红了。这应该是他的真心话。她该怎么办？她真的要拒绝他吗？她真的要把他推开吗？

"你让我想一想好吗？"她道。

他不说话了。

她抬头看了他一眼，"我们两个单独在房间里，总是不太好……"她哽咽着说，走到门边打开了门。

如果他再不走，她可能就会改变主意。

她答应他要好好想一想，但就在门关上的一刹那，她已经作了决定。

其实她并没有多大的选择余地，因为她不仅得替她哥哥着想，更多的，她还得替他着想。她不希望有一天，他为了她而进退两难。虽然现在他觉得可以把那些问题撇在一边，但有些事，不是你假装看不见，它就不存在。它们始终都在，她没法跨过它们。

她在沙发上一遍又一遍地问自己，拒绝他是否明智，而她听到的始终是同样的回答：除非你从此以后放下对唐家的怨恨，除非你从此以后不再图谋报复。否则总有一天你们会势不两立。他跟大伯断交并不意味着他要与此人为敌。

好吧，既然如此，我决定了。她对自己说。

被偷走的秘密

可紧接着，失落、沮丧、痛苦和心痛一波一波地朝她袭来，令她猝不及防。

有那么一会儿，她觉得自己快透不过气来了，她真想打开门，大声叫他的名字，把他叫过来，然后就像昨天那样，她想在他怀里好好哭一场。在她眼里，他就是这样的人，一个可以陪伴她、保护她，在她需要的时候让她依靠的男人。

她在房间里来回走了两圈，决定给自己找点事做。她知道，如果她一直像傻子似的闷坐在房间里，早晚会屈服于自己的感觉。如果她现在对他说声好的，那对她来说可能会简单开心得多。

床上有哥哥之前拿来的报纸。

她毫不犹豫地抓起报纸看了起来。这是今天的报纸，她先看了一遍哥哥指给她看的那条招聘启事。这一区域，有不少地方已经被哥哥画了圈，看来他是真的想找工作。如果哥哥愿意去当教师，那当然再好不过了。只求他能好好跟人相处，不要动不动就辞职。

她把报纸翻过来，后面那一版是社会新闻。

忽然，她在最角落的地方，看到一条新闻："东门路冬晋里发生火灾"。她一愣，冬晋里？那不是沈素珍住的弄堂房子吗？

再往下看，"……怀疑23号居民抽烟不慎烧到被褥引发火灾……火灾殃及24号底楼客堂以及25号二楼……在23号底楼客堂发现一具烧焦的尸体，疑为原屋主赵小姐……新屋主称需请人作法事，驱除邪气……"

原屋主赵小姐？那房子的主人不是沈素珍吗？怎么是赵小姐？

新屋主又是谁？难道这房子已经易主了？

透过窗子，唐震云看见夏英奇独自一个人走向大门。

"你知道她去哪儿了吗？"他问坐在他身后的沙发上，正在打通关牌的夏漠。

/ 263 /

"她没告诉你吗？"

唐震云不回答。

夏漠笑起来，"多半是去看她娘了。她会去警告那女人，让她别再干那营生了。"夏漠笑着叹气，"不过我敢打赌，下次如果遇到同样的事，我妹妹还是会尽力帮她的，所以我说对付这老女人最好的办法就是赐她一杯毒酒——喂，这句话不会成为所谓的证据吧？"他揶揄唐震云。

"你觉得我应该让她一个人去吗？"唐震云不知道自己是不是该跟上她。

夏漠瞥了他一眼，"为什么你要问我？难道我娶了一百个老婆吗？我怎么知道你应不应该去陪她？"他打量了一下唐震云，"不过，如果我是你，我想去就去，不会有那么多的问题。"

"可是她说她想考虑一下，我不想逼他。"他望着窗外她越走越远的身影说道。

夏漠鄙夷地朝他做了个鬼脸，然后收起一叠牌放在一边。

"我觉得我应该尊重她。"他接着道，"既然我准备娶她为妻，我就得尊重她。我希望她是心甘情愿跟我在一起。"

"得了，你不过是想跟她睡觉罢了，何必说得那么冠冕堂皇。"夏漠又收起另一叠牌。

他回转身想为自己辩白，又觉得毫无必要。

"你知道吗？"他沉默了片刻还是开口了，"她刚刚问我，等这里的案子结束后，我是否会带你去南京。"

"你怎么说？"夏漠低头专心致志地看着他的牌。

"我说如果证据不足的话，我不会带你回去……"他不太情愿地回答，"但是，她看起来不太相信我的话……"

"她当然不信。我也不信。"夏漠摇头，"看起来不太妙啊。你知道问题出在哪

里吗？”

“当然知道，问题就出在你身上！”他没好气地回答。

夏漠笑着叹气，“问题就出在，你回答了你最不该回答的问题。”

“哈，可她在正儿八经地问我！你让我假装没听见？”

夏漠抬头看着他，“她问你，你就得回答吗？你不会干点更有意义的事吗？kiss，最好的时机就是在你无法回答对方问题的时候。你知道吗？等你kiss过她之后，有些问题就不用回答了！”

他被夏漠的话震慑住了。他完全没想到还能有这样的做法。

“当然，如果这个问题无法回避，你也可以跟她说，这个问题你得——考虑一下。她为了救我，也许会考虑用自己的一辈子来交换……”

“我不想要挟她。”

“如果真的想得到她，有什么不能做的。”夏漠冷笑，“你不愿意，只不过是因为你的欲望还不够强烈罢了。”

“你他妈的真是胡说八道！”他怒道。

夏漠用怜悯的目光看着他，“等哪天，你想跟她睡觉的欲望超过了你想当个好人的欲望，你就能得到她了。世界是公平的，放下什么才能得到什么。”

“请问，沈素珍是不是住在这里？”夏英奇问道。

一个从对门19号走出来的胖女人正上上下下地打量她，“沈素珍？侬讲的是赵家姆妈？侬是伊啥人？”

“我是从南京来的，她是我远房姨妈，我有好几年没来看她了，但是……她给我的地址，好像是……”她拿出她抄写在纸片上的地址，那女人瞥了她一眼。

“别找了，她就住这里，但几个月前就死了。”

"几个月前死了？"她表现出大吃一惊的样子。

"是啊，儿子出车祸后没多久她就死了，她本来身体就不好，听说有天晚上摸黑吃错了药。"胖女人重重叹气，"她也是个苦命人……"

"可这房子怎么被烧了，那是什么时候的事？"

胖女人要回家，一边关门，一边回答她，"是昨天下午起火的，她继女死在里面了，听说，她继女还自己给自己定了棺材，也不知道是怎么回事。"

"她要自杀？"

"反正她自己定了棺材。棺材店老板今天还来过了，就是前面马路的那家康德棺材铺，大概本来定的尺寸有点问题，想过来商量的，没想到，房子都烧了，人也没了。这死胖子这下算是白赚了一笔定金了。"

她还想再细问，胖女人已经进了自家的后门，"你有什么事问那个新房主好了，他现在就在屋里。"

她快步走到 23 号底楼的门口，门正好开着，她便走了进去。黑暗潮湿的走廊里弥漫着一股烧焦的味道，底楼客堂的门开着，报纸上说火就是从这儿烧起来的，她探头朝里张望。这间大屋子的四壁和屋顶都已经被烧得焦黑，地板上有一些碎玻璃屑和一只被烧了一半的女式皮鞋。如果这是死者的鞋，她想，这女人应该长得十分娇小。

屋子里没有家具，她查看了一番，发现每个墙角都有一个或两个小洞。她走到近前仔细观察，感觉怎么看那些洞都不像是被火烧的，它们更像是有人用铁榔头之类的工具故意凿的。奇怪，这是谁干的？

客堂的门口就是木头楼梯，她顺着楼梯向上走。楼梯还算完整，而且二楼的火势看来弱了很多。二楼的大屋里，虽然有近一半家具都被熏黑了，但大部分东西都完好无损。

一个拄着拐杖的男人站在屋子中间背对着她，似乎若有所思。

她轻轻咳嗽了一声。

那个男人慢慢转过身来。

"你是……"

"我的远房姨妈过去住在这里，她叫沈素珍……"她慢慢走进屋，从屋里的摆设看，这里曾经是女主人的卧房。墙上还挂着一对中年夫妇的合影。那应该就是沈素珍和她死去的丈夫吧。

"我没听说过你说的这个人。"男人答道。

她环顾整个房间，蓦然，她发现在朝南方向的墙角也有两个小洞，再看北面，几乎在对称的地方也有一个洞。

"这里怎么会有洞？是被火烧的吗？"她觉得自己问得有点唐突。

男人像是颇有教养，倒一点都不在意。

"客堂也有，楼梯下面也有类似的小洞。我不知道是谁干的。当初我买下这房子的时候，可没看见这种损耗，如果看见，我还能压低点价格呢。"男人边说话，边走出了房间，看来他就是新房东。

他情绪有点低落，她完全能理解他此刻的心情，花钱买下房子，却在搬进来之前，房子被烧了，现在不仅要拿出一笔钱来维修，可能还得赔偿邻居的损失，对他来说，这次真是亏大了。

"先生，请问你怎么称呼？"她跟着他下楼。

"我姓陈。"

"我想问问你，你说你是新房主，你是从谁手里买的房子？我姨妈沈素珍才是这房子的主人，我不明白，你怎么会不认识她。"

"是个年轻小姐把房子卖给我的，她姓赵。"陈先生道。

她想起，张慧真的照片就在她包里。

"你说的是她吗？"她把照片递给陈先生。

陈先生稍微瞄了一眼，就道："这就是赵小姐。"

张慧真本名姓赵。她是沈慧珍的继女！

"原来是我表姐……"她把照片又收了回来。

陈先生叹气，"听警察说，她被烧死在屋里了，我也不明白是怎么回事。据说是可能抽烟烧到被子了，这是警察的猜测。如果你想打听她的事，可以去问问巡捕房，我不是很清楚……"陈先生没心情跟她聊天，急着要走。

"陈先生，那你有没有见过我表姐夫？一个戴眼镜的男人，看起来挺斯文的……大概四十多岁，他比我表姐大很多。"

陈先生想了想，"当初签合同付款的时候，他大概也在。他是陪着你表姐来的，房子是你表姐一个人的名字。赵卉。花卉的卉，我记得这个名字，"陈先生又叹气，"不好意思，我不能跟你聊了，小姐，我还得赶去建筑公司，这次火灾可把我害惨了，还不知道修这房子得花多少钱呢……"

"当初你买这房子一定花了不少钱吧……"

陈先生作了一个三个手势，"三万八，全部付清了，本来说好 12 月 1 日交房的。我平时住在杭州，不可能每天来看这房子，要不是警察通知我……唉，"陈先生摇着头，朝弄堂口走去，一边走，一边回头跟她挥手告别。

"我说了吧，这就是新房主，人倒蛮客气的。"那个胖女人不知什么时候走到她身后，"来，囡囡，乖！"胖女人在给一个一岁不到的小孩喂饭。

"大姐，你知道我姨妈大概是什么时候去世的吗？"她相信这种事邻居一定知道得比较清楚。

"她啊，九月初。"

"这是我表姐，"她又拿出了张慧真的照片，"我姨妈每次碰到我们都在我们面前夸表姐懂事呢。"她轻轻叹息。

胖女人一副不相信的神情，"她跟你们说这种话？"她又瞄了一眼那张照片，"你表姐啊，人是蛮漂亮的，但是……呵呵，"她没说下去，因为那个孩子把头偏在一边不肯吃饭。

"姨妈说表姐很孝顺她，经常买点心给她吃，工作之后也常常拿零花钱给她。"

胖女人终于将一口饭塞在了那小孩的嘴里，"呵呵，这种话我看就是骗骗你们这些不常见的亲戚，我跟她做了这么多年邻居，从没听她夸过她继女。"

"真的吗？"她故意露出不相信的神情。

"当然喽！你姨妈是她后娘，你说她们怎么会处得好？我听你姨妈讲，她在你表姐五岁时就当了她的娘，但两人一直处得不怎样。你表姐从小爱说谎，又爱偷东西，为这个，你姨妈没少打她！"胖女人见她一脸难以置信的表情，接着道，"你们这些远亲呢，平时只听她说好听的，其实事实根本不是这样的。"

"可听说我表姐有一份好工作，她在有钱人家那里当家庭教师，她还会弹钢琴呢。"

胖女人撇撇嘴，"你表姐啊，十几岁就出去当舞女了，后来听说认识了一个男人，出钱让她去学了钢琴，她这才去当了什么家庭教师……"

"你说我表姐十几岁就去当了……舞女？"她大喘气。

胖女人叹气，"对啊，好像是十六岁。那一年你姨夫去世，你姨妈也不管她。我看也管不住她。你姨妈什么都好，就是太小气，你看，难得去她家打一次牌，茶还要我们自己带过去，她跟我们说，茶也是要钱买的。所以啊，她是一个铜板零花钱也不会给你表姐的，也难怪你表姐一气之下就去当了舞女。"

"你说她后来找的男人，是不是四十多岁，戴眼镜，长相挺斯文的那个？"

胖女人点头，"对，就是那个人，他来过几次，我看人倒是不错。不过她从来没跟我们说过那个男人是谁，她平时不大跟我们啰唆的，她人很傲气。"

"他最近也来过吗？"

"不知道，我是没看见。"

"昨天发生火灾的时候，有没有谁去过 23 号？"

胖女人摇头，"我没注意。那时候是下午一点多，我在困中觉，没看见赵卉回来，后来听说，她被烧死在里面了，真是吓死人了！听说还是抽烟烧到了被子！竟然有这种事！所以我教我女儿，女孩子抽烟就是这下场！"

又是抽烟烧到被子，可那是客堂间啊，被子怎么会在客堂？被子不是应该在卧室的吗？

"我刚刚看见表姐家的墙被凿了一个个洞，不知道是怎么回事。"她小声嘀咕。

胖女人听见她这么说。立刻露出知情人的神情。

"就是前几天。2 号，就是 2 号那天晚上九点多，我听见乒乒乓乓，好像是搬家具的声音，后来还有咚咚凿墙壁的声音，十点多，还有人关门出去。当时我们都睡了，那关门的声音真是响！也不知道你表姐在做什么！"

赵卉在干什么，这么大的动静。

"我表姐大概多久回来一趟？"她又问。

"一两个星期回来一次。"胖女人撇撇嘴，"她每次回来都大包小包的，不知道是男人送的，还是她买的。就在她出事前几天，听说还有人送了一大箱东西来。我是没看见，我听对门的王家姆妈说的，她正好准备睡午觉，看见两个男人送了个大箱子来。现在估计这些东西通通都被烧得精光了，真是浪费啊。"

她把胖女人的话又想了一遍，"大姐，火灾发生的时候，你在睡午觉？"

"对啊，"胖女人好像很奇怪她为什么要问这种无聊的问题，"下午一点多，这

时候大家都困中觉。"

"这时候大家都在睡午觉？"

"是啊。大家都一大早起来买菜做菜洗衣服，吃完饭洗好碗，也累了，就打个瞌睡……"

"那这时候，是不是弄堂里人最少的时候？"

"是啊是啊，连小贩也不来，他们都是早上和晚上来……"胖女人终于喂完饭了，那孩子却突然把嘴里的饭通通吐在了地上，她发怒地嚷起来，"死小囡！"她狠狠搂了小孩一下，后者哇地一声哭了出来。

在回来的路上，几个问题一直萦绕在夏英奇的脑海中。

赵卉的火灾为什么正好发生在弄堂最安静人最少的时候？这是巧合吗？

看起来，赵卉在她十六岁当舞女的时候就已经认识周子安了，如果是这样，那后来赵卉去夏家当家庭教师，沈素珍去周子安的公司租车，她儿子车祸身亡，以及沈素珍吃错药死亡，这些事会不会并非巧合或意外，而是两人精心策划的结果？

从周子安吩咐朱小姐焚烧合同，又付给她两个月的工资的事看起来，他好像是准备"离开"，他会不会是想跟赵卉私奔？

他们两人策划谋害沈素珍母子，谋得财产后卖了房产，套出现金后远走高飞，这听起来也说得通。

那么如果一切都是周密策划好的。赵卉为什么自杀？而自杀的方式千千万，她为什么要用"抽烟烧了被子"这种方式自杀？被烧死，这本来就是可怕而缓慢的死亡方式，难以想象，会有人选择这种方式结束自己的生命。

另外，她的死跟周子安的被杀又有什么关系？

不管是不是情侣，他们两人至少应该算是搭档，搭档之间因为各种各样的原因产生内讧也极为常见。而周子安死在赵卉之前。也许正是赵卉杀了周子安。赵卉偷枪就是为了对付自己的搭档。那他们之间的矛盾究竟是什么？

钱？

钱又在哪里？那笔房款外加她从沈素珍那里继承的遗产，现在在哪里？

不管是最初打算跟周子安私奔，还是杀了周子安后准备逃命，赵卉应该都会把这些钱套现。她一定是把它们放在一个可靠的，随时可以拿到的地方，或许就放在她身边，难道钱也跟着她一起烧没了？

还有房子角落里的那些小洞。到底是谁干的。应该不会是赵卉。

忽然，她好像被什么东西抽了一下，以至于她在大街上突然站住。

天哪，她猛然醒悟。事情原来就是那么简单！

她一开始怎么没想到？应该就是这样！

这样解释，一切都顺理成章了！但有件事她必须去确认一下。

"请问，康德棺材铺朝哪里走？"她拦住了一个路人问道。

唐震云看着夏英奇走进大门，忍不住松了一大口气。这一趟，她只去了一个小时都不到，看来的确只是去她母亲的医院转了一圈。

"她回来了？"夏漠问道，他仍在用纸牌通关。

"是啊。"

"她看起来怎么样？"

"什么怎么样？"

"我是说精神状态。"

"还不错。"他一开始还有点担心她，现在看来，她的身体已经基本都恢复了，

至少乍一看不像是生病的人。

他看见夏英奇在大路上站住了，在跟一个邮差说话。这时，夏家大小姐梅琳不知道从什么地方跑了出来。每次看见这位体态丰满的大小姐，他总有一种说不出来的感觉，他觉得不该歧视梅琳，但她看起来还是有些愚蠢，而且，不知怎么的，她的厚嘴唇还给人一种放荡的感觉。他注意到，梅琳捏了一下年轻邮差的手——怎么？她在挑逗他吗？从邮差不惊不乍的反应看，他好像已经习以为常。这么说，他们是男女朋友？这倒真是令人惊讶。

"你在看什么呢？"夏漠问道。

"她在跟夏梅琳说话，还有一个……邮差。"

"是吗？"夏漠对此漠不关心，"如果找不到张慧真，那会怎么样？"他问道。

"找不到也得找。我刚刚问梅琳要了一张张慧真的照片，她说英奇也问她要了一张，你知道她为什么要照片吗？"

夏漠笑，"她没告诉我。我也不需要知道。"

"既然你们跟周子安的案子没关系，我希望她不要掺和进来。"他从窗口踱到夏漠就坐的沙发前，"我已经想好了。如果她愿意，我会与她在上海安家。当然，我暂时还是会回南京工作，但我会尽快把我的事业重心转到上海，我有个老同学的父亲在上海有点门路，我一回南京就会去找他。"

"那你等于放弃了在南京的发展前途。"夏漠道。

"上海一样有很多机会。"要说觉得毫不可惜那是骗人的，不过，万事都有代价，他也愿意为她付出。更何况，如果他们在南京结婚，那就免不了会牵扯到他大伯家，他不希望她再见到他大伯家的任何人，所以最好的办法就是远离那个环境。

夏漠把牌丢在了桌上。

"也好。在一个新的地方，你们可以把那些恩恩怨怨暂时丢在一边……"夏漠端起盖碗茶喝了一口。

他觉得有些事有必要再跟夏漠解释一下。

"关于你弟弟的事……不是我不想帮你们，是因为实在没有证据，如果要上法庭，那必须得有过硬的证据，眼泪和控诉是没用的。"他叹气，心想，谁不会哭？他大伯拄着拐杖出现在法庭上，照样能感动一大批人，"其实，她跟我说的那些，关于你们的弟弟被丢下河，你被诬陷又被打，你们的当铺被骗，都没有有效证据。你知道吗，我大伯那边有另一套说法，他说他们根本没打过你，当铺是你赌输钱押给他们家的，关于你弟弟，他们毫不知情……我不是不想相信你们，可是……"唐震云说不下去了，他也不知道还能说什么。

夏漠默默地喝了口茶。

"关于你说的证据……我有点东西给你看……"夏漠小心翼翼放下茶碗时，动作缓慢到好像是担心一不留神会把茶碗摔在地上。

"你有证据？"他真想问夏漠，你为什么不早拿出来？

夏漠走到他跟前，开始解裤子。

"你干什么？"他错愕地看着夏漠的一举一动。

夏漠面无表情地将长裤和内裤褪到膝盖处。唐震云不知道夏漠想让他看什么，他也不想看，但一转脸还是看见了。他心头一颤，浑身打了个寒噤。夏漠的"那里"少了某个东西！他猜想自己一定是面如土色，他盯着夏漠的脸，不敢说话，也不敢提问。

夏漠终于把裤子又拉了起来。

他们之间足足沉默了五分钟。他不知道该说什么才好。他恨夏漠，因为他知道今天他所看到的这一幕，很多年后一定会反复出现在他的脑子里和梦里！他根本无法忘记。他觉得自己的脸在发烧，但他的身体却又冷得发抖。他不敢想象如

果同样的事发生在自己身上，会是什么感觉。

"我妹妹是不会让我上法庭的。"过了好久，夏漠说道。

他直视着前方，不敢接口，也不敢看他。

"所以你不用担心，她不会要求你正式翻案。但事实究竟如何，你必须得心里清楚。你只要跟你大伯断交，以后大家各走各的路，这就行了。"

他快速看了夏漠一眼。

"你不想报仇吗？"他轻声问。

夏漠笑着又重新拿起了他的牌，"等你正式成为我妹夫的时候，再来问我这个问题吧。"

砰砰砰，有人敲门。

这时候，唐震云很高兴有人来打扰，他快步走过去打开门，原来是女管家竺芳。她脸色青白，神情紧张，"唐先生，老爷在找你。"

"什么事？"

"巡捕房的李警官也来了，老爷让你赶紧去一下……"竺芳低声道，"我刚刚听见一句，好像是找到张慧真了。"

"是吗？"他一惊，"我去看看。"他对夏漠说。

夏漠朝他挥手道别。

下楼的时候，他心想，如果没有看到那该死的东西，他不会对夏漠如此客气。现在，不知道为什么，每次看到这个男人，他就会对此人产生怜悯之心，连大声说话都觉得会伤害他。

天哪，那一定非常疼吧。

他感觉手臂上起了一片鸡皮疙瘩。

12. 凶手现身

"姑婆，我就知道你不会拿哥哥的东西，是他自己神经病！"梅琳一边说话，一边向她的小情郎挥手道别，"姑婆，你怎么突然问起信箱的事来？"

"我刚才进门时正好看见了你家的信箱，有点好奇。平时都是谁开的信箱？"

"一开始是芳姑，后来是我。这事还是张小姐提醒我的，她说，你得把信箱钥匙拿过来，要不然以后会有麻烦。她说的对极了，我可不想让芳姑知道我收了什么信，她会到我妈那里去嚼舌头。于是有一次，我找了个借口跟芳姑吵，芳姑拗不过我，后来就把信箱钥给我了。"梅琳说起这件事还挺得意的，"要是没去开信箱，我也不可能认识阿宾。"

"你从什么时候开始开信箱的？"

"半年前。"

"然后你把收到的信分发给家里的每个人？"

"是的。我爸的信当然是给我爸，我妈的信给我妈，周子安和希云的信，一般都是给我大姑，我大姑自己呢，她从来没什么信。"

"那是不是经常有张小姐的信？"

梅琳点头，"是啊。她的信不少。她很高兴我能开信箱，她也怕芳姑乱拆她的信。"

"芳姑会乱拆她的信？"夏英奇很惊讶。

"那倒没有。不过，我妈本来就不太喜欢张小姐，所以张小姐很怕芳姑给她找麻烦。再说她的信还真不少。"

夏英奇试探地问："她的信都是从哪儿寄来的？"

"这我可没看。信封上面也没写。"梅琳狐疑地看着她，"姑婆，你怎么问那么多张小姐的事？怎么了？"

夏英奇正想回答，却见夏秋宜、唐震云和之前那个上海警察，正急匆匆从主楼里出来朝外走去。他们到哪儿去？难道他们已经查到了张慧真的真实身份？其实这应该也不难。能盗用张慧真的身份，拿到她那些资格证书的人，一定是跟她非常熟悉，并且非常亲近的人。巡捕房只要拿着赵卉的照片去问一圈张慧真的亲戚朋友就行了。

"他们去哪儿啊？"梅琳也注意到他们了。

"多半还是因为那件案子。其实……"她故意停顿了一下，"梅琳，我得坦白跟你说，这案子可能跟张小姐有关，他们怀疑张小姐是凶手。"

"张小姐？！"梅琳尖叫，"张小姐？！你说他们怀疑张小姐！这怎么可能？案件发生的时候，她已经走了！"

"你看见她走了吗？"

"我没看见，可我收到了她的信！"梅琳大声道，"可她的信百分之百是她写的，我认识她的笔迹！她就是走了！她怀孕了！我看见她吐了。"

"你说她给了你两把钥匙？"

"对，是两把钥匙！如果她还准备回来杀人，她干吗把钥匙都给我？"

"你别急，她信里有没有提到，钥匙是两把？"她加重语气问道，紧接着又拉住梅琳的胖胳臂，"梅琳，如果你想证明张小姐的清白，你就好好想想我问你的问题。好好想想。"

梅琳见她神情凝重，终于静下心来，仔细回想了一遍。

"没有，她没有提到两把，她只是说她把钥匙留给我。"梅琳道。

"那她有没有说钥匙在哪里？"

"没有。可我知道钥匙平时她都放在花瓶里。"

"信封里有一把钥匙？"

"是的。"

"可她信里没说过——'我把钥匙放在信封里'这句话，对不对？"

梅琳点头。

"你之前还说，另一把钥匙在花瓶里，可花瓶却不在原来的地方？"

梅琳重重点头，"它原来就在五斗柜上面，后来我在书桌角落才发现。"

"你好好想想，你发现花瓶里的钥匙时，是不是屋里的很多东西都不在原来的位置了？"

梅琳再度点头，"好像重新摆过了。"

"她给你的信，最后有她的署名吗？"她又问。

"有的。放在信封里。那真是她写的，我认识她的笔迹，姑婆……"

"好，我相信你。你上次好像提过，你说她还有箱东西留在你这里？"

梅琳朝她尴尬地笑笑，"看来我又说漏嘴了。"她低声自言自语。

"是什么东西？"

梅琳咬住嘴唇不说话。

"梅琳，你放心，你告诉我的事，我不会告诉任何人。她放在你那里的东西是什么？"

梅琳又扭捏了一下，才开口，"你可千万不能告诉我爸妈。"她低声道。

"当然。"

"那是她父母和她爷爷奶奶的骨灰。"

"骨灰？"

"是啊。她说原来那些东西都在她姑妈家里，后来姑妈去世，她又一直没找到合适的墓地，所以就带在了身边。她让我把它们藏在墓地里，以后等她找到合适的地方，她再找人来拿。所以我现在把它们放在我爷爷的墓室里，他的墓里有间小房子——你可千万不能告诉别人，尤其是我爸。要不然他得打死我！"

她频频点头，"当然，我绝不会说的"她压抑着心头的兴奋，低声道，"那些骨灰都放在一个箱子里吗？怎么装啊！"

"她把它们放在一个个罐子里，所以箱子里有四个罐子。我只看见过罐子，我可不要看什么骨灰。她把箱子交给我后，我们就一起把它放进了我爷爷的墓室。"

"这是什么时候的事？"

"就在她走之前几天，那时候我还不知道她要走呢。"

她拍拍梅琳，"我觉得你应该去看看那个箱子还在不在。如果它不在了，说明张小姐回来过，那她也许就是警察要找的凶手。你别急，先听我说完。因为东西就在墓地里，她很可能是在拿箱子的时候碰到了周子安，她怕自己的事败露，就杀了周子安。但假如，箱子还在，那就说明，张小姐没来过，那周子安的被杀就可能跟她没有关系。"

梅琳把她的话好好想了一遍。

"你是说，我得去看看那个箱子？"

"是我们一起去看。如果只是你一个人去，他们可能不相信你的话，因为你跟张小姐关系很亲密，他们可能认为你在替她说谎，但我就不同了，我不认识张小姐……"

梅琳一个劲地点头。

"行，姑婆，我们一起去看看。"

竺芳发现太太挂上电话后，神情有些激动。

"怎么了，太太？老爷怎么说？"她知道一个小时前，老爷和唐震云一起去了巡捕房。自那以后，太太就一直心神不宁。

"他们找到张慧真了。不过她已经死了。"太太轻声道。

她大吃一惊，"她死了？"

"我也不知道。他是这么说的。等会儿他回来，自然会告诉我们。他们还得去她的住处看看……"她话说到一半，梅琳和姑婆夏英奇正巧从客厅外面的园子里走进来。

"这事要不要告诉大小姐？"竺芳问道。

太太没回答她，叫住了梅琳。

"你跟我到小客厅去一下。"

梅琳有些不情愿，"又有什么事啊。"

"你来就是了！"太太寒着脸道。

梅琳不情不愿地跟着太太进了小客厅。

夏英奇则不声不响地上了楼。竺芳猜想她一定是去看她哥哥了。

对夏家的这位年轻长辈，竺芳说不出来是什么感觉，她总觉得这姑娘不太一样。虽然年纪不大，但待人接物和处事方式就是跟上海的那些同龄女孩不一样，跟她相比，这家里的那两个女孩根本就是不懂事的小毛孩。这大概也是因为姑婆小姐从小当家的缘故吧。

这时候，银娣不知从什么地方冒了出来。这位二太太无时无刻不在吃东西，

此刻她手里拿了一块糯米糕，正津津有味地嚼着。

"太太脸色不好，找梅琳有什么事？"银娣问道。

竺芳也不知道该不该如实回答，只能含糊其辞，"我也不知道，太太也没说——二太太，今天天气不错，你要不要到园子里去转转……"

"我才不要去呢，我要等老爷回来告诉我，张慧真到底是怎么回事。"银娣道。

说话间，小客厅的门突然开了，梅琳哭着从里面冲出来。

"怎么了？"银娣和她同时问道。接着看见夏太太从小客厅出来。

"怎么了太太？"

楼上响起碰地一声巨响，她知道那是梅琳重重关上了房门。现在这位不省心的大小姐一定在那里蒙头大哭。

她的响动一定是惊动了二楼的夏家兄妹。夏英奇走到楼梯口。

"这是怎么了？"

"我也想问呢！姑姑。"银娣道。

太太慢腾腾地走到楼梯下面，瞥了楼上一眼。

"莫名其妙，"太太不以为然地撇撇嘴，"一个家庭教师而已，而且还是个不称职的家庭教师，她有必要这么伤心吗？"

夏英奇下了楼，"是不是出什么事了？"她问道。

几个人又一起回到客厅。

"姐，到底怎么回事啊？"银娣拉着太太的胳臂问。

"姓张的死了。"太太简短地回答。

"死了？！"

"听说是烧死的。"太太走进客厅，边走边说，"原来她本名不叫张慧真。叫赵卉。张慧真是她的朋友，两人过去一起在桃乐丝舞厅当舞女，那张慧真留过洋，有一叠资格证书，张慧真病死后，就把这些证书都给了赵卉，她就冒用张慧真的名义出来招摇撞骗！我早就说了！这贱货根本不像留过洋的人！她的钢琴也弹得不怎么样！至于那些上层社会的礼仪，她根本一无所知！整天只会勾引男人，她看起来就像个舞女！"太太说起张慧真就恨得牙痒痒，"她把我们一家子都给骗了！"

竺芳还没完全反应过来。

"可她怎么会被烧死？"

"听说是抽烟把被子烧了！哼！活该！"

"那她肚子里到底有没有孩子啊！"银娣问道。

太太白了她一眼，"不该你记的东西，你倒都记得。管她肚子里有没有孩子！现在人都烧成灰了，还管这些干吗！有也烧死了！总而言之，人多半是她杀的，因为她娘原来就是上次来我们家闹过事的那个女人。"

"啊！是她的女儿？！怪不得她会偷枪！"银娣嚷道，"这么说来，周了安果真是她杀的？她是想为她妈报仇……？"

"想不到你的脑子还挺好使的！我……"太太才想往下说，便立刻闭上了嘴，原来夏春荣已经站在了客厅门口。

"你们在说什么？"夏春荣冷冷地问。

屋子里一阵沉默，没人敢搭她的腔。

"我问你们，你们在说什么！"夏春荣瞪着太太，"你们说张慧真是那个女人的女儿？"

太太叹气，"你都听见了？"

"是她偷了你的枪？"

"应该就是她。"

"一定是这样的，周子安公司的朱小姐说了，那个闹事女人根本不是因为什么投资风波，而是因为他借出去的车把人家儿子害死了。"银娣接上了口，"张慧真在这里认识你老公之后，把她娘介绍给了你老公，然后周子安就跟她娘做了那笔什么租车生意，结果她儿子出车祸死了，那女人一时气不过就闹了过来。张慧真为了给母亲和弟弟出气，就偷了枪把周子安杀了。事情肯定就是这样！"银娣把最后一口糯米糕塞在嘴里后，把双掌拍得啪啪响。

夏春荣面色惨白，低头不语。

"你们说我的猜想对不对？"银娣问。

太太看着她大姑子的脸色道："你问大姐吧。"

夏春荣的身子摇晃了一下，竺芳忙扶住她，"周太太，快到那里坐。"

这回夏春荣倒没推开她，"真没想到，真没想到，这贱货……"夏春荣浑身发抖，过了好一会儿，她嘴里咬牙切齿地吐出这几个字来，接着，她便拍打着沙发靠背，哭喊起来，"子安，子安……"

她哭了一会儿，太太看不下去了，走到她身边安慰道："大姐，这事也总算有了个结果。现在你老公也可以入土为安了。"

夏春荣流泪点头。忽然，她摘下手上的镯子塞在了太太的手里。

"你这是干什么！"谁也没想到她会这么做，平时一向冷静的太太也是一阵惊惶，"你拿镯子给我干吗？"

"你别管，这是我给阿泰的。"说完，夏春荣又趴在沙发靠背上哭起来。

太太叹了口气。谁都知道，夏春荣向来嘴硬，她是不会向任何人低头说对不起的。这次，她摘下镯子给阿泰，已经算是最大程度的赔罪了。竺芳知道太太心软，果然，太太坐到了夏春荣的身边。

"好了，阿泰不会跟你计较的，你弟弟也不会。"太太好声好气地说着，把镯子又塞回到夏春荣的手里，"这个你自己留着吧，往后的日子还长着呢，以后留给希云当嫁妆吧。"

夏春荣想说什么，但喉咙里又发出一声呜咽。

"好了好了，你什么都别说了，这几天你伤神又伤身的，我看你是瘦了一大圈。等了安的事办完了，让你弟弟带你出去散散心。"太太道。

夏春荣用手绢捂住嘴，点了点头。

太太正要扶着她上楼，一直在旁边没说话的夏英奇，忽然开口了："二太太，我想起一件事来。"

"什么事啊？"银娣马上问。

太太和夏春荣也停了下来。

"人家都说孕妇尿多，二太太，你是不是也这样？"

这问题让屋里人都笑了起来。

"姑姑你怎么想起说这个！"银娣不好意思地说。

"你说嘛，是不是这样？"

太太笑道："她也是孕妇，她当然也是这样啦。"

"出事那天，我记得二太太你说，吃完晚饭后你在客厅给宝宝织毛衣，后来睡了会儿，醒来后就去厨房喝了鱼丸汤。从你吃完鱼丸汤到你看见我哥哥被背进客厅这段时间，你有没有尿急过？"

竺芳觉得这问题问得真是稀奇古怪。二太太尿急的事到底有什么要紧的？

"当然尿急过啦。"银娣倒是回答得挺大方。

"那你上哪儿方便的？"

银娣不假思索地说："就是底楼的那个厕所啦。"

"就是那个开关坏了的厕所？"

银娣点点头，"是啊，那里近。我懒得上楼了。"

"在我哥哥被背进来之前大约半小时内，你有没有去用过厕所？"

"大概去过。其实我去过好多次，吃完饭，我大概每隔一段时间就得去一次。哎呀，姑姑你怎么老问这个啊！"银娣娇嗔道。

夏英奇笑道："我刚刚想了想，二太太，那天晚上，你也许是这个家里，唯一一个看见过凶手的人。"

这句话让竺芳心头一惊，再看屋里的其他人，刚刚大家还轻描淡写，把尿急的事当笑话听，现在却都一个个绷紧了脸。

"姑姑，你这话是什么意思？"太太问道。

"是啊，你什么意思？"夏春荣也跟着问。

"我去看过那个厕所，它的窗口正对着外面的一条小路。那条小路是去墓地的必经之路，无论是从主楼还是别的地方去墓地，那都是一条近路。说白了，那天晚上凶手就是从那条路去的墓地。如果那天二太太去过好几次厕所，那她很可能看见凶手从窗口走过。而厕所那天晚上没有灯。也就是说，当有人在里面的时候，外面的人是不知道的。"

屋子里霎那间静了下来。

所有人的目光一起转向银娣。

银娣满脸通红。

"我，我不记得了，我不知道啊，我只顾着上厕所了……"

夏春荣走到她跟前，"那天晚上你真的去过那里好几次？"

银娣紧张地点头。

"你好好想想！"夏春荣道。

"大姐！你可别逼我！你知道我脑子笨……"银娣低头想了一下，"我好像是看见一个人，哎呀，我不知道，"她又摇头，"啊，我现在想不起来了……"

夏英奇走到了银娣跟前，"二太太，你别急，慢慢想，等你想到了，差不多老爷和警察也都回来了，到时候，你告诉他们就行了。"

"要是我想不起来怎么办哪！"银娣好像快哭了。

太太也走了过来，"想不起来就算了呗，还能怎么样？难不成还靠你破案？再说，凶手是谁不是明摆着的吗？"

银娣这才长舒了一口气，"姐，你这么说，我就放心了，吓死我了。"

唐震云站在冬晋里 23 号底楼的客堂间，望着烧焦的地板，一个疑问始终萦绕在他的脑际。上海警察从边门进来时，他终于开了口：

"为什么说她是抽烟点着被褥烧起来的？被褥不都应该在卧室吗？可这是客堂啊。"

"因为发现她时，她旁边有木屑和棉花籽，他们分析棉花籽是被褥里的东西，至于木屑，那很可能是木箱，屋子的角落里还有两床捆扎好的被褥。"上海的警察指指墙角，"就在那儿，估计是她正在整理东西，打算搬家吧。"

唐震云回想起刚刚看到的现场照片，赵卉的脸虽然被烧着了，头发也烧光了，但从轮廓上还能依稀认出她本来的样子。她就是赵卉，这一点已经确认。但至于她的死因，至今仍然说不清。现在只能肯定一点，赵卉同父异母的弟弟在八月出车祸身亡，她的继母在九月去世，这两件案子都跟周子安有点关联。

"你说，她继母是吃错药去世的？"他又问。

"不错。"上海警察从口袋里取出一个小本子，"我查过记录了，她继母沈素珍是在 9 月 3 日半夜摸黑喝了老鼠药。据说她平时很节俭，自己兑了老鼠药放在一个吃剩的药瓶里。那天半夜，她忽然肚子疼，摸黑去拿胃药，结果拿错了。"

这听起来还算说得通，但不知为何，他总觉得沈素珍的死没那么简单。

"她跟继女的关系怎么样？"

"你说呢？"上海警察笑道，"当然是不好了。她宠爱自己的儿子，对这个女儿从来就不闻不问，两人一向不和。"

"既然如此，那赵卉怎么会为了给继母报仇，杀死周子安？"

之前，他们在巡捕房得知张慧真的真实身份后，警察告诉他，杀死周子安的真凶很可能就是这个"赵卉"。因为赵卉的母亲就是之前来夏宅闹过事的女人。

上海警察朝他笑笑，"你说的对。她杀死周子安不是为了她继母沈素珍，而是为了她自己。"

"她自己？"

"我们有另一路人去查了赵卉的经历，刚刚得到消息。原来她十六岁进桃乐丝舞厅当了舞女，舞厅的人认出了周子安的照片，他们说周子安是赵卉的恩客。后来把赵卉带走了。所以说，他们两人的关系非比寻常。"上海警察朝门口的警察挥了挥手，接着道，"假设赵卉怀了孕，一心想当周太太，而周子安又没法向老婆开口，那赵卉恼羞成怒的话，很可能会铤而走险。"

"她真的怀孕了？"

"差不多三个月。"

唐震云还是觉得这些线索听起来有点牵强。

"那周子安来过这里吗？"

"我们还在查。"上海警察皱了皱眉。

唐震云意识到自己可能问得太多了。

"最后一个问题。"他道，"你们为什么认为，她是自己点火烧死了自己？"

上海警察似乎不太想回答这个问题，"你问的还真多。"

"不好意思，我不是想干涉你们破案，只是作为一个局外人，对这个案子颇有兴趣。"

他强调"局外人"这三个字，上海警察终于点了点头，

"好吧。告诉你也无妨。反正这事早晚会公布。赵卉定了棺材，预定是11月8日送到。这是我们通过电话记录查到的，棺材店老板也确认正是赵卉自己定的。所以，这也可以认为是自杀，虽然自杀的方式有点奇怪。"

"姑姑，你真要藏在里面？"银娣轻声问她。

夏英奇躲在银娣的衣柜里，朝她点了点头，"我是为了你的安全。我刚刚说的话，你都记住了吗？"

"你说，那个人可能会来找我的麻烦。可是，到底是谁啊，你说的是凶手吗？张慧真不是已经死了吗……"

"嘘……"她悄声道，"我可以跟你赌一把。如果凶手是张慧真，我就输给你五块钱。"

银娣妩媚地朝她一笑，"好吧。姑姑既然这么说，我就跟你赌这一把。"

笃笃笃，有人敲门。

"有人来了。"夏英奇道，她拉住急着去开门的银娣，"你不能告诉任何人，我在衣柜里，明白吗？无论是谁。你大姐、梅琳，无论是谁都别告诉。这是你跟我之间的秘密。还有，无论谁给你吃的东西，你都不能吃，不能当着他的面吃，明白吗？"

笃笃笃，笃笃笃。

"你记住没有！"她真怕银娣的脑子不够使。

"我知道了。你可别被闷死，姑姑。"

银娣笑着关上了衣柜门。

等银娣去开门时，她小心翼翼地翕开了一条缝。

房门开了，她发现来的是竺芳，她手里端了个盘子。

"二太太，这是太太吩咐让我端给你的。"

"燕窝？"

"是啊，"竺芳把盘子放到了桌上，"太太说让你补补身子，怕你太伤神。"

"她是让我补脑子吧。我真的想不起来了。"

竺芳笑了笑，"太太说没关系。你赶紧趁热喝吧。"

"好。"

银娣才要喝燕窝，忽然又想起了什么，"哎呀，我等会儿再喝，我现在不想吃东西，芳姑，你还有什么事吗？"

"没了，我先出去了，一会儿我叫人来收碗。"

"好。"

竺芳走了。

银娣赶紧走回到衣柜门前，"姑姑我刚刚差点喝了燕窝，可是太太不会害我吧。芳姑也不会。"

刚刚夏英奇的心也提到了嗓子眼，"小心为妙，少吃一顿燕窝也没什么关系。"她道。

"那倒是。这里面很热吧……"银娣见她出汗，递了条香喷喷的手绢给她，"姑姑，你擦擦汗。"

"你别管我了，你……"她话说到一半，又有人敲门。

"这又是谁啊！"银娣丢下她，打开了门。

原来是春兰，"二太太，你的电话。是你家亲戚打来的。"

"我家亲戚？谁啊。"

"不知道啊。是一个女的，听声音好像很急，哎呀不知道是出了什么事，你赶紧去听。"春兰好像很着急。

被她这么一说，银娣也有点着急了。"好的，我这就去。"

银娣急匆匆地跟着春兰下了楼，夏英奇想，电话在客厅里，那里人来人往的，如果有人要对银娣下手应该也不会在客厅。

她正想着希望银娣能快点打完电话回来，这时，已合拢的房门忽然传来转动门把手的声音，她霎那间全身僵住。这肯定不是银娣！她进自己的房间不会这么小心翼翼！这个人如此轻手轻脚是因为害怕这里的响动会惊动走廊里的人。

门慢慢开了，走进来一个熟悉的身影。

夏英奇虽然早就猜到是此人，但真的看见这个人以凶手的面目出现，依然胆战心惊。她悄悄掏出了手枪。很显然，电话是此人打来的，"他"冒充银娣的家人把她骗下楼，好偷偷溜进银娣的房间躲起来，然后，等银娣一出现，就可以下手了。

眼下这个人正在寻找合适的藏身之地，幸亏衣柜很小，根本容不下这个人，不过当"他"走近衣柜时，她还是心头一阵狂跳。

那个人在屋里转了一圈，终于，他看到了门背后那个挂满了衣服的衣架。

门外传来一阵凌乱的脚步声。

是银娣来了。

夏英奇看出那位闯入者也是一阵慌乱，门开的时候，"他"立即躲在了衣架背后。

"怎么回事啊！到底谁给我打电话！"银娣在门口抱怨春兰。

"哎呀，二太太，我骗你作什么，那人真的说是你亲戚。她说得清清楚楚的。"

"那我过去接电话，怎么电话断了？"

"那我怎么知道啊……"春兰好冤枉的语气。

"你看你，让我大着肚子，上上下下地跑，你过意得去吗……"银娣很生气。

夏英奇则目不转睛地盯着那位闯入者。"他"现在正焦虑无比地站在衣架后，等着猎物进门。

银娣又在门口数落了春兰几句，才进屋。

银娣还记得她在衣柜里的事，关上门后，就朝衣柜走来。这时，那位外来客忽然从衣架后冲出来，她没看清此人手里拿的是什么，只看见那人抢起一个黑乎乎的东西朝银娣的后脑砸过来。

"银娣！小心！"她尖叫。

银娣此时已经意识到身后有动静，等转过身时，已经来不及了，她的额头被拍了一下。

"啊！"银娣惨叫了一声倒了下来。

那人听见了夏英奇的叫声，直接拉开门就抢起了手里的东西，现在她看清了，那是块镇纸石。

"碰！"她一枪打在那人的肩膀上。

"啊——"那人嚎叫着。

这时门被推开了，春兰惊恐地望着她们。

"周太太，姑小姐，这是怎么回事！"当她看见地板上的银娣时，顿时惊叫起来，"二太太，二太太！"

叫得好，再大声点，春兰，再大声点。

"二太太！二太太！"她也加入了尖叫的行列。这样，应该不久之后，这个家的男男女女都会聚集过来了吧？"春兰，快去叫太太，快去喊人！周太太杀人了！

把人都叫过来！"

"啊，好，好！"春兰惊慌失措地冲了出去。

她则举枪对着夏春荣，后者正坐在那里喘粗气。

不错，就是她，早就该想到是她了！她是周子安被杀最大的受益人，她有最鲜明的动机，可是居然一开始被她的哭哭啼啼给瞒过去了！她的演技可真不错！

"原来你在里面！"夏春荣道。现在她的锐气已经丧失了一半。

"对，我在里面。"

楼梯上传来一阵唧唧喳喳的说话声和脚步声。

过不多久，夏太太、梅琳和竺芳一起出现在银娣的房门口。夏太太一见银娣躺在地上，先是一惊。

"这是怎么回事？！"她怒吼，"谁打了银娣！谁！"

"她！她想杀人灭口！"夏英奇用枪指指夏春荣，"她才是真凶，是她杀了周子安和赵卉！"她故意提高嗓门，好让楼道上的人都听见。

"啊！"夏太太吓得倒退一步，"姑姑，你说她……"她朝大姑子望去。夏春荣被打了一枪后，暂时没法开口说话，只有嘴巴在一张一合。

她听到走廊上传来一阵阵窃窃私语，看来厨房里的人都已经聚集到了楼梯上。

她的哥哥夏漠则打开房门直接下了楼。

"上面在抓凶手，"她耳边刮到哥哥说的一句话，哥哥可是难得说话那么大声，这应该是对某个男仆或者司机说的吧。再过几分钟，园子里的人和这栋房子里的人应该都会聚集到主楼的楼梯附近。这样，哥哥就能无声无息地进入墓地。

"姑姑，你说她，她杀了……周子安？"夏太太仍不敢相信。

"她听到银娣可能那天晚上看见她去墓地，所以，她决定在银娣想出是谁之前杀人灭口。春兰，那个电话八成是她打的！"她大声道。

春兰惊恐地瞪大了眼睛。

"出什么事了，出什么事了……"这是周希云的声音。

她好像刚刚从外面回来。

"二舅妈！妈——"她扑到夏春荣的面前。

"快去叫医生！我疼死了！"夏春荣终于吐出了一句话，她看起来的确十分虚弱，不过没人在乎她的感觉，除了她女儿。

"姑婆，你为什么用枪指着我妈？是你打伤了我妈？"周希云在质问她。

"是你妈先打伤了二太太。"她冷冷道。

夏英奇手里还拿着她的枪，她踱到门口，正好看见园丁张叔一边双手在裤腿上擦着手上的泥，一边在好奇地跟一个司机模样的人说话。

"还愣着干什么，赶紧去叫医生！快！"夏太太催促竺芳，可后者居然站着不动，夏太太愕然地看着她的女管家，"阿芳……"

"是你杀了他？"竺芳问道。

夏春荣勉强睁开眼睛，轻蔑地扫向竺芳。

"贱货！"

"夏春荣！是不是你杀了他！"竺芳吼道。声音响彻屋顶，大概这个家里的人从来没见过竺芳发火，几乎所有人都涌向楼梯。她听到一堆窃窃私语。到底怎么回事？是芳姑吗？她在吼谁？周太太，她吼周太太？她胆子不小。周太太是凶手！啊，她是凶手！

夏春荣朝竺芳笑，"是我干的！怎么样！你这臭婊子！这么多年了，你还想着他吧！对不对！你做梦吧！你这辈子都别想得到他！我告诉你，他早就不要你了，他喜欢的是那个小婊子！张慧真！噢，不对，她叫赵卉！"

竺芳要冲过去打他，被周希云拉住，"芳姑！你这是干什么！"

"傻孩子！现在你还帮着她！是她杀了你父亲！"

周希云回头看了母亲一眼，"我不信！"她眼泪汪汪地说，"芳姑，我妈说的是气话，她说的是气话，你知道她的脾气，你们都知道她的脾气，这里面一定有误会……"

"赶紧去叫医生！"夏太太催促春兰，后者这才惊醒，赶紧下了楼。

"你们别挡着路，都站在这儿干吗呢！"春兰在楼梯上喊。

大概是刚才周希云的态度触动了竺芳的心境，她忽然嚷起来。

"希云，她不是你妈！我才是你妈！当年你妈生不出孩子，所以把你抱走了！"竺芳说着就哽咽起来。

周希云大惊，"妈！她说的是真的？"她回头扑到夏春荣的面前，后者却笑了起来，"妈！"周希云尖叫。

夏太太在旁边叹气，"希云，这事我也知道，你亲妈确实是芳姑……"

"闭上你的臭嘴！希云就是我的女儿！"夏春荣嚷道。夏英奇觉得，她的语气中带着几分得意。

"你不承认也没用！这事当年的巧云知道得一清二楚！"竺芳哭道，"我当初生下孩子六个月后，子安就把她抱走了，我觉得她跟着父亲以后会有好日子过，所以就……"

夏春荣忽然爆发出一阵狂笑。

"我告诉你，我就是希云的妈！你跟他生的野种，早让我淹死在浴盆里了。"

"你说什么？！"竺芳脸色苍白。

"当年，我在周家，总觉得有人在给我下药，我每天都昏沉沉的，有一次怀了孩子还摔一跤给掉了！后来，终于让我知道，下药的人就是你爹！"夏春荣指着希云的脸说道，"他当初跟我结婚就是为了我的钱！他一心希望我早死，好分我的财

产！所以后来，我明明怀上了也不告诉他！我就说我生不出孩子，让他给我抱一个来！他果然抱了个孩子过来！他那时见没法毒死我，就打算跟我先过下去！我后来才知道，那是你们的野种！瞧他对你亏欠的那个样！我告诉你！这孩子来的第三天，我就把她淹死在浴盆里了……"

竺芳听得簌簌发抖，夏英奇也听得额头冷汗直冒。所谓最毒妇人心，她终于见识了。

"这种事你怎么做得出来。"夏太太也被吓得不轻。现在她终于相信谁是凶手了。

夏春荣接着道："我告诉周子安，我是不小心弄的，他也不敢去告发我，因为他自己也给我下过药。他有把柄在我手里！再说，我肚子里还怀着孩子呢！那也是他的骨肉！他到底还是想要个孩子！男人！"她轻蔑地斜睨竺芳，"所以他才会对你这么好，给你买鞋，给你买这买那。因为你的女儿，你将来的指望，早就成了空屁……"

竺芳脸色惨白地盯着夏春荣，一句话也说不出来。接着，她忽然两眼一翻，晕了过去。

"阿芳，阿芳！"夏太太惊慌失措地嚷道。

"你真是个毒妇！"梅琳跺脚骂道。

夏春荣则抓住希云的手腕，"这是我的女儿！我的女儿！你们听明白了嘛！"

"生个女儿有什么了不起！你等着挨枪子吧！"夏太太斥道。

"这就是为什么，他要杀你的原因吗？"夏英奇插了进来，"这么多年来，他始终忘不了你杀了他的孩子！所以他要报复你，他找来了他在舞厅认识的赵卉。因为你总觉得在这里住是寄人篱下，他们利用了你急于要自立门户的心理，一搭一档，骗你买下了沈素珍的房子！"

"早知道你这么恶毒，根本不该让你住进来！"夏太太道。

"这是我爹妈留下的房子！我想住就住！"

夏英奇踱回到屋子中央，

"平时你负责收着你丈夫的来信。有一天，你在整理旧信的时候，发现一封沈素珍写给你丈夫的信，我猜那上面有她的地址！而那个地址正是你买下的新居的地址。你一定觉得很奇怪。于是开始调查这件事。接着，你发现你买下那栋房子的时候，房主沈素珍其实已经死了，房子由她的继女继承，而她的继女就是冒名顶替的张慧真。你开始意识到，你可能是受骗了。既然他们两人是搭档，你很容易就猜到，他们也是情人。于是11月1日，你去找张慧真，我猜你偷配了一把她顶楼房间的钥匙，直接开门进去制服了她。钥匙应该是你从芳姑那里拿到的，其实你非常注意芳姑的一举一动，要偷她的钥匙，对你来说应该很容易。你个子很高，赵卉却很娇小，你对付她易如反掌。你在打昏她之后，在她包里发现了她跟你丈夫之间的通信，于是你知道了他们的计划，还有她偷的枪……"

"他们想杀了我！"夏春荣嚷道，"那些恐吓信是他们写的，他们原计划是11月8日把我骗去付赎金，然后拿了秋宜付的赎金，再把我杀了。那把枪就是这个用处！"

"他们已经为你定好了棺材，11月8日到货，这也是他们给你定的死期。"

"我买房已经付了两万元给他们！那是我一半的财产！这两个混蛋还不满足，还要我的命！"夏春荣大声道。

"你从他们的来往信件中发现了他们的通信方式。周子安直接把信寄到家里，而张慧真则把信寄到他们经常去的那家咖啡馆。因为周子安的信通常是由你检查。我猜想他们的原计划是：11月1日，张慧真辞职离开这个家，这样将来有什么事你们都不会想到是她。周子安负责写恐吓信。出事那天早上，他去而复返——顺便说一句，他买通了这里的门卫，他买很贵重的药给老李，这样他悄悄回来，如果关照老李别告诉别人，老李一定会照办。他回来是为了塞一封恐吓信给夏老爷。他是从书房的门缝里塞进去的。第二封塞到了梅琳的包里……"

"我就知道是他！"梅琳插嘴道。

"第三封是给你的，这本来就计划好的，你就将计就计地故意掉出来，让我们发现，到时候，反正也能混淆视听，就说是生意场上的敌人杀了他就行了。"

"可是阿芳也收到一封信，"夏太太道，"这是我后来听阿芳说的，让她11月4日上午去什么剧院门口见面，还说什么知道她的全部秘密，不过她没去……"

"周子安准备跟赵卉私奔，在他临走之前，他会给他认为对他好的人一笔钱。他给了朱小姐双倍的工资；他给了黄包车夫金表；希云，你爸应该还是很疼你的，如果他要走，他应该也会给你钱。"夏英奇看着周希云。周希云咬咬嘴唇，不说话。

那意思就是默认了。

"所以，"她接着道，"他如果把芳姑叫出去，我猜想是为了给芳姑一笔钱，因为在家里毕竟人多嘴杂……"

夏太太深深叹了口气，低头望了一眼不省人事的女管家。

"你说周子安想跟张小姐私奔？"梅琳问道。

"是啊。他把公司关了，又让朱小姐烧了所有的合同，这就说明他要跑路了。而且，你也说张小姐确实怀孕了。"

"我看见她吐了！"

"我想当初的确是周子安弄坏了你的钢琴。"

梅琳瞪圆了眼睛，"我就说嘛！"

"他这么做是为了帮赵卉，钢琴坏了，赵卉就有时间出去跟他见面了，再说也可以避开太太的指责。"

"她的钢琴水平根本就不行。我看比梅琳弹得也好不了多少！"夏太太说起赵卉就是一脸轻蔑，"我就有一点搞不懂，为什么他们要写那么多恐吓信？"

"他们是希望让人以为周子安树敌很多。这样一旦周子安失踪，夏春荣被杀，警察就会把那些子虚乌有的敌人当成嫌疑人。方向一错，自然这案子也就成了无头案了。"

"这倒也是，我们一直以为他在做生意，因为假合同得罪了不少人。其实现在想想都是他自己在说，我们什么都不知道。"夏太太道。

"那张小姐的死，是不是她干的？"梅琳最关心的还是她的"张小姐"。

夏英奇点头，"11月1日，她发现周子安的计划，把赵卉打伤后，就把她拉到隔壁储藏室她第二天打算用来搬家的箱子里。赵卉的家就是她买的新居，所以把箱子搬去那里，周子安也觉得很正常，也许为了让她相信那房子她已经买下了，他们还把钥匙给她了。"

夏春荣没否认。

夏英奇接着道："我想，赵卉和周子安的信里肯定曾经提到过，下午一点多的时候，弄堂里没有人，所以，她特意选在那时候把箱子搬过去，果然没有人看见她。昨天发生的火灾，也是那时候。其实不需要太多的时间，她点了火就走了，家里人甚至不会留心到她出门过。起火时赵卉应该还活着，不过，手脚应该是被她捆着，旁边是堆被褥。那都是她搬过去的东西。其实，如果我是她的话，我不会把所有的箱子都搬过去，不然工人搬东西吆喝起来，难免会惊醒睡午觉的人。我会把那些没用的箱子通通丢在路边，反正那些箱子里装的是什么破烂也没人知道，工人肯定也乐得少搬几个箱子。我只会运一个箱子去新居，而且，我自己不会下车，我会让搬运工拿着钥匙直接开门进去放在客堂间。"

"姑姑到底聪明!"夏春荣道,这还是她第一次这么叫夏英奇,听得后者汗毛都竖了起来,"我就是把那些东西扔到了路边,反正那些箱子里的东西都是我随便在储藏室拿的。我也没下车,万一让人看见不就糟了,我说我脚崴了。呵呵。"夏春荣阴森地笑。

"是你杀了张小姐!"梅琳终于听明白了。

"她是活该!"夏春荣道。

"你……"眼看着梅琳就要一脚踢过去,被她母亲喝住。

"你的张小姐也不是什么好人!如果她没有一开始算计别人,也不会落得这个地步!她活该!"

"妈!"梅琳要哭了。

"你知道他们是怎么算计我的?他们说,那套房子很便宜,但有很多人在抢,让我赶紧付钱。我一时脑袋发热,付了两万块。可结果呢!房产证是假的。钱入了周子安的账!他们骗我!他们原计划11月4日假装绑架周子安,造成失踪假象,11月8日让我去交赎金!然后就在那天干掉我,那个棺材就是为我定的!"

"可你是11月3日杀了周子安,而赵卉是11月1日走的。这两天内,难道这两人不见面?周子安怎么会不知道赵卉出事了?"夏太太对此十分不解。

夏春荣冷笑。

夏英奇代她答道:"她知道他们主要通过咖啡馆联系,所以她可能假冒赵卉写了封信到咖啡馆,不知道用了什么借口,让周子安相信,她暂时不跟他见面,自然有她的道理。"

"我冒充姓赵的写信对他说,有警察在调查沈素珍的死因,让他暂时不要去那栋房子,也别跟赵卉联系,免得被人盯上。还跟他约好,11月4日在咖啡馆见面。"夏春荣道。

"你这么说的意思是……"夏太太其实已经想到了答案。

"你说呢？那女人和她儿子当然是她害死的。他们两个商定，周子安先帮赵卉杀了沈素珍母子，谋得财产，赵卉再帮周子安搞定我！这对狗男女！"

"难道赵卉一开始到我们家来当教师，也是他们故意安排的？"

"赵卉从舞厅出来后，周子安就打算给她找个像样的工作。既可以时常看到她，她又不是很辛苦，赵卉这就来了我们家。"夏春荣冷笑，"看她的信，我才知道，这女人本来打算当夏家太太……可是我弟弟没要她。所以，她又回头跟了周子安！"

"就是一个贱货！"夏太太冷哼一声，"不过，我从来没看见他们两个在这里说过话……"

"他们瞒得好着呢！连我都没发现，要不是看见沈素珍写来的信，要不是看见信封下面的那个地址，我也不会起疑心！"

"他们不知道她写信来过吗？"夏太太道。

"那得怪他们自己。当时来了一大堆恐吓信，都是他们自己写的，都是假的。周子安为了显示他有多光明磊落，故意让我去查看那些信，可他们不知道那些信中还夹了一封真信。那就是沈素珍寄来的！哼！我可不是沈素珍这种笨蛋！受了骗还蒙在鼓里，写信过来问！问个屁！她还在问那辆车怎么会突然刹车失灵，是不是车主本来就出租了一辆坏车，真是笨死了！"

夏英奇看了一眼墙上的钟，哥哥已经去了快十多分钟了，不知道事情进行得怎么样。

"不管怎么样，"她接下了话茬，"既然他们定了11月4日绑架周子安，那就意味着，11月4日，赵卉怎么也得跟周子安见面了，所以，你就得赶在这之前杀了周子安。于是，你约周子安11月3日在墓地见面。"

夏春荣对她的话嗤之以鼻，夏英奇没理会，继续说道："见面之后，你们一言不合就吵了起来，接着，你就开枪打伤了他。当时，正好我哥哥和唐震云路过，你一时慌乱，又生怕被他们看见，就开枪朝他们射击，结果我哥哥中弹。这的确吓住了他们，他们暂时不敢靠近你，而且，因为我哥哥受伤，唐震云不得不背着我哥哥回来求救。你趁他们离开后，就用枪顶住周子安的肚子，给了他一枪，这一枪把他的内脏都打烂了，可见你有多恨他。"

夏春荣惨笑，"我恨不得咬死他！他从来没给过我让我好好当个正常女人的机会！我也曾想好好当他的妻子，可是到头来……"她说不下去了。

"你杀了周子安之后，就偷偷从小路回到了主楼。那时候，可能正好让银娣看见，只不过，她当时没把你和案子联系起来……"她说到这里时，听见楼下有开门的声音，她心里七上八下的，不知道来人是不是她哥哥。

夏春荣好像没听见她说的话，自言自语道："如果，如果当初他没有那么对我，我也不会淹死那个小崽子，那后来所有的事都不会发生……"

"就算他害过你，你也不该淹死那孩子！那是个孩子！你的良心真是被狗吃了！"夏太太怒斥道。

夏春荣冷冷瞥了她一眼，不说话。

夏英奇则密切注意着门外的动静，忽然，她听到了熟悉的脚步声，再一抬头，她看见哥哥正慢腾腾地走上楼。路过银娣房间的时候，她注意到哥哥手里拿了一包东西，她紧张地朝哥哥望去。哥哥朝她点了点头。

她霎那间松懈了下来。哥哥径直走进了自己的房间。

"叔公一点都不好奇吗？"梅琳道。

"他不喜欢人多的地方。"她解释道，"我也差不多说完了。整个过程大概就是这样。她应该就是在我们吃晚饭的时候给周子安打的电话，她……"

"我当你很聪明呢！我才没约周了安去墓地！"夏春荣大声道，"是那女人让他去的！她在信里写了，让他去墓地一次！还说有些话就不用多说了！我知道当时他是一个人！所以我就去了……"

刚刚一直没说话的周希云突然慢慢站了起来。

"希云，你到哪儿去？"夏春荣惶恐地嚷起来。

周希云没说话，面无表情地跨过她母亲，朝前走去。她直接进了自己的房间，关上了门。

"你再也没有女儿了，不管你有没有生她！"夏太太道。

"呸！我就是她妈！这一点你们没法否认！"夏春荣因为说话太用力，牵动了伤口，"啊……"她痛苦地呻吟了起来，这时她身边的银娣也慢慢睁开了眼睛。

"银娣。你怎么样？"夏太太靠近她。

银娣眨巴着眼睛，忽然，她看见了夏春荣，马上惊恐地朝后缩，"她打我，"银娣指着夏春荣，"姐，是她打我……是她，是她，她要杀我……"

"我知道，我知道……"夏太太安慰着她，又朝楼下喊，"都站那儿干什么！医生去叫了没有？"

春兰噔噔噔，满头大汗跑上楼。

"太太。医生来了……"

"快快快，赶紧，快扶起她。"

汪妈也跑了过来，两人一左一右扶着银娣，"二太太，你能走吗？"

"我能走……"银娣虚弱地说，又回头看看昏倒的竺芳，"芳姑怎么了……"

"你别管了。赶紧扶她回房里，让她在床上躺着。"

王医生拎着药箱从楼下走了上来。

"王医生，这次又麻烦你了。"

"哎呀，最近贵府事情不少啊……"王医生忽然看见了躺在门口地板上的夏春荣，"哎呀，周太太这是怎么了？"他盯着她冒血的肩膀。

"王医生，你看看银娣，她的事，另有主张。"夏太太把迷惑不解的王医生硬生生推进了银娣的房间，接着给身边的秀梅使了个眼色，秀梅拉着夏春荣的脚，把她拉到了走廊上。

夏春荣疼得大叫："死丫头，死丫头，看我不揭了你的皮！"

没人理会她，夏太太寒着脸关上了银娣房间的门，"快叫个男人来！"她喊道。

秀梅答应着到走廊上喊了一声，不一会儿，来了个长工模样的男子。

"赶紧把芳姑背到楼下她自己的房间去！"夏太太吩咐那长工。

长工背起竺芳下了楼。

"秀梅，你跟过去，好好替我守着她。一会儿我会让王医生下去看她。"夏太太又命令另一个女佣，"别愣着，去厨房拿点热糖水给芳姑！"

秀梅和那个女佣连连答应着，跟着那长工下了楼。

"啊……"夏春荣又呻吟了一声。

夏太太冷不丁地瞥了她一眼，"你就在这儿等着吧，等你弟弟回来再说！哼，还给我演戏，说什么要去告发阿泰！害得你弟弟还给你买房子！差点就让你得逞了！你的算盘可真精啊！我真是小看你了！"

夏春荣笑，"如果你心里没鬼，怎么会答应！"

"你就嘴硬吧！到头来，女儿不理你。老公是你的仇人，你这么精明有什么用！我看最苦最可怜最失败的女人就是你！好了，不跟你说了！你死之后，我答应你，请人给你念念经，要不然你是下了地狱不得超生了！……"夏太太大声道。

这时，大门开了，夏秋宜和唐震云一起走了进来。

"出了什么事？"夏秋宜大声问。

十多分钟后，昏迷不醒的夏春荣被送上了救护车。

唐震云站在客厅门口，望着远去的担架，他仍然不敢相信自己所看到和所听到的一切。但这些分明都是真的。当他们几个男人还在那里讨论赵卉是自杀还是被杀的时候，家里的这群女人已经抓到了两起命案的真凶。而且，这不是捕风捉影，凶手是在准备再次行凶的时候被当场活捉的，她本人也供认了罪行。而如此完美的结案方式，始作俑者竟然是他的未婚妻。

他知道夏英奇向来聪明，不过，他微微觉得有点挫败感，这种事，她本应该跟他商量的，不是吗？可是，她却单枪匹马把它完成了，看起来，她对他还是不信任。

有人在他身后拍了拍他的肩，他知道那是谁。夏秋宜。

这件事对夏秋宜的打击很大，他看得出来。

"她什么时候会上法庭？"夏秋宜问道。

他不回答，这种时候，他想他还是少说为妙。

"你不说我也知道。"夏秋宜叹气，"我从来没想到会是她。你知道吗，她看起来很爱周了安，她虽然脾气不好，不过我没想到她会走到这一步。"

"这种事谁也想不到。二太太情况怎么样？"

"她的伤没什么大碍，只是她受了惊吓。我刚刚去看她，她把过程跟我说了。知道吗，其实她什么都没想起来。大姐是做贼心虚！狗急跳墙！"夏秋宜声音高起来，"她真是疯了，连银娣都想杀！她肚子里还怀着我的孩子！"

"她当时是慌了手脚。"

"确实是！不过险招也常常会得逞，如果不是姑姑在她的房间……"夏秋宜提起这事，脸又沉了下来，"实际上是姑姑引诱大姐干的这件事，当然，银娣也是

好心……"

唐震云听出夏秋宜有点责怪夏英奇。也对，不管怎么说，夏春荣都是他的大姐。如果有更好的方式解决问题，他当然不希望看到现在这种局面。

"小唐，今天晚上你就陪我好好喝两杯。"夏秋宜拍拍他的肩，"我书房里还有一瓶法国红酒，我再叫上阿泰，这孩子居然一下午都在睡觉，我进他房间的时候他才醒，家里发生了那么大的事，他都不知道……"

唐震云本来想拒绝。但看见夏秋宜恳求的眼神，他最终还是点了点头。

"好吧。我们喝两杯。明天我也得走了。"他道。

"明天？你其实可以多住几天。"

"不了，不了，我还有一大堆事情要做呢。"

他已经想好了，今天太晚了，她也累了一天，就不打扰她了，让她先好好休息，明天一早他就去找她，正式向她求婚。他会在明天早上离开之前，向夏秋宜挑明他们之间的事，如果夏秋宜愿意继续收留他们兄妹，那就由着她留在夏家，但如果她不想继续住下去的话，他就带她离开，他们可以先找房子安顿下来，然后买戒指，给她置办一些衣物，选个黄道吉日，他回去找老同学帮忙……

要做的事还多着呢……

13. 赢　家

她醒来时，天还没亮，外面一团漆黑。

"我们到哪儿了？"她问道。

哥哥不说话。自从他们凌晨四点乘马车离开夏宅后，他还没跟她说过一句话。

"你不打算理我了吗？"她问哥哥。

她知道他有点生气。

"你让我成了一个不讲信用的人。"哥哥望着车窗外一晃而过的风景，马车的颠簸让他的声音显得含糊不清，"你是不是在他的茶杯里下了药？"他问道。

她不说话。

"他是个很容易惊醒的人，但我走的时候，那么大的响动居然都没惊醒他。"

"如果他醒了，我们就走不了了。"她低声道，"我不能让他把你带回南京。"

"他说过证据不足。"

她有时候觉得哥哥真是个不懂事的大孩子。

"如果把你带到南京，不需要证据就能置你于死地。那边是他大伯的地盘，欲加之罪，何患无辞。你忘了我们经历过的一切了吗？何况，"她轻轻叹气，"他现在既然跟他大伯断交了，那些人就更没什么顾忌了……"

哥哥沉默了下来。

"好吧，就算你说对了。"过了几分钟，他终于开口了，"不过我还是觉得有点

对不起他，他真的非常想娶你，而且你也蛮喜欢他的……"

她眼前晃过唐震云的脸，曾几何时，她也希望可以成为他的妻子，可以毫无顾忌地跟他在一起。但现实告诉她，如果把事情想得太美太简单，那结局就会非常惨。而且，她也没有选择。无论他们对彼此是什么感觉，到头来，他们终究谁都没法摆脱自己的家族。

如果将来有一天，她谋夺了唐家的财产，让他大伯家的人生不如死，他会原谅她吗？他会袖手旁观吗？他还会像现在这么喜欢她吗？答案，她不得而知。

所以，虽然他们两人现在都很痛苦，但她觉得，自己做了一件正确的事。

"喂……"哥哥推推她，"这次还算收获不错，十八根条子，够我们过一阵子的了。"他拍拍身边的箱子。

哥哥的话终于把她的思绪又拉了回来。

一想到那十八根金条，她就兴奋得心扑通扑通跳。她跟哥哥的生活用度至少短时间内不用发愁了。

昨天，当看见梅琳藏在墓室里的行李箱后，她马上回房跟哥哥商量，让他去墓室开箱，她则想办法掩护哥哥。她自己也不知道那个箱子里究竟有没有她想要的东西，但觉得这笔钱值得她冒一次险。谁也没想到，哥哥最后拿到的是十八根金条。原来，赵卉私奔前就把所有的钱换成了金条藏在那些骨灰罐子里。

"我本来以为时间不够，结果还算顺利。"哥哥得意洋洋地说，"你那边一有响动，我就出发了，可园子太大，走到墓地还是花了点时间，幸亏那把锁很好开。"

"幸亏那些人的注意力都被引到了主楼里。"她想起昨天的情形，仍然心有余悸。

"抓杀人凶手这种事，谁不好奇？"哥哥笑道，"你没跟他们提起箱子的事吧？"

"当然没有。"

哥哥搂了她一下，"聪明！"

"可是如果不提起厕所，箱子的事也早晚会被人提起。因为到时候警察会盯住赵卉不放，梅琳是经不起盘问的，她早晚会把一切都说出来。现在……"她长舒了一口气，"没有人会知道箱子的事了。我昨晚对梅琳说，不管赵卉是什么样的人，曾经的张小姐是一直把她当朋友的，要不然不会把这么重要的东西托付给她。既然如此，她就该好好保管它。她答应会永远保守这个秘密，没人逼她的话，她一辈子都不会说出来。其实她也不敢说，如果让她爸知道，她把那种东西藏在老爷子的墓室，肯定骂死她。如果以后，他们真的找到那箱子，也不会知道里面曾藏了钱。没人看见，死无对证。他们就算想起那笔钱，也会认为它跟赵卉一起被烧了。"

"可不是。不过你用的激将法有点险，如果她不中计怎么办？"

"我了解她的脾气。我又给了她一个时限，我说等警察到家的时候，银娣就会把想到的告诉他们。她害怕了。她必须立即行动。如果我不在那房间，银娣……"她不敢想象后果，"……她其实很聪明，她知道怎么利用别人对她的看法，她也很擅长怎么把自己隐藏起来。"

"你什么时候知道是她的？"哥哥饶有兴趣地看着她。

"应该是去过棺材店之后吧。"她道，"我才不信赵卉会自杀，即便她真想自杀也不会烧死自己，这也不可能是意外。抽烟烧了被子这种事实在是……除非她抽大烟，脑子不清楚，可赵卉给我的印象是一个挺有头脑的女孩。而当我知道她定了棺材之后，我更加觉得奇怪，如果你想自杀，你应该不会去考虑为自己定棺材，而是找个人为自己办后事。于是，我就去问了棺材店那副棺材的尺寸，结果发现那个棺材并不适合赵卉的身材。而唯一符合的人，就是夏春荣。"

"她比周子安还高。"哥哥道。

　　"我猜想那棺材是为夏春荣准备的。棺材预定是 8 日到，结果，周子安在 3 日晚上被杀，赵卉在 5 日被烧死，夏春荣却没死。那夏春荣当然最有嫌疑。我问过赵卉的邻居，她说，火灾发生在下午一点多，弄堂里人最少的时候，因为当时大家都在睡午觉，夏春荣那天正是那时候出的门，我后来又想起来，我第一次去夏家是下午个一点不到，她当时在搬家，显得非常不耐烦。现在我知道，她为什么那么急于把我们赶走了，她必须赶在午觉时间把装有赵卉的箱子送到冬晋里的房子，那样才能避免被邻居看见。"

　　"再说说这个。你什么时候想到它们的？"哥哥拍拍身边的黑包道。

　　"先得从钥匙说起。梅琳告诉过我，张小姐给过她两把钥匙，事实是张小姐没有在信里提起有两把钥匙，她只是说把钥匙留给梅琳，梅琳知道钥匙在哪里。钥匙在花瓶里，但花瓶却不在原来的地方。梅琳说那个房间有很多东西不在原来的地方。所以我猜想，那两把钥匙中的一把是凶手留下的，她预先配了钥匙，所以她才能无声无息地进入赵卉的房间突袭她。那些被移动过的摆设，当然也是凶手所为。那么她为什么要这么做呢？我一开始认为她是在寻找信里所说的钥匙。她找不到赵卉的钥匙在哪里，但信里说把钥匙留给了梅琳，于是她只能把自己的钥匙留下了。这好像也说得通。"

　　"不错。"

　　"后来我觉得应该不是这样。当我知道那房子已经被卖了之后，我就想，那笔房款去了哪里？赵卉既然准备跟周子安私奔，那她一定会把钱从银行里拿出来，难道那些钱也跟着一起烧了？那时候，我想起一件事，有个邻居说，在 11 月 2 日晚上，有人听到移动家具的声音，还有凿墙的声音，声音很大，我去看过，那栋房子的墙上的确有好些洞。而且洞的位置都在比较隐蔽的地方，楼梯下面，墙角，盥洗室的角落里，大概有十几个。看洞的位置，凿墙的人无非是为了找东西或者藏东西。赵卉不会把钱藏在出售的房子里，至于找东西，我觉得更不可能了，她一直住在那里，若有什么要找的东西，应该早就找到了，再说，如果真的有什么金银财宝没找到，她也不会急于把房子卖了。所以，那就只有一个解释了，凿墙的人不是赵卉，而这个人这么做的目的，就是为了在房子里找什么东西。搞出这么大的动静当然不会是为了找区区一把钥匙，我想只能是那笔房款。而梅琳说过，赵卉留了个箱子在她那里。"

"那周子安去墓地应该也是为了拿那笔钱吧？"

"对。"她点头，"赵卉之前在信里肯定跟他提起过。夏春荣知道有这笔钱，她知道周子安那天晚上会去墓地，但她不知道周子安是去拿钱，更不知道那笔钱就藏在墓地。因为她只看到周子安写给赵卉的信，却看不见赵卉写给周子安的信。那些信应该都让朱小姐烧了。——他们应该商量好了，赵卉离开后，由周子安负责把钱带出夏家。11月4日，他们两人会合。"

"赵卉为什么要把钱委托给梅琳？"

"这一点我也替他们想过，他们把房子假装卖给了夏春荣，所以夏春荣应该有钥匙，如果把房子钱放在冬晋里，他们一定担心她去新居时会发现那箱子钱。把钱放在咖啡馆，当然更不安全，银行的话，拿走一大笔钱太引人注意。我想不出还有什么地方比夏家的墓室更安全的地方了。而且，那地方离周子安很近，他可以随时拿走。"

"如果夏春荣有新居的钥匙，那她不是随时可以去吗？"

"当然。所以赵卉计划11月1日离开夏家后，一定是先去别的地方，她是不会回家的，要是被夏春荣撞见怎么办？"

"可是他们约定11月4日在新居见面，难道他们就不怕11月4日那天，夏春荣突然去新居？"哥哥问道。

"11 月 4 日是夏春荣干娘的生日。夏春荣每年都要去苏州给她拜寿，据说她不到晚上是不会回来的。这是老传统了。"

"周子安不陪她去吗？"

"每年都是她一个人去。据说她不想让周子安知道她干娘会给她多少钱。这是夏太太对银娣说的。"

"那他们难道就不担心夏春荣偶尔去新居撞见新房主？"哥哥又问。

"新房主不住在上海，他家住杭州，是出事之后警方通知他，他才从杭州赶过来的。而且，他们说好 12 月 1 日交房，所以他是不可能碰到夏春荣的，在他们的计划里，11 月 8 日夏春荣就死了。"

"最后一个问题，赵卉为什么要让梅琳把那封信烧了？"

"因为那封信里肯定提到了那个藏在墓地的箱子。"

哥哥把她说的这些又从头到尾想了一遍，终于满意地朝她点头，"看来最后的赢家还是我的妹妹。"

她可不确定她赢了。她朝窗外望去，唐震云的脸又在她脑中一闪而过。

"我们现在去哪儿？"哥哥伸了个懒腰，可能牵动了肩膀的伤口，马上露出一脸痛苦，把身子缩成了一团。

"你小心点啊！"她嗔道。

"别骂我了，我好痛……"

"我们先去郊区的旅馆住一天。等我找到房子再搬过去。"她不会再去找原来的房东了。夏秋宜他们知道她的住处。

"你不打算再跟夏家的人联系了吗？"

"夏秋宜恨我。"她叹气，"我毕竟抓了他大姐。其实他很重感情，虽然他大姐是那样的人……"

"最可怜的是……"

"芳姑！我要是她！我会亲手杀了夏春荣！太残忍了！"想到竺芳，她的心揪在了一起，芳姑的惨痛遭遇是她唯一没想到的。一个女人一生的希望和梦想，一夕之间就这么通通都被打碎了。她不敢确定，如果她遇到同样的事，她还能不能继续活下去。她真的希望芳姑能振作起来，但是作为旁人，她真不知道该怎么劝慰她，好像所有的话都显得那么苍白无力。那个孩子才六个月。天哪！

"她啊，夏太太会照顾她的，"哥哥道。

那倒是。芳姑唯一幸运的就是遇到一个真心把她当姐妹的好主人。

"喂！别想芳姑了。"哥哥推了她一下。

"怎么了……"

"我觉得另一个人也很可怜，我说的是那个满怀希望准备迎娶新娘，结果却竹篮打水一场空的人……"

哥哥又要提唐震云了。

她别过头去，假装没听见。

"他会追来……"哥哥在她耳边轻声道。

她蓦然回头盯住她哥哥，"你不许联系他！"她警告道。

哥哥朝她轻描淡写地一笑，"我不会。我等着他追来。如果他这样就打了退堂鼓，那他也太让我失望了。"

清晨七点。

唐震云在书房神情木然地接过夏秋宜手里的信封。

"这是姑姑交给梅琳，梅琳转交给你的。"夏秋宜道。

他拆开信封，里面有几张纸币，他数了数，加在一起一共是七百元，信封里

只有这些钱，没有只字片语。但他已经明白了她的意思。对她来说，没有什么婚约可言。他只是她的债主，仅此而已。

"她……她有没有说过什么？"他问道。

夏秋宜朝他笑笑，"她说谢谢你。"

这句话之前她就说过了。现在听起来，更像是说永别。

他知道自己脸色不好，他知道夏秋宜正盯着他看。其实今天早上起来，看见夏漠的箱子不见了，他就知道事情有变。

"小唐，你没事吧？"

"没事。"他把信封塞进了口袋，"我得走了。"

但其实他不知道该去哪儿。回南京吗？南京好像没有什么能让他牵挂的东西，至于那份工作，他本来已经打算放弃了。

"我找人送你去车站。"夏秋宜道。

"不必了。我自己能行。"他走出几步，觉得腿有点飘。

昨天晚上，他只不过喝了三杯葡萄酒而已，以他本来的酒量不至于醉成这样。忽然，他想起一件事。昨天在临睡前，他喝过一杯水。

"这是我的茶杯吗？"他问过夏漠。

"是的，我妹妹给你倒的茶。"

他当时想都没想就喝了下去。他没什么感觉，但是却一觉到天亮。他这辈子从没睡得那么沉。他什么都没听见。

难道是她给他下了药？不，不，下药的肯定是夏漠，夏漠！

难道夏漠之前跟他的约定只是个骗局？

但信封里的钱确确实实正是她的意思。这一切会不会真的是她的主意？

"小唐……"

他意识到自己正站在屋子中央发呆。

实际上，他应该想到，从他认识她的第一天开始，她就不曾听命于家里的任何一个男人。他相信，即使将来他有幸跟她成为夫妻，她也不会服从于他的意志。她不会跟你争辩，但她会自己作出决定。而她和夏漠之间，夏漠从来就不是真正的长兄，说他是她的弟弟还差不多。所以，那应该就是她的决定。她决定离开他。也许她还亲自给他下了药。她希望他睡着，她希望自己能无声无息地从他身边走开。

可她明明是喜欢他的。不然她不会亲近他。她还是怕他会把夏漠带回南京吗？当然这还不止，还有两家之间的旧恩怨。

也许我该承认我们之间存在不可逾越的鸿沟，他想，也许我该回南京过我自己的生活。但是我能做到吗？

书房的门被推开了，阿泰走了进来。

"听说姑婆走了？"阿泰问他父亲。

"对。"

"什么时候？"

"听梅琳说是半夜，好像是三点多。"

阿泰摊开双手，"他们为什么走得那么急？我本来还想下个星期带姑婆去舞厅见识见识呢，我还为她买了双漂亮的舞鞋……"

他不喜欢阿泰说的话，更不喜欢阿泰说这些时的神情。难道他想追求他的姑婆吗？这也太离谱了。

"那是你的长辈。"连夏秋宜都看出来了。

阿泰哈哈笑起来，"那更刺激，我还没跟姑婆跳过舞呢。"他走出门的时候，又嬉皮笑脸地对夏秋宜道，"我会找到她的。"阿泰跟他挥手道别，"拜拜，唐

警官。"

他刚刚还在犹豫要不要回南京,现在,他骤然下了决心。

他走到书房门口时,突然回转身问夏秋宜:

"夏老板,如果我想留在上海,你有办法帮我找份工作吗?"

夏秋宜很吃惊地看着他。

图书在版编目(CIP)数据

被偷走的秘密/ 鬼马星著.—上海:上海人民出版社,2014
(民国秘事)

ISBN 978-7-208-12129-4

Ⅰ.①被… Ⅱ.①鬼… Ⅲ.①长篇小说—中国—当代

Ⅳ.①I247.5

中国版本图书馆CIP数据核字(2014)第041804号

出品人 邵敏
责任编辑 邵敏 方蔚楠
封面装帧 叶珺

民国秘事

被偷走的秘密

鬼马星 著

世 纪 出 版 集团

上海人民出版社出版

(200001 上海福建中路193号 www.ewen.cc)

世纪出版集团发行中心发行

上海商务联西印刷有限公司

开本 720×1000 1/16 印张 20 插页 2 字数 220,000

2014年4月第1版 2014年4月第1次印刷

ISBN 978-7-208-12129-4/I · 1233

www.ingramcontent.com/pod-product-compliance
Lightning Source LLC
Chambersburg PA
CBHW080716020726
47501CB00010B/2449